D1145016

Menens

menens

marc reugebrink

Meulenhoff | Manteau

roman

Geloven doet men
slechts door zich te
laten meenemen door
woorden en gebaren
die niemand ooit in
zijn hoofd zou halen
te verzinnen.

Frank Vande Veire

✻

Op de avond van de eenentwintigste juni 1988 zat
– laten we hem Leon Hersig noemen – zat Leon
Hersig al meer dan twee uur in een lege verloskamer op
de vierde verdieping van het Academisch Ziekenhuis van
de stad Groningen onafgebroken te kijken naar zijn dochter, niet in staat om zijn blik op iets anders te richten, geheel in beslag genomen door de kleinste veranderingen op
wat zich niet anders liet omschrijven dan als een engelen-
gezicht: haar volkomen gave, door geen verlostang of
vacuümpomp, door zelfs geen perswee geschonden gezichtje. Al meer dan twee uur zat hij daar in dezelfde houding, het kind in zijn armen, zijn hoofd naar links voorovergebogen, en streelde bedachtzaam met het topje van
zijn wijsvinger over haar voorhoofd, over de flauwe boog
van haar wenkbrauwen, de brug van haar neus, raakte
voorzichtig het rozerood van haar lipjes aan, alsof hij dit
alles door het aan te raken pas deed ontstaan als iets wat
buiten hem om aanwezig was: een dochter, een meisje, zíjn
dochter, zíjn kind. En het was toen, eenentwintig juni 1988,
op de vierde verdieping van het Academisch Ziekenhuis,
op een warme dinsdagavond, dat hij besloot dat het zo niet
langer verder kon met de wereld, dat er iets gedaan moest
worden, wérkelijk gedaan. En dat hij het was. Dat hij er nu
eindelijk iets aan moest doen.

In de stad heerste al die tijd een onwerkelijke stilte. Alleen als je goed luisterde hoorde je af en toe, achter deuren
en ramen, een gemoffelde kreet. Er was niemand op straat.
Het was alsof de stad speciaal voor deze geboorte haar

adem inhield. Dat was natuurlijk niet zo. Maar het leek
zo.

In werkelijkheid volgde iedereen op tv ingespannen de
verrichtingen in het Volksparkstadion in Hamburg, een
paar honderd kilometer oostwaarts. Daar brak bij een 1-1-
stand de negenentachtigste minuut aan van de halvefina-
lewedstrijd om het Europees kampioenschap voetbal tussen Nederland en West-Duitsland. Van Tiggelen, Adri 'de
spijker' van Tiggelen, tikte de bal opzij naar Ronald Koe-
man, die hem vervolgens door het centrum naar Jan Wouters schoof, 'Mister Elbow' Wouters. Die nam de bal aan
en speelde hem vrijwel onmiddellijk door naar Van Basten
op de rand van het strafschopgebied. De bal kwam tamelijk ver rechts naast hem en even, heel even dreigde het op
niets uit te lopen. Maar Marco van Basten, 'San Marco', fel
op de huid gezeten door zijn eeuwige schaduw Jürgen 'der
Kokser' Kohler, leverde een uiterste krachtsinspanning.
Hij gleed naar de bal, en al glijdend, dus terwijl hij al over
het gras schoof, haalde hij uit met rechts. Eike Immel, doelman van de Nationalmannschaft en een meter zevenen-
tachtig lang, Immel strekte zich, maar kwam te laat. De
bal verdween in de lange hoek. Op eenentwintig juni 1988.
In de negenentachtigste minuut. In de halve finale. In
Hamburg.

Zo ging het. Het zou later nog eindeloos herhaald worden op tv. Maar Leon Hersig zag het niet. Leon keek naar
zijn dochter. Hij hoorde alleen maar hoe er op dat moment
ergens in het ziekenhuis een bijna onaards gebrul opsteeg

– in een van de dagverblijven misschien, dacht hij, of op de afdeling Interne Geneeskunde, die niet zo heel ver van de afdeling Verloskunde en Gynaecologie lag. Een onaards gebrul. Alsof er iets gedood werd in plaats van gewonnen. Alsof vreugde en woede op dat moment niet langer van elkaar te onderscheiden waren. En ook in de straten beneden hoorde hij nu rumoer. Aanvankelijk was het nog niet meer dan wat geroezemoes, wat opgewonden stemmen, met hoogstens een enkele, in tegenstelling tot even daarvoor nu wél duidelijk hoorbare schreeuw of uitroep. Een beetje alsof er een kerk uitging, of een bioscoop. Mensen die napraatten over wat ze gehoord of gezien hadden; jongens die scènes naspeelden, achtervolgingen, boksbewegingen in het niets. Maar gaandeweg zwol het geluid aan, ging van elk huis de deur open. Iedereen kwam op straat en ging op weg naar het centrum, of zo leek het toch. Een soort optocht, dacht Leon nog even, terwijl hij maar weer eens, nu met de buitenkant van zijn middelvinger, voorzichtig over het wangetje van zijn dochter streelde, over dat onwaarschijnlijk zachte huidje van haar. Hij had nog nooit zoiets gevoeld.

Een grote drom, daarbuiten. Een meute was het die zich, aan het geclaxonneer te horen, niet langer enkel over het trottoir voortbewoog, maar inmiddels waarschijnlijk ook midden op de rijbaan liep, op weg naar een plek in het hart van de stad, naar de Grote Markt waarschijnlijk, waarvandaan Leon op dat moment duidelijk enig gejuich hoorde, al probeerde hij het uit alle macht te negeren, gejuich afkomstig van wat alleen maar een inmiddels enorme menigte kon zijn.

Wás, een enorme menigte wás.

Maar hij keek niet op toen, niet naar buiten, niet naar de Oostersingel, de Nieuwe Sint Jansstraat, niet naar de oranje gloed en de grote toren in het juist ontstoken schijnwerperlicht, die je bijna vanaf elk punt in de stad kon zien. Hij keek naar de lange wimpertjes, naar dat kersenmondje dat – hij zag dat onmiddellijk – op de mond van haar moeder leek, al kon hij zich die mond later niet goed meer te binnen brengen. Hij zag de ragfijne goudblonde haartjes, roodgoudblond, ros waren ze, rossig. Hij zag de vingertjes die zich nu al geruime tijd rond zijn eigen wijsvinger kromden – en hij bewoog niet. Hij voelde zich tot alles in staat. Tot werkelijk alles.

Ze was hem toevertrouwd door een verpleegster wier naam klonk als een samenvoeging van twee voornamen die niets met elkaar te maken wilden hebben: Brechtje-Johanna of Jannie-Monique of iets dergelijks. Hij had het terloops gelezen op een naamkaartje op het borstzakje van haar verpleegstersschort, en was het onmiddellijk daarna weer vergeten. Ze had het kind eerst in een soort couveuse gelegd die op een kar stond: een doorzichtige plastic bak, leek het wel, een huif bijna, met aan de bovenkant wat oranjerood opgloeiende lampen. Een broedstoof, dacht hij. Daarmee waren ze van de operatiekamer naar de lift gereden. Hij liep ernaast, zijn hand op de kar. Vervolgens waren ze van twee naar vier gegaan, naar een verloskamer die toevallig vrij was. Charly bleef achter bij de chirurg die met toewijding en precisie weer dicht zou naaien wat hij even daarvoor had opengesneden.

Even had hij getwijfeld: moest hij Charly achterlaten en meegaan met een wezentje dat hem nog volkomen vreemd was, vreemd en zonder naam, zonder betekenis? Toen de chirurg het meisje met een 'daar is ze' uit de buik tilde en hij voor het eerst haar stem hoorde, had hij niet opgekeken. Hij kromp ineen zelfs. Hij bleef verscholen achter het schermpje dat het medisch personeel tussen het hoofd van Charly en de rest van haar lichaam had gezet om zowel hem als haar de bloederige aanblik van een kei-zersnede te besparen, van een zichtbare pijn, ook al was die dan niet voelbaar. En hij deed wat hij in de minuten daar-voor steeds had gedaan: hij keek in Charly's ogen. Hij speurde in haar gezicht naar een reactie, naar iets over-weldigends misschien, iets waarlijk groots, iets wat aansloot bij wat een geboorte aan gevoelens voorschrijft: bij 'het mooiste', 'het hoogste', bij 'het raadsel', 'het grote wonder' of wat zeiden de mensen op een dergelijk moment wel niet allemaal. Alsof die avond niet op een na alle verloskamers vol lagen met kermende vrouwen in barensnood. Alsof zijn kind het enige was dat ooit ter wereld kwam. Alsof ge-boorte geen dagelijkse kost is.

Niet dat hij dat op dat moment dacht; hij dacht niet zo-zeer iets, en zeker niet het juiste. Dat was het nou net. Hij hoopte dat zich iets op Charly's gezicht zou openbaren, iets verhevens desnoods, iets wat zijn eigen paniek en verbijstering zou wegnemen, zijn afkeer zelfs. Niet van het kind zelf, zeker niet. En ook niet van kinderen in het algemeen, meende hij, al had hij nog nooit werkelijk over kinderen in het algemeen nagedacht. Maar wel van deze hele situatie waarin alles van zijn naam beroofd leek te zijn, waarin wat voorheen nog geldigheid bezat nu plotseling betekenisloos leek, een uitgegumde bladzijde, een weggeschilderde voorstelling. Maar toen de verpleegster het lichaampje, het éérste lichaam, dacht hij, van hun dochter, hún dochter — toen zij het, na het schoongewreven en in een doek gewikkeld te hebben tussen hun beider hoofden schoof, toen zij het er bijna als een wig tussen dreef, toen zag hij dat ook Charly niet wist wat hiermee aan te vangen, wat dit was, precíés was. Of juist níét precies was, maar was buiten wat het was óm, bij wijze van spreken. Niet een kind, een baby, een zuigeling, maar hún kind, komend uit een pijnloos niets, hún dochter.

Hij zag haar verwarring. Hij zag haar verwarring nog voordat hij zijn dochter zag. Hij zoog zich met zijn blik vast aan haar gezicht, aan haar ogen, aan haar wenkbrauwen, aan haar rozerode mond — die hij zich later niet meer zou herinneren, die hij niet meer voor zich zag. Zoals hij heel haar gezicht met geen mogelijkheid meer bij elkaar gedacht zou krijgen, haar haar, de kleur van haar ogen — of het blauw was, of juist bruin. Of groen. Maar hij wilde duidelijkheid, dat was het. Geruststelling. En die kwam niet. Zodat hij bij de deur even niet wist wat te doen: meegaan naar de vierde verdieping, of daar blijven, achter het schermpje, zijn gezicht dicht bij Charly's gezicht. Het was alsof hij haar zou verraden door haar nu alleen te laten, opengespalkt, bloedend en leeg.

Maar hij ging. Natuurlijk ging hij. Er is op dergelijke momenten iets waar je niet tegenop kunt, iets wat groter is dan enkel jezelf en wat dus bijna per definitie iets is wat je niet kent, niet echt, niet van zo nabij althans. Het heeft met verwachting te maken – niet met die van jezelf, maar met verwachting in het algemeen, met de verwachting van anderen dus eigenlijk, met die van iedereen. Zodat het, welbeschouwd, eigenlijk geen verwachting meer is, maar veeleer een verplichting, een schuld misschien zelfs, iets wat men de mensheid verschuldigd is, als het ware. Al zou Leon dat bepaald overdreven hebben gevonden, toen. Plicht, schuld, mensheid – grote woorden. Hij was Otto niet.

Nee, hij ging omdat hij gaan moest. Omdat kiezen op dat moment niet eens tot de mogelijkheden behoorde. Alsof de chirurg niet alleen het kind, hun dochter, zíjn dochter uit haar moeder had getild, maar ook hem uit zichzelf – alles wat hij tot dan toe was of dacht te zijn of meende te zijn geweest. Of liever: alles waarover hij nooit werkelijk had nagedacht als iets wat onvervreemdbaar van hem was. Het had altijd vanzelfsprekend deel uitgemaakt van ademhaling en bloedsomloop, per slot van rekening ook zaken waarover je nooit in termen van je allerpersoonlijkste bezit nadenkt. Tot het je ontnomen wordt, natuurlijk, tot het je ontnomen wordt...

Hij ging. Hij legde zijn hand op de kar en hij liep naar

de lift. Het had iets plechtigs zo ineens. Toen ze voor de liftdeuren stonden, keek de verpleegster hem aan en glimlachte. Het was toen dat hij haar naamplaatje zag — Wilma-Josefien, Carla-Tineke, hij wist het niet meer, het was een bespottelijke combinatie, volstrekt ongeloofwaardig. Ze glimlachte. Hij glimlachte terug. 'De trotse vader', zei ze, en hij knikte. Vader. Hij was de vader. Ja, ik ben de vader, dacht hij. De trotse vader. Zeker. Natuurlijk. Ze boog zich even voorover en keek in de couveuse. ''t Is een mooitje,' zei ze, 'net als haar papa', zei ze, en knipoogde even schalks naar hem. Leon trok met zijn mond. De liftdeuren schoven ratelend open.

Het volgend moment zat hij daar, in die ongebruikte verloskamer op de vierde verdieping van het Academisch Ziekenhuis en keek naar dat zeldzaam ongeschonden gezichtje van zijn dochter. Ademloos. Onmachtig aanvankelijk. Onmachtig en oppermachtig tegelijk. Dronken en nuchter. Vervuld van iets groters, en nog nimmer zozeer zichzelf, zo dicht bij wat hij niet alleen altijd en ongeweten was, maar ook bij wat hij voortaan zou zijn, ongeacht wat hij daarover tot op dat moment ook allemaal had gedacht en al meende te weten.

Hij was verliefd, dat was het.

Hij was tot alles in staat.

Hij was verliefd alsof hij nog nooit eerder verliefd was. Alsof hij nooit had geweten dat het zo moest. Dat het niet gaat om krijgen, maar om verliezen — het woord kwam toen en daar voor het eerst bij hem op: verliezen. Ver-lie-zen.

Dit was verlies. Wat in hem groeide met iedere seconde dat hij naar dat weerloos gave gezichtje van zijn dochter keek, wat zich in hem vermenigvuldigde en ogenblik na ogenblik aanzwol tot het hem tot de rand toe vulde, was het diepe maar volstrekt woordenloze besef dat hij afscheid nam, dat hij bereid was, meer dan bereid om zijn rechterarm af te staan, of een long, een nier, dat hij moeiteloos — ja zijn léven zou geven voor het hare, dan en daar, voor dat kleine wezentje in zijn armen, een wezentje waarover hij niets wist.

En daarom dus, dacht hij, juist daarom moet alles, alles in de wereld voortaan anders, radicaal anders.

Niet dat hij dat voor het eerst dacht. Natuurlijk niet. Net als iedereen had hij al eerder de overtuiging gehad dat zaken moesten veranderen, dat het beter zou zijn als we de dingen anders aanpakten — en niet alleen beter, of handiger, maar ook rechtvaardiger, bijvoorbeeld rechtvaardiger, vooral rechtvaardiger. Er was een noodzaak tot verandering, vond hij eigenlijk altijd al, verandering in het algemeen en van de westerse samenleving in het bijzonder. Maar juist als het aankwam op die bijzonderheden ging het daarbij tot nu toe toch eigenlijk altijd om de overtuiging van anderen, om die van Otto bijvoorbeeld, om iets wat Otto voor hem had geformuleerd en waarin hij zich gemakkelijk had kunnen vinden omdat het maar logisch was: dat opheffen van de onrechtvaardigheid en de ongelijkheid in de wereld op specifiek die of die wijze, het rechttrekken van wat anderen, van wat het systeem, uit balans had gebracht ten koste van velen en ten voordele van maar enkelen. Maar nu, daar in die lege verloskamer, was het anders. Nu was het alsof het uit hemzelf kwam, alsof hij door dit kleine engeltje in zijn armen, dit onmogelijke wezentje, hulpeloos en nog zonder naam, ingefluisterd had gekregen wat hem te doen stond. Alsof hij door de aanraking van haar huid, zelf was aangeraakt. Voor de eerste keer, de allereerste keer. Alsof het nu pas, en voorgoed, met deze geboorte in hemzelf werd geboren.

Buiten nam het rumoer toe. Leon hoorde nu duidelijk spreekkoren, een jennerig 'auf wiederseh'n – auf wiederseh'n – auf wiederseh'n' en elders scandeerde men een naam. En dwars daardoorheen, op de hoek van de Sint Jansstraat en het Schuitendiep, op het dak van een woonboot in het water, dacht hij – hij wist niet waarom, maar hij zag iemand voor zich, een jongen, niet eens zo oud, op het dak van een van de woonboten die daar lagen – dwars door alle rumoer, door alle spreekkoren en het opgewonden gebrul heen zong een jongen het Nederlandse volkslied, die treurige, zelfs wat elegische melodie die, zonder de woorden zelf, zonder die wat vreemde tekst met zijn referentie aan alles behalve het eigen volk, het eigen bloed, de eigen plek – die melodie die eerder beweent dan bezingt, eerder treurt dan triomfeert. Het is het lied van iemand die altijd het goede heeft gewild en het verkeerde kreeg. Die zijn diepe eerbied met onverschilligheid beantwoord zag, en wiens droefheid over de eigen, nu onvermijdelijk geworden opstandigheid, die opstandigheid zelf bijna overvleugelt. Hij hoorde dat, kristalhelder, door alles heen:

En hij stond op. Eindelijk stond hij op, met zijn dochter in zijn armen. Hij liep naar het raam dat uitkeek op de Sint Jansbrug over het Schuitendiep om te kijken of hij hem misschien zag, die jongen, ergens op het teerdak van een woonboot. Maar hij zag in de lichtjes oplopende straat alleen maar een lange rij mensen over de gehele breedte van de weg, sommigen getooid in oranje gewaden, anderen met de Nederlandse vlag als een cape over hun schouders gedrapeerd. Weer anderen droegen een zwarte pruik, een pruik met lange haren, een Gullitpruik. Iedereen begaf zich in de richting van de markt, die waarschijnlijk al vol stond, want net over de brug kwam de stoet tot stilstand. Men kon niet verder. Er werd met vlaggen gezwaaid. Bij het stoplicht op de brug ontwaarde Leon een drietal mensen; ze zaten op hun knieën voor het oranje knipperende verkeerslicht. Telkens als het oplichtte bogen ze gedrieën naar de grond, om vervolgens met geheven armen weer overeind te komen, in volstrekte en totale aanbidding. Aan de rechterkant, vlak bij de kleine zuilengalerij van het oude gemeentearchief, stond een aantal mensen met beschilderde gezichten op en neer te springen, de armen om elkaars schouders. En nog wat verder, al bijna op de markt zelf, stak het donkere silhouet van een meisje boven de menigte uit, een meisje met ontbloot bovenlijf. Ze zat op iemands schouders en zwaaide haar T-shirt boven haar hoofd in het rond. En daar weer achter, in een nu allesoverstralend oranje licht onder een hemel die nog niet helemaal donker was en die het deze nacht, deze langste nacht van het jaar, ook niet worden zou – achter het meisje zag Leon het begin van een immense menigte, van de duizenden, misschien wel tienduizenden die – het kon bijna niet anders – niet alleen de Grote Markt overspoeld hadden, maar ook de Vismarkt daarachter en wie weet misschien zelfs wel tot op de Westerhaven stonden, en daar nog voorbij. Er leek geen einde aan te komen.

En hij was niet de enige die bij het zien van deze mensenmassa het gevoel had dat het deze avond niet om precies deze plek ging, deze markt, deze stad, maar dat het ging om de hele natie. Dat wat hier samen was gekomen slechts een kleine afspiegeling was van wat in alle steden, in alle dorpen, tot in de kleinste gehuchten van het land uit zijn huizen was gekomen om een overwinning te vieren die vanaf die negenentachtigste minuut in het Volksparkstadion in Hamburg veel meer was geweest dan het winnen van alleen maar een voetbalwedstrijd.

18

Leon keek weer naar zijn dochter en zag dat ze nu, voor het eerst, haar beide ogen open had. Blauw. Stralend blauw, dat zou hij nooit vergeten. Hij hield haar even omhoog, als om ook haar de gelegenheid te geven een blik te werpen op de volksmassa in de straten. 'Kijk,' wilde hij zeggen, 'kijk, de mensen.' En het was ook werkelijk alsof ze iets zag. Ze tuitte haar lipjes en maakte met haar handje een trage beweging als wilde ze naar iets wijzen, iets in de verte, of juist iets heel nabij.

Buiten weerklonk een trompet of bugel. Het was een kort loopje, een taptoe, of meer zoiets als een reveille, een oproep om op te staan, te paard te gaan, ter tafel te komen, of gewoon om te verzamelen op de appelplaats. Een riedeltje was het, dat door iedereen als een signaal werd begrepen, dat al weken voor iedereen een oproep was om na het klinken van de laatste noot uit alle macht, met alle adem die men in zich had, oorverdovend en als uit één mond te brullen: 'Aanvallùùùh!!'

Datum uit rek:	213145
Naam:	notty
Laatste uitlening:	29/10/16
Aantal uitleningen:	9
Uitgavejaar:	2016
Winob totaal:	28
De Panne	—
Nieuwpoort	—
Veurne	x
Nog boeken over dit onderwerp:	—
Deel van een reeks:	—

	Afvoer:	Magazijn:	Terug:	Heraankoop:

1

Douwes moet dood. Dat staat al vanaf het begin vast: Douwes, Derk Siebolt Douwes, hoofdredacteur van *De Ochtendbode*, een grote provinciale krant die verspreid wordt in de drie noordelijke provincies van het Koninkrijk der Nederlanden, waar iedereen er een abonnement op heeft, niemand uitgezonderd; Douwes, drieënvijftig of daaromtrent, vader van twee kinderen, van een dochter en een zoon, gehuwd met Louize Laperre, enigst kind van een Belgisch industrieel uit de omgeving van Charleroi, een chiquelinge, oud geld, bijna van adel, tegen de zin van haar ouders in het huwelijk getreden met een ongelikte beer uit het noorden van de Nederlanden, een boer — aanvankelijk toch — een jongen van het platteland, Douwes, iemand die al zijn manieren nog moest leren.

Dood moet hij. Het is niet persoonlijk. Leon heeft niets tegen hem persoonlijk, of toch niet écht. Zo goed kent hij Douwes ook niet. Voorheen kende hij hem vooral uit de media, net als iedereen, uit zijn optreden bij de krakersrellen in de Oude Boteringestraat bijvoorbeeld, een ontruiming ergens midden jaren tachtig. Daar was hij bepaald meer geweest dan alleen maar een krantenman, dan enkel hoofdredacteur. Hij heeft er persoonlijk een paar aan de haren naar buiten gesleept. Zegt men. Natuurlijk niet in zíjn krant, daar staat zoiets niet in. Als je afgaat op wat er in zijn krant staat, dan weet je dat je niet kunt vertrouwen op wat de media zoal zeggen, de kranten, de tijdschriften, de tv ook. Of de radio. Hoewel Leon dat van die haren misschien nu juist op de radio gehoord heeft, op het in rui-

23

sende golven aanzwellende en weer wegstervende Radio
Noordkaap, dat live verslag uitbracht van het verloop van
de ontruiming, van ín het pand zelf, vanwaar ze altijd al
uitzonden.

Maar echt persoonlijk kende Leon hem dus niet. Tot nu.
Al heeft hij Douwes hiervoor dan toch al één keer eerder
ontmoet. Hij was juist afgestudeerd en wilde samen met
zijn ouders en zijn zus, en Otto en Rosa natuurlijk, en de
rest van de bende, de bende van het Schuitendiep – en ook
Charly, al herinnert hij zich dat niet – hij wilde juist de
trappen van het Academiegebouw afdalen toen Douwes
uit een grote glimmende Mercedes stapte met in zijn kiel-
zog een mager mannetje met een aktetas. Hij was toen al
enorm, Douwes. Hij had geleerd hoe het vis- en oestermes
te gebruiken, dessertlepels van eetlepels leren onderscheiden, hij was vertrouwd met het sorbet tussen de vele gan-
gen door om de maag even tot bedaren te brengen; hij
kende zijn wijnen, en wist blindelings de ene wijngaard tot
op minder dan honderd meter nauwkeurig van de ander te
onderscheiden, sprak met gezag over de bodemsamen-
stelling en de druivenrassen die op die of die grond het
best gedijen, maar verorberde ook nog steeds met smaak
een Hollandse Nieuwe of een frietje van de Gebroeders
Waterloo uit de Moesstraat. Hij was welgedaan, gezet, nee
topzwaar was hij, topzwaar en imposant. Zelfs daar onder
aan de trap wekte hij de indruk dat hij boven iedereen uit-
torende.

Leon weet nog hoe merkwaardig hij het vond dat Dou-

24

wes zijn zwaarlijvigheid met een zekere lichtheid wist te combineren, want hoewel hij briesend en puffend de treden beklom, deed hij dat toch met een zodanige snelheid dat het mannetje achter hem de trap met twee treden tegelijk moest op springen om hem bij te benen. Dat viel Leon op. Hij had verwacht dat Douwes, eenmaal boven, hijgend voorovergebogen op zoek moest naar adem, maar dat was niet het geval. Douwes zag Leon daar staan, wendde meteen de steven – een woord dat bij hem past: steven; de man is een tanker, een slagschip – en kwam met uitgestoken hand op Leon af. Die stond midden in het groepje dat er, op zijn ouders, zijn zus, Charly en voor de gelegenheid ook hemzelf na, uitzag alsof de complete garderobe in de Winkel van Sinkel was gekocht: aftandse legerjasjes, onderjurken over versleten spijkerbroeken, afgetrapte schoenen en zelfs rubberlaarzen. Er boorde een straaltje zon door het monotone grijs dat die dag tot dan toe compleet had beheerst, en Leon had het gevoel dat dat straaltje op hem viel, op hem alleen. *Facultas Iuris in Universitate Groningana candidatum ornatissimum* – en dan zijn naam – *examine sollemni in Iure ad omnes nationes pertinenti absoluto ad summos honores impetrandos* – en dan kwam het, let op: – CUM LAUDE *admittit*. Dat stond op zijn bul. Leon weet dat nog. Hij heeft het ooit uit zijn hoofd geleerd, god weet waarom. Hij wist het nog de dag dat hij zijn bul samen met zijn andere diploma's, ook zijn zwemdiploma en diploma's van de KNGV, de Koninklijke Nederlandse Gymnastiek Vereniging, en verder nog zijn bankkaarten, verzekeringsbewijzen, belastingaangiftes en wat niet al verbrandde in een vuilniscontainer die bij een houten keet aan het spoorlijntje naar Roodeschool stond, en er bij gelegenheid nog weer eens naar keek. Hij kon het zich woord voor woord herinneren. *Ad summos honores impetrandos* **CUM LAUDE** *admittit*. Hij was daar trots op, op de hem toegezwaaide lof, ook daar boven die rokende container nog steeds, zodat hij toch even twijfelde, ondanks alles. Daar herinnerde hij zich Douwes ook weer. Zag hem die trappen opbuffelen, en die uitgestoken hand, die kordate, korte bewegingen.

'Zo jongeman,' zei hij, 'afgestudeerd?' En zonder een antwoord af te wachten, zeker van zijn zaak: 'Gefeliciteerd! Dat zien wij graag: een nieuwe generatie die aan de slag gaat.' Hij schudde Leon krachtig de hand, zo krachtig dat het hem nauwelijks lukte om tegendruk te geven. 'Douwes,' zei hij, 'mijn naam is Douwes. En u bent de gelukkige ouders', zei hij terwijl hij een halve slag draaide. Hij drukte Leons vader de hand, en vervolgens die van zijn moeder, die Douwes van onderaf aankeek, met veel oogwit, iets wat Leon nog nooit eerder bij haar had gezien. 'U kunt trots op hem zijn.' Hij keek over haar hoofd naar het zootje ongeregeld achter haar rug, trok even met zijn mond en draaide zich weer in Leons richting. 'Is dat je bul?' Hij maakte met zijn immense hoofd een beweging in de richting van de roodleren map met daarop in goud het wapen van de universiteit. Leon knikte. En voor hij er erg in had, pakte Douwes de map uit zijn handen en sloeg hem open. Het magere mannetje keek van achter zijn schouder mee.

'Universitate Gronn...' mompelde hij, 'ah! *in iure*, meneer is jurist geworden, kijk eens aan, en dan... zo, zo, wel, wel, zie je dat, Dekker?' vroeg hij over zijn schouder, 'kijk, *cum laude* zeg. Verdomd. Kranig kerel, kranig' — en hij legde zijn enorme hand op Leons rechterschouder terwijl hij zijn grote hondenkop weer richting diens vader draaide: 'Hij gaat een stralende toekomst tegemoet, meneer, wat ik u brom.' En weer in Leons richting, waarbij hij hem vorsend aankeek (ook een woord dat bij hem past: vorsend, zelfs nu nog, vindt Leon): 'In dienst van de rechtvaardigheid, jongeman, van de récht-vááar-díg-héíd!' Bij dat laatste, lettergreep voor lettergreep uitgesproken woord had hij zijn hand weer van Leons schouder gehaald en zijn wijsvinger in de lucht gestoken, als betrof het een vermaning. Vervolgens maakte hij een korte buiging, of iets wat erop leek: zijn omvangrijke romp helde even voorover en veerde toen weer terug. Waarna hij zich op zijn hakken omdraaide en met een 'ik wens u één goede en bovenal fééstelijke dag' wegstiefelde naar de grote deuren van het Academiegebouw. 'Jé-hé-hé-suss', zei iemand — Otto misschien, of Friedrich, iemand uit het zootje ongeregeld dat gedurende Douwes' optreden van de aardbodem verdwenen leek te zijn, maar er nu ineens weer stond, dicht tegen elkaar aan, als schoolkinderen die juist een schrobbering hadden gekregen van de hoofdmeester.

En Charly was daarbij; iets terzijde stond ze, al herinnert Leon zich dat niet, in een wit katoenen jurkje, op rode pumps.

Dat was Douwes. Dat is Douwes nog steeds, in zekere zin. Het is de Douwes van de buitenwereld, de hoofdredacteur die men tegenkomt in min of meer openbare gezelschappen op min of meer openbare gelegenheden — min of meer, omdat de meeste van die gelegenheden toch wel een uitnodiging vereisen. Of een perskaart. Die hij dan weer niet tevoorschijn hoeft te halen, zo hij er al een heeft. In de meeste gevallen zou het zelfs een belediging zijn hem ernaar te vragen. Het is de Douwes van tv, van de regionale tv in de eerste plaats, OOG-tv, waar hij tussen veel met zwaar accent neuzelende stadjers een soort hete-aardappelen-Hollands bezigt dat je meteen het gevoel geeft dat je van zender bent veranderd, hoezeer hij zelf ook geboren en getogen is in het noordelijkste noorden van het land. Het is ook de Douwes uit zijn eigen krant, hoofdredacteur Douwes, Derk Siebolt Douwes, met dat wat vreemde, altijd recht overeind staande haar. Alsof hij het elke dag zorgvuldig föhnt, al is hij daar dan de man weer niet voor, voor föhnen. En hij heeft van die ogen die klein lijken, maar het niet zijn. Ze lijken klein omdat de rest van zijn gezicht, van zijn kop, zodanig groot is dat het — ja, het reeachtige van zijn bruine ogen min of meer wegvalt. De ree maakt plaats voor de hond, voor buldogwangen die een herhaling lijken te zijn van de wallen onder zijn ogen, ogen die van boven dan weer worden begrensd door zware, haast overhangende, borstelige wenkbrauwen — niet alleen zwaar in de zin van harig, want dat zijn ze ook, maar zwaar van gewicht. Alsof alle spiermassa in zijn gezicht is uitgezakt, vervet, alles naar beneden trekt, ook zijn mond, de volle lippen, zijn... ja, zijn sensuele mond. Derk Siebolt Douwes heeft een sensuele mond. Het is alsof heel zijn gezicht aan zijn stijf rechtopstaande haar hangt, alsof zijn dikke haardos het redt voor een totaal af- en verglijden van alles — alles, behalve de vlezige en stevige neus pal in het midden.

Ja, Leon heeft hem al goed kunnen bekijken, Douwes, van dichtbij.

En het rare is ook nu weer dat al deze neerwaartse gerichtheid, al deze zwaarte en slapheid zijn kop niet alleen iets voornaams geven, maar ook iets fiers en machtigs, iets wat het tegenovergestelde is van wat je denkt te zien. Je ziet niet de senator op ruste, maar een imperator voor de veldslag. Niet de weekheid en decadentie van zijn levenswijze, maar de hardheid en beslistheid van zijn voornemens, van een man die aanstonds tot actie over zal gaan.

Dood moet hij, de Derk Siebolt Douwes uit de krant en van tv, van de openbare gelegenheden, de recepties, de samenkomsten in Sociëteit Petrus Agricola aan de Vismarkt, en niet te vergeten: de Douwes van de discrete bijeenkomsten in hotelletjes in de buurt van Doodstil, Garnwerd en Godlinze, de bijeenkomsten met *captains of industry*, lieden van de steenrijke Gasunie, van de suikerfabrieken, van het havenbedrijf in Delfzijl, bijeenkomsten waar ook wel lokale politici plegen op te duiken en waar bijna niemand van weet of van mag weten, al gonst het van de geruchten over 'handjeklap' en 'onder de tafel' en 'achter de ellebogen' en 'op een akkoordje'. Dood. Als betekenis. Als datgene waarvoor hij staat. Als wat hij incorporeert en uitwasemt. Vertegenwoordigt en verspreidt. Als openbaarheid.

Het is niet persoonlijk. Het kan niet persoonlijk zijn.

Persoonlijk heeft Leon niets op Douwes tegen, integendeel zelfs. Persoonlijk bevalt hij Leon eigenlijk wel. Meer dan hij wil. Zelfs nu, nu Douwes op een hem volslagen onbekende plek zit, hierheen gebracht onder voor hem ongetwijfeld helse omstandigheden, en zonder dat hij de gebruikelijke controle heeft over wat precies wat is, over wat er eerst en wat er vervolgens gebeuren moet en gebeuren zal en gewoonlijk uiteindelijk ook gebeurd – zelfs nu weigert hij slachtoffer te zijn. Hij weigert de rol te spelen waarin Leon hem graag wil laten geloven: dat hij onderwerp van ingewikkelde en delicate onderhandelingen is, dat hij dient als pasmunt voor een hoger doel. Want dat hij dood moet, staat weliswaar vast, maar hij moet het niet meteen. Hij is nog nodig voor foto's met kranten, andere dan de zijne. Of misschien juist de zijne, denkt Leon: hoofdredacteur Derk Siebolt Douwes met in zijn handen zijn eigen krant, de krant van gisteren, op de voorpagina van die van vandaag. Hij zal hem vragen zijn overhemd uit te trekken; hij zal eisen dat hij in zijn onderhemd poseert voor zo'n foto, zo'n polaroid met op de achtergrond een vlag, een vlag met een ster erop natuurlijk, dat hoort zo. Dat was bij de RAF zo, en bij de Brigate Rosse. Een klassieke gijzelaarsfoto, zo stelt Leon zich voor. Maar hij weet nu al dat Douwes zal weigeren. Zodra hij de lage deur opent naar de kelder waar Douwes zit, begint zijn woordenstroom.

'Ik weet niet wat jullie van plan zijn,' zegt hij dan bijvoorbeeld, 'maar het zal niet lukken. Er zal niemand zijn die met jullie onderhandelt, niemand die in zal gaan op jullie eisen. Dat zou ik zelf ook niet doen als ik in die positie was, als jullie niet mij maar een andere medewerker van de krant hadden ontvoerd,' zegt hij, 'en ik het was die het aanspreekpunt vormde voor misdadigers als jullie.' Leon wil er onmiddellijk tussenwerpen dat hij geen misdadiger is. Maar Douwes zegt: 'Terroristen,' zegt hij, 'en met terroristen onderhandelt niemand.' En dat Leon, 'jullie', zegt hij, dat zij dat toch zouden moeten weten. 'Want hoe,' vraagt hij, 'hoe is het destijds afgelopen met die treinkapers bij De Punt?' Of Leon dat nog weet? 'En de gijzelnemers in het Provinciehuis van Assen?' Moet hij Leon en de anderen daaraan helpen herinneren? Zo verschrikkelijk lang is dat allemaal nog niet geleden. En dat er bij die gelegenheden grote middelen werden ingezet, tanks en straaljagers en het Korps Mariniers; dat men niet aarzelde om geweld te gebruiken tegen hen die niet alleen zomaar de wet overtraden, maar van meet af aan buiten de wet stonden, 'erbuiten,' zegt hij, 'niet erboven.' En dat er dus ook nu niet geaarzeld zal worden, dat het principe hier boven de personen gaat, zegt hij, dat zijn individu moeiteloos weggestreept zal worden tegen het principe van de vrijheid dat te allen tijde verdedigd moet worden tegen types als Leon en zijns gelijken. En dat Leon het eten en drinken dat hij heeft meegebracht gerust weer mee terug kan nemen, zegt hij ook, want dat hij niet zal eten zolang hij tegen zijn wil wordt vastgehouden.

Dat zegt hij.

En Leon zegt: 'U moet eten.'

En hij zegt: 'Nee.'

'U moet eten,' herhaalt Leon, 'u zult uw krachten nog nodig hebben', zegt hij, maar Douwes schudt zijn hoofd.

Leon heeft daar wel bewondering voor, moet hij toegeven, al ergert het hem op hetzelfde moment mateloos. Douwes blijft de situatie meester zelfs als hij in feite de controle kwijt is. Hij wil zich niet laten definiëren door anderen dan zichzelf. Zelfs als het hier om niet meer dan een gewoonte zou gaan, om onvermogen zelfs, de onmogelijkheid om anders te reageren op wat zoal op hem afkomt in het leven, dan nog dwingt dat voor iemand in zijn toch tamelijk hopeloze situatie alle respect af, vindt Leon, haast ondanks zichzelf. Er schuilt een waardigheid in die niet ongelijk is aan wat hij nastreeft voor iedereen, zo heeft hij al gedacht, en hij kan niet anders dan daar een zekere sympathie voor koesteren.

Maar hij moet dood. Dat mag Leon niet vergeten. Douwes moet dood. Hij mag niet twijfelen, niet zijn overtuiging aan het wankelen laten brengen door de retorische trucjes van een hoofdredacteur die altijd geweten heeft hoe hij zijn publiek moest bespelen, die overal en altijd een uitweg vond uit elke denkbare situatie, hoe benard die aanvankelijk ook leek, die problemen oploste met een kwinkslag of een nors gebaar dat door de heftigheid waarmee het werd gebracht elke tegenspraak overbodig maakte, elke criticus reduceerde tot een beroepsquerulant van een ziekelijke soort, iemand naar wie zelfs niemand meer wílde luisteren. En dat was het nou juist. Dat was waarom het Douwes moest zijn. Van meet af aan. Een poortwachter van de werkelijkheid. De gesel van de noordelijke provinciën. Niet iemand die alleen maar waarnam en daarover op een eerlijke manier berichtte, al helemaal niet iemand die opging in wat het geval was en dat vervolgens onderging, maar iemand die afdwong wat het geval moest zijn, oplegde, verordonneerde, bestemde en bepaalde, al moest hij daarvoor persoonlijk iemand aan de haren naar buiten slepen.

Dood.

Het stond al vast lang voordat hij op een mistige novemberochtend, nu een goede week geleden, op de oprit naar de A28 in alle vroegte werd klemgereden door een oude gifgroene Ford Transit die vroeger nog van autoverhuurbedrijf Gall was geweest. Leon was niet alleen. Ze waren met z'n vijven, vijf in donkerblauwe overalls gestoken mannen, vijf mannen, overtuigd van een en hetzelfde, eendrachtig samenwerkend aan wat als eerste doel in een hele reeks van doelen was gesteld: Douwes klemrijden op de oprit naar de A28, waarna er twee hem uit zijn gloednieuwe BMW zouden sleuren, een E32 750iL om precies te zijn. Dat hadden ze van tevoren uitgezocht met z'n vijven. 300 PK, een topsnelheid van 250 kilometer per uur, bijna vijf meter lang; een bakbeest. Maar zij reden hem klem met een oude Ford Transit, de Transit MK2. Als die 140 haalt, is het veel. Douwes' BMW stond ingeklemd tussen de vangrail en het busje, zodat zijn portieren afgesloten waren, hij niet weg kon. Maar iemand (niet Leon) sprong op de motorkap en begon met een sloophamer op de voorruit in te slaan. Die hamer was voorzien. Zoals alles was voorzien, dachten ze. Zelfs de mist.

Douwes dook onder zijn dashboard terwijl er een regen van glas op hem neerdaalde. Leon had het niet gezien. Hij tuurde in de mist, speurend naar achteropkomend verkeer. Maar zo ging het. Het maakte hem een moment lang onbereikbaar, Douwes, nog afgezien van de weerbarstigheid van de autoruit, die weliswaar vergruizelde en waarin na de eerste slag met de hamer een gat zat ter grootte van een vuist, maar die desalniettemin zijn samenhang niet onmiddellijk prijsgaf. Het aanvankelijk harde, licht gebogen oppervlak van de ruit veranderde in een met de slagen van de hamer meebewegende mat van aan elkaar hangende glassplinters. Of zo leek het toch. Dat was dus niet voorzien. Het duurde veel langer dan de bedoeling was voordat de opening groot genoeg was om de onder zijn stuur weggedoken Douwes te bereiken.

Ook dat hadden ze natuurlijk niet verwacht: dat Douwes met zijn omvang nog iets anders kon doen dan enkel lijdzaam van achter zijn stuur toezien hoe zijn voorruit werd versplinterd, dat hij in staat was zich tussen stoel en stuur door te wringen en in de beperkte ruimte daaronder met zijn omvangrijke lijf blijkbaar voldoende plaats vond om zich een tijdlang onbereikbaar te houden voor de verwoede pogingen hem uit de auto te krijgen. En hoewel tegenstand, weerspannigheid, verzet, gestribbel, geworstel, zelfs vuistslagen, hoewel daar door iedereen op voorhand rekening mee was gehouden – Leon had de overige vier Douwes' optreden bij de krakersrellen in de jaren tachtig nog eens in herinnering gebracht en een waarschuwende vinger opgestoken – hoewel ze dus rekenden op stevig verweer, was de hardnekkigheid waarmee Douwes' ineengerolde lijf aanvankelijk iedere poging weerstond om hem van onder zijn stuur vandaan te hijsen een forse tegenvaller. Iedereen was ervan doordrongen dat het welslagen van acties als deze vrijwel geheel afhankelijk is van de snelheid waarmee ze worden uitgevoerd. Ze bevonden zich op de openbare weg, immers. Op een oprit. De oprit naar de A28. Ze waren niet alleen.

Het was vroeg in de ochtend, dat wel, onchristelijk vroeg, zo hadden ze al tegen elkaar gezegd toen een paar van hen terugkeerden van een van de vele verkenningsmissies die ze ondernamen voordat ze werkelijk tot actie overgingen. Ze gingen beslist niet over één nacht ijs. Ze hadden vastgesteld dat Douwes elke ochtend al om zes punt vijftien uur precies zijn met camera's bewaakte woning in de lommerrijke omgeving van Odoorn verliet om, zo meldde de uitkijkpost op het bedrijventerrein in Groningen, slechts een halfuurtje later – de ene keer zes punt zevenenveertig uur, een andere keer om zes punt tweeën-

vijftig uur, maar ook ooit al eens om zes punt zevenender-
tig uur exact — als eerste de gebouwen van *De Ochtendbode*
te betreden. Natuurlijk waren er op de redactie van een
zo grote regionale krant als *De Ochtendbode* dag en nacht mensen aanwezig, maar Douwes hechtte eraan de eerste van
de dag te zijn die de redactielokalen betrad, zodat ook de
'nachtuilen', zoals hij de nachtploeg steevast noemde, hun
hoofdredacteur nog even te zien kregen. Dat was goed voor
het moreel, meende hij, al dachten de vermoeide mede-
werkers daar op dat uur meestal anders over. Douwes vond
altijd wel iets waarop hij kon vitten. 'Hooibroei op de Ach-
terweg in Eeserveen?' zei hij op een dergelijk moment dan
bijvoorbeeld, 'nou Calmthout, dat is toch godverdomme
wel wereldnieuws zeg! Ik snap vol-ko-men waarom je dát
op de voorpagina wilt hebben' — waarna hij met een
rode pen een kras zette door het bericht. Of: 'Leferink,
wat is het nu, vriend: "Hij schrijft té allé tijde*nnn*, tè*nnn*
alle*nnn* tijde*nnn*, of tè alle*nnn* tijdè te allen tijde verkeerd"?
Nou?' En soms barstte hij in woede uit omdat... omdat
bijvoorbeeld iemand in het reprohok het licht had laten
branden.

Zo was hij. Goed voor het moreel betekende voor Douwes vooral dat hij zijn aanwezigheid bij iedereen weer
eens flink voelbaar had gemaakt, 'zodat ze niet verslap-
pen', zou hij zeggen in Sociëteit Petrus Agricola aan de Vismarkt, en dan keek hij naar de amberkleurige cognac die
traag in zijn glas ronddraaide, naar het blauw van de krin-
gelende sigarenrook die langzaam opsteeg naar het be-

schilderde plafond van de salon. Want de wereld bestond uit lijntrekkers, leeglopers en andere jansalies. Alles moest je zelf doen, alles.

Onchristelijk vroeg. Maar daarom nog niet alleen. Er was vrachtverkeer. Er waren anderen die op dat uur onderweg waren naar fabrieks- en kantoorgebouwen om de burgerlijk-kapitalistische samenleving draaiende te houden. Uiteraard was het risico om bij de oprit naar de A28 te worden gezien groter dan wanneer ze Douwes op een van de meer landelijke wegen tot stoppen hadden gedwongen. Een eerdere poging daartoe liep echter al na anderhalve kilometer achtervolging op de N34 spaak wegens de onmenselijk hoge snelheid waarmee Douwes zich over deze tweebaansweg voortbewoog. Punten om hem te onderscheppen waren er weliswaar voldoende, maar dat was niet zonder risico op ernstige ongevallen en daarmee op gewonden of zelfs doden aan hun kant, of erger nog: op een voortijdig verscheiden van de hoofdredacteur zelf. En ze hadden Douwes dus levend nodig. Met een banaal ongeluk als doodsoorzaak konden ze weinig beginnen.

Leon had nog overwogen om een snelle auto op de kop te tikken. Een Mercedes, dacht hij. Daarmee moest het toch lukken om Douwes bij te benen of zelfs in te halen en tot stilstand te dwingen. Hij wist wel wat cafés bij de Tweede of Derde Drift, vlak bij Noorderhaven, waar malafide autohandelaren je tegen een relatief zacht prijsje aan een niet traceerbare auto konden helpen. Want dat ze zelf tot het stelen van een auto zouden overgaan was uitgesloten.

Niemand kende het handwerk. Niemand wist hoe je chassisnummers kon verwijderen of veranderen en hoe je vervolgens aan de juiste papieren raakte om bij een eventuele aanhouding — een paspoortje was eenvoudig te verkrijgen, een rijbewijs ook, maar autopapieren, dat was een andere zaak — niet meteen gearresteerd te worden. Maar vooral, zij waren geen misdadigers, vond Leon, 'wij zijn geen ordinaire autodieven, geen inbrekers of andere zich slechts met het oog op persoonlijk gewin buiten de wet begevende lieden. Ons doel is niet ons eigen welbevinden, maar het welbevinden van de gemeenschap', zei hij. Het doel heiligt de middelen, daar moest je realistisch in zijn, vond ook Leon. Anders bleef het bij goede bedoelingen, bij immobilisme, bij intellectueel geneuzel waarmee alleen morele overwinningen te behalen zijn. En morele overwinningen zijn geen overwinningen. Ze tellen niet. Ze vormen geen resultaat. En het ging om het resultaat. Men moet zich dus soms verlagen tot wat men zelf verafschuwt. Maar daarmee worden de middelen nog geen doel. Zeker, artikel 282a van het Wetboek van Strafrecht liet geen twijfel bestaan over de betekenis van wat ze van plan waren te doen, zij vijven, van wat ze inmiddels hebben gedaan en van wat nog staat te gebeuren. 'We riskeren een levenslange gevangenisstraf, of een tijdelijke van twintig jaar of daaromtrent, of een geldboete van de vijfde categorie, aldus lid 2', zei Leon. Het hing er maar vanaf waar het op uit ging draaien. Maar de wederrechtelijkheid van de vrijheidsberoving stond hier tegenover de wijze waarop Douwes zelf de wereld in gijzeling nam.

Wie hier precies de vrijheid verdedigt, staat nog te bezien.

Geen snelle auto derhalve, maar een welgekozen plek, een enkele rijstrook, de oprijstrook naar de A28, waar Douwes hen niet in kon halen. Leon zat achter in het busje met een verrekijker en keek naar een van tevoren bepaald punt op zo'n vijfhonderd meter van waar ze stonden te wachten en waar de tweebaansweg versmalde tot een enkele rijstrook — een verkeersbord dat aanmaande tot snelheidsbeperking. Zodra hij Douwes' BMW daar zag langsstuiven, gaf hij een teken, en zetten ze aan. Ze reden ongeveer vijftig en wachtten tot Douwes hen achteropkwam. Daarna gaven ze hem dan zogenaamd de ruimte door ver naar rechts uit te wijken, tot op de strook asfalt die naast de eigenlijke weg lag. En mocht hij dat niet begrijpen, dan was er een armgebaar voorzien, een teken van een van hen dat hij kon passeren. En dan, als hij vaart maakte, op het moment dat de neus van zijn auto halverwege de zijkant van het busje zou zijn, plotseling het stuur naar links. Klem.

Dat leek waterdicht. En het werkte ook. Douwes zat klem, verdween dus op miraculeuze wijze onder het dashboard en werd na een minuut of vijf — zo lang duurde het toch wel — uiteindelijk bereikt, zodat hij verdoofd kon worden met een in chloroform of iets dergelijks gedrenkte doek. Die was ook voorzien. Die had eigenlijk onmiddellijk na het inslaan van de voorruit gebruikt moeten worden. Iemand had er al een tijdje mee klaar gestaan, maar zag zich in de tussentijd gedwongen het flesje weer dicht te draaien en de lap een eindje verderop, op

het dak van Douwes' BMW te leggen, omdat hij zelf be-
dwelmd dreigde te raken door de zoetige geur, zei hij.

Helemaal van een leien dakje ging het ook toen nog niet,
moest Leon erkennen. Douwes vloekte en vocht toen uiteindelijk iemand op zijn rug was geklommen en trachtte
het doordrenkte doekje in zijn gezicht te duwen. Hij zat
nog steeds op handen en voeten tussen versnellingspook,
stuur en zijportier. Hij brieste en schudde met zijn grote
kop wild heen en weer, zodat de eerste pogingen misluk-
ten en ze wel gedwongen waren hem, van bovenaf, staande
op de motorkap van zijn BMW, flink in de nieren te trappen. Hij brulde het uit. Een beest. 'Kapitalistisch zwijn',
zei iemand. Uiteindelijk lukte het om hem rond zijn hals
te grijpen, met het nodige geweld zijn hoofd aan zijn
stugge haren naar achteren te trekken en het doekje op
neus en mond te drukken. Eindelijk verslapte hij.

Niet dat daarmee alle problemen uit de weg waren. Een
echt vloeiend en vlekkeloos verlopende operatie was het
inmiddels niet meer. Ze dachten nu in fasen. En de volgende fase was om het zware lijf van Douwes uit de auto
en in de bestelwagen te hijsen, liefst zonder dat ze gestoord
werden door achteropkomend verkeer. Over de snelweg
hadden ze al wel enkele vracht- en personenwagens horen
passeren, maar de mist was tamelijk dicht. Als zij de auto's
niet zagen, zagen de auto's hen niet. Maar ze moesten vre-
zen voor verkeer van de N34, forenzen die eveneens uit
Odoorn kwamen, of uit Borger of Gieten. En dus begonnen ze gedrieën aan het lijf van Douwes te trekken. 'Dood

gewicht', kreunde iemand. Een ander hing op een gegeven moment zelfs op zijn kop in de BMW om de hendel te bereiken waarmee de bestuurdersstoel naar achteren geschoven kon worden zodat er meer ruimte was om hem omhoog te hijsen. Uiteindelijk lukte het.

En in principe had het toch gewerkt, dat klemrijden, al was er bij het wegrijden dan nog iets mis. Er was iets met het stuur. Blijkbaar had de Transit de klap met de BMW niet helemaal doorstaan. 'De vooras!' riep degene die aan het stuur zat, 'de vooras is godverdomme naar de kloten!' Het stuur trilde bijna uit zijn handen als was het een drilboor, of zo'n machine waarmee stratenmakers tegels aanstampen. Op dat moment reden ze nog geen veertig. Bij ongeveer zestig kilometer per uur en inmiddels doende om in te voegen op de snelweg, hoorden ze een schrapend geluid, alsof er iets was losgekomen van de bodem dat nu over het wegdek sleepte. 'Ik houd hem niet! Ik houd hem niet!' riep de chauffeur, 'we moeten eraf!' 'Doorrijden!' riep iemand anders op bevelende toon, 'rijd maar op de pechstrook, maar rijd godverdomme door!'

Ze hadden geen keus. Nu stoppen was het ultieme echec, of dat dachten ze toen nog, de absolute mislukking van wat ze maanden en maanden hadden gepland. Want wat moesten ze dan doen? Douwes aan de kant van de weg achterlaten om het eigen lijf te redden? Te voet door de weilanden in de hoop zo een bushalte of iets dergelijks te bereiken? Liften? De kans dat ze daarna nog eens de mogelijkheid zouden hebben om Douwes in hun macht te krijgen, was uiteraard zeer klein. Douwes is er weliswaar de man niet naar om zich te omringen met kleerkasten en gewapende mannen in driedelig grijs met een schouderholster en een oortje, maar hij zou voortaan hoe dan ook op zijn qui-vive zijn en zich niet weer zo relatief eenvoudig laten pakken. En ze hadden hem nodig, hem moesten ze hebben, niemand anders dan hem, Derk Siebolt Douwes, hoofdredacteur van *De Ochtendbode*.

En wat als ze hem achter zouden laten, wat moesten ze dan doen? Hij had hen alle vijf gezien. Omdat het duidelijk was wat er gebeuren moest en ook gebeuren zal, had niemand het nodig gevonden maskers te dragen, of een nylonkous of ski- of bivakmuts of wat heb je allemaal in dat genre. Hun koppen mocht hij gerust zien, zo hadden ze vooraf gedacht; het zou het laatste zijn wat hij te zien kreeg. Maar nu hij hen eenmaal gezien had, was er ook geen weg terug meer. Hem zomaar achterlaten was geen optie. Hem dan en daar doden was niet mogelijk. Of ze zouden het met hun blote handen moeten doen. Of met de hamer. Ze hadden geen andere wapens mee. En dan, zoals gezegd hadden ze hem levend nodig om een maximaal resultaat te behalen. Als ze niet doorreden moesten ze hem meenemen. Hoe dan ook.

En dus reden ze door. Zolang als het nog ging, reden ze verder. Zestig, zeventig kilometer per uur gingen ze nu. Sneller ging niet. Het lawaai was oorverdovend en het hele busje trilde en schudde. Je hoorde het plaatwerk rammelen. Alsof iemand in de coulissen van een theater

42

onweer simuleerde. Douwes' lijf schudde heen en weer in de laadruimte. Leons tanden klapperden en hij zag anderen die zich krampachtig vasthielden aan de houten latten die aan de binnenkant van de bus waren aangebracht en die dienden als ankerpunt voor het vastbinden van lading. Douwes trilde langzaam over de laadvloer van helemaal rechts naar helemaal links, een walrus op verplaatsing. Iemand schreeuwde iets. Er werd gevloekt. Op de voorbank trachtten er nu twee het stuur in bedwang te houden, terwijl Leon inmiddels het slot van de achterdeuren dichthield. Dat was door de voortdurende trillingen al losgeschoten en hij kon nog net de openzwaaiende deuren grijpen. Dat mankeerde er nog maar aan, dat Douwes' lijf door de achterdeuren van het busje naar buiten zou vliegen en zo de snelweg op. Hij was inmiddels weer schoksgewijs op de terugtocht van links naar rechts, wat een van hen danig op de zenuwen werkte omdat het schuivende, deinende lijf van de hoofdredacteur hem dwong om telkens een andere plek op te zoeken, en dat was gezien de omstandigheden bepaald geen sinecure. Het risico om te vallen was groot en je zou vervolgens maar onder het enorme lijf van Douwes terechtkomen. Hij riep iets en trapte een paar keer op het lichaam in.

2

Over de slagen en verwondingen, de blauwe plekken op zijn ribben, de bloeduitstorting op zijn rug en wang, zijn gescheurde lip – daarover rept hij met geen woord, Douwes. Leon heeft zelf al meermalen op het punt gestaan er een opmerking over te maken. Een soort excuus. Hij weet dat hij dat niet moet doen. Hij hoeft niets uit te leggen. En Douwes vraagt ook niks. Hij is niet geïnteresseerd in wat men met hem van plan is. Of hij doet toch alsof. Hij weigert zijn eten. 'Vergeefse moeite', zegt hij als Leon nog eens aandringt. Die maakt zich zorgen inmiddels. Hij heeft zich een en ander zo niet voorgesteld. Hij voelt zich machtelozer dan gezien de situatie voor de hand zou liggen. Hij staat soms tot zijn eigen afschuw en irritatie wat te dralen bij het lage deurtje, een bord met eten in zijn hand. En hij ziet hem grijnzen, Douwes, Derk Douwes. Als kon hij Leons gedachten lezen. Alsof hij wacht tot Leon begint te smeken. Hij heeft nu al zeven dagen geen hap gegeten en slechts kleine slokjes gedronken uit de waterfles. Dood gaat hij nog lang niet natuurlijk, het is niet daarover dat Leon zich zorgen maakt. Hij heeft hem dat de laatste keer ook gezegd, tot zijn eigen woede echter weer veel te beleefd. 'Ik moet u er toch op wijzen,' zei hij, 'dat het gezien uw, excuseert u mij, maar gezien uw omvang heeft het weinig zin om nu juist een hongerstaking als drukkingsmiddel in te zetten. Als het dat al is wat u probeert te doen', voegde hij eraan toe.

'Drukkingsmiddel', snoof Douwes, en lachte schamper. Zijn haar zag er verwaaid uit. 'Denk je nu echt dat ik me tot zoiets zou verlagen, jongeman? Dat ik me zou bedienen van zoiets onbenulligs als een... een hon-ger-sta-king? Ik behoor niet tot het gajus dat met dergelijke zielige methodes tracht zijn zin te krijgen. Dat is meer iets voor jullie soort.'

'Hoe bedoelt u?'

'Hoe bedoelt u? Hoe bedoelt u? Ken je geschiedenis, jongeman. Hebben die terroristen in Duitsland destijds, dat rapaille bij wie jullie waarschijnlijk leentjebuur spelen met al deze kinderachtigheden, hebben die niet getracht om via hongerstakingen een en ander gedaan te krijgen? En is hen dat ooit gelukt? Pathetisch was het. Peuters die in een colère schoten omdat ze hun zin niet kregen, en dat op een moment dat ze al niks meer te willen hadden. Zoiets is zonder de geringste waardigheid. Nee, het is veel eenvoudiger, jongeman: ik eet niet met diegenen die zich tot mijn vijand hebben verklaard.'

Leon zag ineens een tekst voor zich, een matige fotokopie van een getypte tekst, moeilijk leesbaar omdat aan de randen de letters brokkelig waren, zodat sommige woorden alleen konden worden gereconstrueerd uit de context. *Friß Vogel oder stirb!* zo schoot hem te binnen. Dat dat de wet van het systeem is. Dat volgens die wet winst wordt gemaakt. Dat die wet elk kind, elke vrouw en man bedreigt, klein houdt, verlamt, tot... tot *Sau*, tot zwijn maakt. De lopende band die mensen vreet en winst uitspuwt. Het kantoor dat mensen vreet en macht uitspuwt. De school die mensen vreet en de ware arbeidskracht uitspuwt. En wie dat niet slikt, pleegt 'zelf'moord, verhongert, verloedert, raakt aan lagerwal. Een of andere tekst, een verklaring, ergens uit de jaren zeventig. Otto was daar dol op, op dat soort teksten, weet hij. Die moest iedereen altijd lezen van hem, 'bij wijze van scholing, van voorbereiding.' Voorbereiding op de revolutie, bedoelde hij, op de grote ommekeer waarin ze met z'n allen een rol zouden gaan spelen. Hij overwoog ooit een Commando Holger Meins op te starten, naar de RAF-gevangene die ergens in die jaren na weken en weken hongerstaking gestorven was. Hij had zelfs plannen om bij de Albert Heyn in de Oude Ebbingestraat al het voedsel 'onbruikbaar' te maken, Otto. Ze zouden zich opsplitsen in groepjes van drie en elk groepje zou een afdeling van de supermarkt voor zijn rekening nemen: de slagerij, de versafdeling, de diepvriesrayons, en dan met verf, had hij gedacht, met *spraypaint* uit van die busjes die leken op bussen haarlak, daarmee zou het voedsel ondergespoten worden, zodat het niet meer gebruikt kon worden, niet meer verkocht kon worden, niet meer gegeten kon worden. En dan in ware RAF-stijl een verklaring uitgeven waarin ze hun voornemen bekend zouden maken om in de hele samenleving een aanval op de overconsumptie op touw te zetten.

Daar was niets van terechtgekomen, natuurlijk. Het was na-aperij ook, die naam althans. Die was al gebruikt in 1975 toen zes RAF-leden een gijzelingsactie uitvoerden in de West-Duitse ambassade in Stockholm. Maar dat wist Leon toen niet. Nu wel. Nu weet hij dat wel.

47

Otto... Otto Keller, zoals hij zichzelf noemde.

Leon zag hem voor het eerst bij de een of andere bezetting van de gebouwen van de faculteit rechtsgeleerdheid. Er waren toentertijd, zo eind jaren zeventig, begin jaren tachtig, vaak van dergelijke bezettingen en omdat de gebouwen van de universiteit over de hele stad verspreid waren — van chemie in het uiterste noorden tot diergeneeskunde in het zuiden van de stad — had je op sommige dagen het gevoel dat de hele stad was in- en overgenomen door radicale studenten. Er bestond een harde kern van activisten die op verschillende vergaderingen en binnen verschillende faculteiten het woord nam en voor niet zelden volle auditoria vlammende betogen afstak over de noodzaak tot democratisering in alle, maar dan ook alle geledingen van de universiteit en niet alleen op een bepaald bestuursniveau, zoals tot op dat moment het geval was. Het ging om de totale democratie, en dat dan natuurlijk niet alleen op universiteiten en hogescholen, maar in de gehele samenleving, dat sprak wel vanzelf. Bij een andere bezetting ging het dan weer over de noodzaak tot matiging of zelfs volledige afschaffing van de verschuldigde collegegelden omdat, hoe je het ook wendde of keerde, de heffing van die gelden toch een sociale ongelijkheid schiep, of liever: in stand hield, en maakte dat de hogere klassen en de gegoede middenklasse bevoordeeld werden, dat kennis het voorrecht van die klassen was en bleef in plaats van een recht voor iedereen. Maar soms werden bij een bepaalde faculteit — geneeskunde, tandheelkunde, maar natuurlijk

48

vooral bij de faculteit gedrags- en maatschappijweten-
schappen – de toegangsdeuren met kettingen afgesloten
enkel en alleen om solidariteit af te dwingen met volkeren
in minder gezegende gebieden van de wereld, of om de
universiteit te dwingen tot een standpunt tegen de expan-
siepolitiek van de Verenigde Staten van Amerika. Achter-
hoedegevechten waren het, het herkauwen van thema's
met de bedoeling de reeds door anderen, eerder verwor-
ven rechten nog wat uit te breiden; millimeterwerk van ver-
gadertijgers die voor hun altijd bleke overwinningen, voor
het verschuiven van een bijvoeglijk naamwoord of de toe-
voeging van een bijzin in reeds bestaande teksten, dezelfde
heroïsche status opeisten als die welke de vertegenwoordi-
gers van de eerste democratiseringsgolf aan de universiteiten genoten; kommaneukers die zich uitgaven voor uit-
roeptekens. Dat zou Douwes gezegd hebben, 'muizen die
zich olifanten wanen.'

Maar Leon deed mee.

Hij sliep op een dubbelgevouwen vloerkleed in de kan-
tine van de faculteit rechtsgeleerdheid. Hij zat vooraan wanneer een of andere studentenleider het spreekgestoelte betrad en een vlammend betoog hield over het recht op gratis koffie in de pauzes tussen de colleges, die bovendien
minstens vijftien minuten dienden te duren. Hij zat zelfs
een enkele keer aan een tafel waar de vereiste totale democratie al op voorhand dreigde te verzanden in eindeloze dis-
cussies over de regels en procedures die een dergelijke
democratie aan alleen nog maar díe tafel op alleen nog

49

maar díé specifieke vergadering moesten verzekeren.

Leon deed mee. Zoals iedereen meedeed, of leek mee te doen. Ook zij die maar half of totaal niet geïnteresseerd waren deden mee. In feite. Iedereen. Enfin, toch bijna iedereen. Of zo leek het toch binnen de studentenwereld die, ondanks alle acties voor hongerigen en onderdrukten elders, maar zelden buiten het eigen kringetje keek. Er waren binnen die kringen wel tegenstanders. Maar die hoorde je niet. Toen nog niet. Omdat ze bij die bezettingen niet aanwezig waren. Omdat het de tijd er niet voor was. Omdat ze de meerderheid niet waren.

Otto was er wel. Vaak. Of hij werkelijk tot de harde kern van activisten behoorde, was Leon niet helemaal duidelijk toen. Het was hem zelfs niet duidelijk of hij wel studeerde, en zo ja, wat dan wel. Dat wist je van de overige studentenleiders trouwens ook nooit precies. Otto werd ooit op een podium gevraagd om iets te zeggen over de veelgeroemde Nederlandse gastvrijheid en tolerantie en de daadwerkelijke omgang met minderheden in dit land. Hij kon daar als Zuid-Molukker over meepraten. Maar veel onthield Leon daar niet van. Wel was het na die lezing dat hij en Otto in een café in de Poelestraat belandden en uiteindelijk in het pand aan het Schuitendiep.

Het is Otto die Leon zijn naam heeft gegeven – de naam die hij nu nog steeds gebruikt, in zekere zin. Als voornaam meestal; soms ook als achternaam – voor de variatie, om uit de greep te blijven van de autoriteiten. Otto heeft die naam bedacht. Hij hield van 'het ondergrondse', zoals hij het noemde, van een zekere verboden geheimzinnigheid, van de sfeer van illegaliteit. 'Het subversieve', zei hij ook wel, en daarbij kon hij je dan veelbetekenend aankijken als had hij met dat woord wel ongeveer alles gezegd. Hij wekte de indruk dat hij als het daarop aankwam bepaald niet aan zijn proefstuk toe was. Er werden ook allerlei verhalen over hem verteld die dat leken te bevestigen, verhalen over duistere complotten en samenzweringen en acties, verhalen die Leon nu moeiteloos herkent als romantische *Schwärmerei*, maar waarvan hij toen nog niet zo goed wist wat ervan te denken.

Nu dus wel. Nu wel.

Het was een sombere namiddag, daar in het pand aan het Schuitendiep. Ze stonden in de deuropening van een grote kamer en Otto zei: 'Dit is Leon', en stelde hem zonder diens reactie af te wachten vervolgens voor aan wie in het schemerduister van de kamer verder nog aanwezig waren: Vladimir, Karl, Jozef, zei hij, Alex, Rosa, Friedrich. Natuurlijk heette niemand zo. Niet werkelijk. Niet echt. Net zomin als Leon Leon heette. Hij verwees daarmee naar Marx en Engels, naar Stalin en, in Leons geval, naar Trotsky, zo begreep die later. Ze heetten zo omdat Otto het gezegd had. En omdat ze elkaar vervolgens zo noemden natuurlijk. Of Karel, Vladi, Jos, Lex soms, kortheidshalve. Freddie. Roosje ook, al hield die daar niet van, Rosa, of hoe ze dan ook heette. 'Ik ben godverdomme geen klein meisje met bloemetjes in het haar', zei ze. Nee, geen bloemetjes. Ze had stekeltjes, helblonde stekeltjes waar haar hoofdhuid rozig doorheen schemerde. 'Waterstofper-oxide', zei Ellen Rueling, die gewoon Ellen heette. Van zichzelf. En Rueling. Of dat vermoedde iedereen toch.

Otto noemde Rosa 'Matratze', op zijn Duits. Dat mocht dan weer wel. Daarover zei ze nooit iets. Ze hadden iets samen.

Enfin, iedereen had iets met Otto, en met Rosa. Iedereen had iets met iedereen eigenlijk, zo ontdekte Leon later. Niemand die niet met Rosa geslapen had. Of met Ellen. Of met andere 'moesjes', zoals Otto ze noemde, meisjes zonder eigen naam, studentes vaak, caissières ook wel — 'het plebs is een stuk toeschietelijker dan de blauwkous', zei hij — jonge vrouwen die af en aan kwamen in het pand aan het Schuitendiep. 'Moesjes.' Dat zal ook wel weer Duits zijn geweest, dacht Leon, of ernaar hebben verwezen. Ze kwamen voor de feestjes, die 'moesjes', voor de wiet, voor de gratis chocolade uit de aanpalende snack-bar, waar iedereen ook zijn tabak stal. Tussen het woonhuis en de snackbar zat namelijk een deur die de uitbater en verhuurder van de woning altijd op slot hield, maar Jozef had ontdekt dat de sleutel van de gangkast ook paste op de tussendeur. Zodra de uitbater vertrokken was, om een uur of elf 's avonds, deed iedereen zich tegoed aan Mars-repen, Nuts, pakjes Samson en Drum, of een Russisch eitje uit de grote koelkast meteen links naast de tussendeur. 'Pro-letarisch snacken', noemden ze dat.

Toch had Rosa meer met Otto dan met de rest.

'Dit is Leon.'

Het was daags na een mislukte plakactie in de stad. Leon had zich door Otto in dat café laten overhalen. Dat ging vrij gemakkelijk. Nicaragua, daar ging het om. En dus iets tegen Amerika. Natuurlijk. Waarom niet? Hij had voor het eerst van zijn leven een nacht in een politiecel doorgebracht. Of nou ja... cel... Het was meer een klein kamertje ergens in het hoofdbureau van politie aan de Grauwmarkt, zo moest hij later toegeven, maar cel klonk beter. En hij zat er wel degelijk vast. Drie minuten waren ze op pad geweest, Otto en hij — hij met de emmer met lijm en een behangerskwast in een plastic zak van C&A, Otto met een zak waarin de posters zaten. Drie minuten. Ze waren nog maar net de deur uit, op weg naar de hoek met de Peperstraat, toen ze ter hoogte van een garage waar ze oldtimers verkochten klem werden gereden door een oranje personenauto, een Datsun of Ford of zoiets. Hij reed pardoes het trottoir op en Leon moest opzij springen om niet geraakt te worden. Zijn plastic zak viel op de grond. Beide deuren zwaaiden gelijktijdig open en twee mannen kwamen op hen af, wapperend met een of ander pasje en roepend dat ze van de politie waren, dat ze moesten blijven staan. Leon keek naar Otto en vervolgens naar de plastic zak, naar de glazig witte behangplak die traag over de tegels liep.

Ze werden meegenomen naar het hoofdbureau, elk naar een apart vertrek, en het duurde vrij lang voordat er eindelijk iemand in Leons kamertje verscheen, een van de twee van die personenauto. Hij stak meteen van wal. 'Wie is jullie leider?' vroeg hij. Hij leek op Hutch — op die blonde die toen veel op tv was. Van Starsky en Hutch. Een lichtbruin leren jasje met brede revers, een tamelijk ver openhangend shirt, jeans en cowboylaarzen. Een wat rossig lijkende snor. Leon kon er niet naast kijken.

'Wie is jullie leider?'

Leon wist van geen leider. Ja, Otto misschien, maar omdat hij naar *jullie* leider vroeg, dacht hij dat het Otto niet kon zijn. Misschien had Otto een leider. En was Otto's leider ook zijn leider. Omdat hij zich door Otto had laten leiden. Maar als dat al zo was, had hij er geen weet van. Hij wist helemaal niets. Hij haalde zijn schouders op. Hij stak zijn middelvinger in zijn mond.

'Ja, *fuck you too*', zei Hutch.

'Nee, nee,' zei Leon, en toonde hem zijn middelvinger, 'hij bloedt.' Met de nagel van zijn duim had hij, van de zenuwen, al geruime tijd zitten pulken aan de nagel van zijn middelvinger, waardoor het bovenste stuk van die nagel losgekomen was, losgescheurd meer, en nu half afgescheurd hinderlijk uitstak. Het deed zeer.

Er was geen leider, zei hij nu, en dat Otto hem had gevraagd of hij mee ging plakken, en dat hij aanvankelijk niet eens wist wat dat was, plakken, en dat Otto toen had gezegd: 'posters plakken', had hij gezegd, 'voor Nicaragua', zei hij, en dat Leon toen... nou ja, dat hij toen ja had gezegd, want dat hij het wel eens was met wat er in Nicaragua gebeurde... nee, dat hij het *oneens* was, had hij gezegd, met Amerika, in Nicaragua, zei hij, dat Amerika tegen

54

Nicaragua was, 'daar ben ik tegen', zei hij. Hij wist écht van toeten noch blazen. 'CIA', heeft hij misschien ook nog gezegd, op een beschuldigende toon waarschijnlijk, en nog eens zijn schouders opgehaald.

Hutch keek hem aan alsof hij hem in de maling probeerde te nemen. Waarschijnlijk keek hij altijd zo, naar iedereen. Hij kende zijn pappenheimers, zo'n type. Hij was gewend dat niemand, maar dan ook niemand hem ronduit de waarheid vertelde, dat zag je zo. Het was deel van zijn fysiek: die wat gebogen houding, de diepe rimpel in zijn voorhoofd. Niet dat hij er geslagen uitzag, dat niet. Het was eerder vermoeidheid, vermoeidheid en lage verwachtingen. Hij wist niets, niets met zekerheid, maar hij had een duister vermoeden van het web van leugens waarin de wereld gevangen was, waaruit de wereld volgens hem bestond. Daarom geloofde hij ook niets. Hij klopte op Leons schouder met zijn rechterhand en zei: 'Ga zo door, jongen, ga vooral zo door, zo komen we er wel.' Waarna hij zich omdraaide en het kamertje verliet.

En Leon die zijn middelvinger weer in zijn mond stak en probeerde met zijn tanden, voorzichtig, het loshangende stukje af te bijten. De pijn schoot door zijn hele hand.

'Ze stonden ons op te wachten', zei Otto de volgende dag tegen Rosa en Leon in de keuken van het Schuitendiep. 'Ze stonden godverdomme gewoon op ons te wachten, de juten. Iemand heeft geluld.' Rosa stond dicht tegen hem aan, haar rechterbeen iets geheven langs zijn linker, haar beide armen rond zijn nek, alsof ze van plan was tegen hem op te klauteren, haar been om zijn heup te slaan en zich zo naar boven te hijsen. Ze stak haar tong uit en likte hem van kaakbeen tot slaap.

Ze was ongelooflijk geil, Rosa.

Maar Otto gaf geen krimp. Leon hadden ze eerder laten gaan dan hem. Hutch was een paar uur later weer binnengekomen. Hij trok een bureaustoel met piepende wieltjes dichterbij, ging recht voor Leon zitten en begon opnieuw dezelfde vragen te stellen. 'Ik droeg alleen maar de emmer', antwoordde Leon en spreidde zijn armen in een gebaar van onschuld en hulpeloosheid. Hij overwoog nog om te zeggen dat hij niet eens wist dat het niet mocht: plakken, posters plakken – maar, zo voelde hij toen al, dat kon hij beter niet doen. Het zou Hutch maar stijven in zijn overtuiging dat hij zat te liegen, dat er meer aan de hand was, dat hij meer was dan enkel een sukkel die alleen maar mee had gedaan met iets waarvan hij de werkelijke betekenis niet begreep. Niet iemand die behoort tot hen die

1. *opzettelijk behulpzaam zijn bij het plegen van het misdrijf;*
2. *opzettelijk gelegenheid, middelen of inlichtingen verschaffen tot het plegen van het misdrijf.*

Hij zei dat hij alleen maar de emmer had gedragen. 'Ik droeg alleen maar de emmer', zei hij, naar waarheid. 'Het was een grap.' Dat het voor een goed doel was, zei hij ook nog, 'voor Nicaragua.' En Hutch die 'grap' zei, en 'doel' en met duim en wijsvinger herhaaldelijk over zijn snor wreef, van onder zijn neus naar zijn mondhoeken, en nog eens en nog eens, terwijl hij Leon met toegeknepen ogen aankeek. Hij twijfelde. Leon zag dat hij twijfelde. Het was al te onnozel. Het was zo onnozel dat het waar kon zijn. Hij zette zich met beide benen af en rolde piepend, achterwaarts van Leon weg naar de deur.

Hoelang het toen nog duurde wist Leon achteraf niet meer, maar op een zeker moment zwaaide de deur weer open. Hij lag toen min of meer op zijn zij op het enige bankje dat in de ruimte stond, zo'n houten geval dat je wel in voetbalkleedkamers en gymlokalen aantreft. Hij had zijn jas onder zijn hoofd gelegd. Hutch schudde aan zijn schouder alsof hij dacht dat hij sliep. Wat niet zo was. 'Hé,' zei hij, 'je kunt gaan. Je komt er deze keer vanaf met een boete.' Leon begreep het aanvankelijk niet. 'Weg,' zei Hutch, 'naar huis, je mag naar huis.' Leon knikte. Hij pakte zijn jas en liep naar de deur. In het voorbijgaan greep Hutch hem nog even bij zijn bovenarm, stevig. 'Maar de volgende keer is het menens', zei hij en keek dreigend. Menens, dacht Leon. De volgende keer. Menens.

Toen hij buiten kwam lag de Grauwmarkt er verlaten bij. In de bomen zongen de eerste merels. Er kwam iemand voorbij op een fiets die vervaarlijk knarste en piepte. Op de hoek met het Gedempte Zuiderdiep wankelde een corpulente man van middelbare leeftijd in de richting van de Herenstraat. Leon had geweldige honger, at in een automatiek in de Peperstraat een frikadel, en toen nog één. Er stonden nog twee verdwaalde gasten. Een van hen bewoog zich onzeker in de richting van de automaten, stond een tijdje bijna met zijn neus tegen een van de verlichte raampjes en gooide vervolgens met de nodige moeite wat geld in de gleuf. Die ging het verkeerde klepje opentrekken. Leon zag het gebeuren. Hij deed niets. Hij ging niet naar huis, begreep hij opeens, niet naar zijn piepkleine kamer in de Tweede Willemsstraat. Menens, dacht hij alleen maar, menens.

Hij keerde terug naar het Schuitendiep, waar later dus ook Otto weer opdook en door Rosa prompt beklommen werd in de keuken als was hij maanden afwezig geweest, als gevangene van het systeem, als slachtoffer van staatsterreur of iets dergelijks, van de godverdomse politiestaat.

'Wat wilden ze weten?' vroeg hij Leon, terwijl hij zich losmaakte uit Rosa's omklemming.

'Wie onze leider was.'

'En? Wat heb je gezegd?'

'Ik heb niks gezegd. Ik weet ook niks. Hebben we een leider?'

Hij grijnsde en zei dat ze natuurlijk geen leider hadden. 'Een leider van wat?' vroeg hij. 'Die idioten aan de Grauwmarkt zijn volledig doorgedraaid. Die zien overal complotten, opgehitst als ze worden door die eikels van *De Ochtendbode* met hun lulverhalen over de orde die bedreigd wordt en de veiligheid die in gevaar is, of wat zeggen ze daar wel niet allemaal. Je kunt tegenwoordig geen hobbyclubje meer beginnen of je wordt opgepakt. En dan willen ze weten wie er leiding geeft aan het macrameeën, het kurkjebreien of hoe heet 't.' Hij liet zijn stem wat zakken en baste: 'Wie is jullie breileider! Nou? Wie heeft jullie van breinaalden voorzien? Waar komt die wol vandaan? Wie is jullie dealer? Je zou je toch kapot lachen als het niet zo godverdomde treurig was allemaal.' Hij keek naar beneden, naar zijn handen die werktuiglijk een sigaret rolden, likte aan het vloeitje en zocht even in zijn broekzak naar lucifers of een aansteker. Maar Rosa was hem voor. Het vlammetje van haar aansteker verlichtte zijn gezicht: een lichtbruine huid, een kleine neus, ronde ogen met zware oogleden, lange zwarte krullen en verhoudingsgewijs smalle lippen. Hij inhaleerde diep en keek Leon aan.

En toen zei hij: 'Kom,' zei hij, 'dan stel ik je voor aan de rest.' Dat zei hij.

'Dit is Leon.'

Hij herinnert zich niet precies meer wat hij er bij dacht toen Otto hem voorstelde aan de anderen. Misschien dat hij er iets bij had móéten denken, maar hij is er tegenover Otto zelfs nooit op teruggekomen. Ook niet toen hem later, eigenlijk al vrij snel, duidelijk werd dat Karl niet Karl heette, en Rosa niet Rosa, en de anderen niet... niet de anderen. Hij hoorde toevallig iemand telefoneren 's nachts, in de snackbar; de tussendeur stond op een kier en hij liep in de gang op weg naar het toilet. Iemand draaide een nummer op het zwarte bakelieten toestel dat naast de frituurketel aan de muur hing en zei vervolgens op gedempte toon zijn naam. Het was Karl. Leon herkende zijn stem. Het was Karl, duidelijk Karl, Karel, maar hij noemde een andere... hij zei iets anders, een andere naam. Leon is vergeten welke. Het deed er ook niet toe. Het was niet belangrijk. Het was alsof hij altijd al geweten had dat natuurlijk iedereen eigenlijk anders heette. Iemand anders was misschien zelfs. Net als hij. Hij stond daar in die gang en hoorde het ruisen van de leidingen, het druppen in de stortbak, het knisperen van de elektriciteit in de muren.

Hij ging niet naar huis. Integendeel, hij stemde onmiddellijk in met Otto's plan om nog diezelfde avond opnieuw op pad te gaan om te plakken, nu in drie ploegen. 'Het is een principekwestie geworden,' zei Otto, 'wij tegen de juten. Wij voor Nicaragua. Tegen de internationale samenzwering die onder de naam van het kapitalisme onschuldigen uitmoordt, landen plundert, de aarde vergiftigt. Tegen het gezag dat deze volkerenmoord, deze alledaagse genocide, deze... deze...' – hij keek zoekend om zich heen – 'deze brute slachting van weerlozen overal ter wereld mogelijk maakt!' Hij hief een gebalde vuist ter hoogte van zijn schouder en lachte schor. 'Mena!' riep hij, dacht Leon te horen. Hij stootte zijn vuist in de lucht. 'Muria!' verstond hij. Hij had geen idee wat Otto bedoelde, toen, al bleek achteraf dat hij het goed had verstaan. Mena! Muria! De strijdkreet van de Zuid-Molukkers. Het had geen donder met Nicaragua te maken.

Maar zij trokken die avond opnieuw de stad in – hij met een meisje dat later die middag in het pand aan het Schuitendiep was gearriveerd en dat hem bij de kennismaking

meteen vol op zijn mond had gezoend. Later vroeg hij zich
af of dat misschien niet al Charly was geweest toen (Charly,
Charlotte, Lotte, Charles), want die deed zulke dingen ook:
je vol op je mond zoenen, zonder omwegen, zonder poes-
pas. Maar Charly was blond, nee roodblond, 'een rood
mistig beest', zei iemand ooit, en dat dat uit een of andere
roman kwam. Dat wist hij nog. Ros was ze. En dit meisje
had donker haar. Ze droeg het in een lange vlecht die op
haar rug heen en weer danste bij iedere stap die ze zette.
Alsof ze bij iedere stap een klein sprongetje maakte. Haar
ziet hij wel duidelijk voor zich. Ze was klein en beweeglijk.
Dat was Charly niet. Otto noemde haar Clara en ze sprak
dat niet tegen. Ze was zonder omwegen op Leon afgestapt
nadat ze eerst met een kort handgebaar de andere aanwe-
zigen had gegroet. Ze ging recht voor hem staan. Ze had
iets Indonesisch. Iets Chinees. Iets Moluks. Ze keek hem
een paar seconden van onderen af aan, haar hoofd een
beetje scheef. En terwijl Leon al zijn hand uitstak, pakte
ze hem bij de schouders, ging op haar tenen staan en trok
zijn hoofd naar beneden.

Vol op zijn mond.

'Ik ben het', wilde hij zeggen, of zei hij, want ze knikte.
En hij wilde nog wat zeggen. 'Leon', wilde hij zeggen, alsof
die naam hem toen pas weer te binnen schoot, wat in zekere zin ook zo was, trouwens. Maar ze had zich al omge-
draaid met een gezicht dat zei dat alles haar duidelijk was.
Alsof die ene kus voldoende was geweest en elke verdere
introductie overbodig, te veel zelfs. Namen deden er niet

toe. Ze waren inwisselbaar en werden ten onrechte verward met identiteiten. Een kus zei meer. Veel meer.

Leon dus met Clara. Otto trok met Jozef ten strijde. En zelfs Rosa ging mee, heup aan heup met een giechelende Ellen Rueling, zwierend, twee giebelende meiden op weg naar een disco. Het kon Otto's goedkeuring wel wegdragen. 'De onschuld zelve', zei hij en draaide zich naar Clara en Leon. 'En jullie kunnen dan in voorkomende gevallen het verliefde stelletje uithangen. Zodra de juten er zijn, druk je hem maar tegen de muur, Clara.' Ze knikte kort met haar hoofd. Ze glimlachte niet. Clara glimlachte zelden. We mogen ons niet verliezen, zei ze altijd, we mogen niet opgaan in wat ons omringt. Leon begreep dat toen nog niet. Maar ze legde niets uit. Ze was altijd kort van stof. Leon waardeerde haar ernst en engagement, haar offervaardigheid. 'Ze zou met een bankier naar bed gaan als ik het haar vroeg', zei Otto ooit en keek Leon indringend aan. Ik ook, wilde die zeggen, ik ook.

Van een echte strategie was natuurlijk geen sprake. Ze hadden niet op voorhand onder de tafellamp een plattegrond van het stadscentrum uitgespreid, er met z'n allen samenzweerderig omheen gestaan terwijl hun schaduwen op de muren met elkaar versmolten tot een donkere vlek, en over de kaart gebogen met een rode stift de routes uitgestippeld die ieder duo zou moeten lopen. Maar desalniettemin maakten ze ten opzichte van elkaar, haast op een natuurlijke wijze, omtrekkende bewegingen die de suggestie wekten dat ze toch volgens de een of andere vooraf bepaalde choreografie door het centrum van de stad trokken. Als Otto en Jozef bijvoorbeeld onder de grote toren op de markt doende waren in rap tempo een aantal posters naast en onder elkaar op de kerkdeur te plakken, stonden Ellen en Rosa voor het gebouw van de studentenvereniging Ad Civitatem, onder studenten beter bekend als De Sief, en tilden met duim en wijsvinger de zoom van hun toch al korte rokjes op terwijl ze wat stonden te joelen in de richting van de studenten op het balkon, wat Clara en Leon dan weer de gelegenheid bood om ongezien op de zuilen van het gemeentehuis pal tegenover snel een paar posters te plakken. Die van De Sief waren misschien nog erger dan de politie: corpsballen die er niet voor terugschrokken om alternatief ogende jongeren een aframmeling te geven als ze het alleen nog maar waagden om onder het balkon van hun sociëteit door te fietsen. Een meute in terlenka broeken met gestreepte overhemden onder gebreide spencers kon dan plotseling brallend uit de deur beneden tevoorschijn komen om zich op de nietsvermoedende voorbijgangers te storten. Wat dan meestal later met de autoriteiten in der minne werd geschikt, en wat nog weer later in *De Ochtendbode* steevast werd gebagatelliseerd: goed, er was te veel bier in het spel geweest, maar komaan zeg, het was een studentengrap, die linksen overdreven altijd zo, het was maar wat geduw en getrek geweest, niks bijzonders. En de polsbreuk van een van de slachtoffers was zeker niet het gevolg van slagen die zíj hadden toegebracht, maar was het resultaat van zijn eigen onhandigheid: in een poging weg te rennen was hij over zijn fiets gestruikeld, zo konden meerdere getuigen bevestigen, een fiets die overigens gestolen bleek, zo voegde Arend-Jan Veringa, preses van Ad Civitatem, daar fijntjes aan toe. 'Ze zullen godverdomme nog van ons horen', had Otto al eens gezegd, terwijl hij de krant tot een prop frommelde en in een hoek van de kamer gooide.

De afleiding die Rosa en Ellen verzorgden was dus meer dan welkom. Maar het was nog maar het begin van de dans met de autoriteiten die hen van de markt naar de kleine straatjes rondom voerde. Die van De Sief mocht het dan ontgaan zijn dat er tijdens de kleine stripteaseshow onder hun balkon tegelijkertijd op kerkdeur en gemeentehuis posters werden aangebracht die opriepen tot actie tegen precies het soort uitschot dat op het balkon obsceniteiten stond te brallen – enfin, zo kon je dat toch zien: Amerika, CIA, Ad Civitatem, lood om oud ijzer – het mocht hén dan ontgaan zijn, de politiepatrouilles die met tussenpozen van niet meer dan vijf minuten de markt passeerden, hadden al snel door dat er inbreuken werden gepleegd tegen artikel 2:42 van de plaatselijke algemene politieverordening betreffende wildplakken, inhoudende het verbod om

zonder schriftelijke toestemming van de rechthebbende op
een openbare plaats of dat gedeelte van een onroerende zaak
dat vanaf die plaats zichtbaar is:
a. *een aanplakbiljet of ander geschrift, afbeelding of aanduiding*

aan te plakken, te doen aanplakken, op andere wijze aan
te brengen of te doen aanbrengen;

b. *met kalk, krijt, teer of een kleur- of verfstof een afbeelding,*
letter, cijfer of teken aan te brengen of te doen aanbrengen.

Otto had er op voorhand alles aan gedaan om een herhaling van de vorige avond te voorkomen, al geloofde hij niet
dat Starsky en Hutch nog eens in een onopvallende auto
voor de deur geparkeerd stonden om opnieuw toe te slaan
zodra Otto of anderen uit de deur naar buiten kwamen.
Zoveel geloof in hun eigen gezag hadden ze nog wel, beweerde hij. Hun optreden was krachtdadig geweest, zal
Hutch gedacht hebben, een arrestatie immers, een ver-
hoor zelfs, een paar uren opsluiting en de daarmee gepaard
gaande onzekerheid bij de arrestanten. Die hadden hun
lesje wel geleerd, dachten ze volgens Otto. Die waagden
het niet nog eens openbare gebouwen te beplakken en
bekladden met opruiende teksten die de nationale veiligheid in gevaar brachten.

Maar om helemaal zeker te zijn waren ze die avond allemaal afzonderlijk vertrokken – de één met een plastic tas,
de ander met een rugzakje, weer een ander met een linnen
boodschappentas of een sporttas. Alleen Rosa en Ellen
waren gezamenlijk de deur uit gegaan, nonchalant zwaaiend met enkel hun handtasjes. Ze kwamen samen onder
de zuilengalerij van het oude gemeentearchief, rookten
een sigaret en vertrokken: Rosa en Ellen, Otto en Jozef,
Clara en Leon, langs de toren, voorbij De Sief, via het bor-

des van het oude gemeentehuis naar de steeg tussen café De Unie en de achterkant van het City Theater, waar Clara Leon voor het eerst die avond tegen de muur drukte terwijl het licht van de koplampen van een politiebusje langs haar haren streek. Hij stootte zijn achterhoofd en hun tanden tikten hoorbaar tegen elkaar. Dan verder door de Willemspassage, waar ze alle ramen van een leeg winkelpand beplakten – Clara die de behangplak breed uitsmeerde over de witgeschilderde etalageruiten – en van daaruit rechts de Oosterstraat in. En dan, juist voordat een patrouille de hoek om kwam en Rosa en Ellen de agenten hun slipjes lieten zien om het vervolgens gillend op een lopen te zetten naar rechts, de Carolieweg in – op dat moment sloegen Clara en Leon linksaf en hadden de tijd om op de blinde muur in de Kleine Peperstraat opnieuw ettelijke posters te plakken, waarna Clara, met een ernstig gezicht, hem nog eens tegen de muur drukte, maar nu zonder reden, zonder nakend gevaar, zonder koplampen of zoeklichten, zomaar, leek het, tegen de muur. En weer voort, langs De Spiegel, De Gelaarsde Kat, The Kit, De Opera, De Joker, via Het Filmhuis en De Stadtlander rechts een steeg in die Achter de Muur heette, en daarna andermaal rechts door een nog smallere steeg met dezelfde naam die uitkwam in de Peperstraat. Aan het einde van de steeg passeerde juist een politieauto.

Ze lieten in het centrum een spoor van nat glimmende posters achter, een glazig lijmspoor langs de blinde muren van de stad. Oudere posters en vlugschriften, aankondigingen van concerten, wilde muurschilderingen en zelfs de foto's van de nieuwe films in de lichtbakken van Het Filmhuis verdwenen, zij het die slechts voor korte tijd, achter het in druipende letters geschreven *¡No Pasarán!* van hun posters. Het personeel was vrijwel onmiddellijk uit het wat benauwde hokje gekomen dat dienstdeed als kassa en roepend en tierend nog een stuk achter Clara en Leon aan gerend, Clara die in het wegrennen met één grote zwaai de rest van de lijm uit haar emmer op straat had gegooid, waar een van de achtervolgers prompt over uitgleed. Zo waren ze ontkomen.

Wat later stonden ze hijgend tegen elkaar aan in de steeg en wachtten tot de anderen zich bij hen zouden voegen. Zo was het afgesproken: je van lijmresten en eventueel overgebleven posters ontdoen en dan naar het steegje dat te smal was voor patrouillewagens, te onooglijk om op te vallen, te donker om iets te zien. Leon voelde zijn hart bonken in zijn keel. Van het rennen zeker, van de spanning ook, maar misschien ook omdat Clara tegen hem aan stond en hij het nu was die haar tegen de tegenoverliggende muur wilde duwen, zomaar, zonder reden, zonder politiebusjes of zoeklichten, zonder gevaar dat ontweken moest worden met een kus, een filmkus. Maar juist toen hij zich voorover wilde buigen, Clara's gezicht in zijn handen wilde nemen en langzaam, langzaam naderen, kijkend naar het glimmen van haar ogen in het duister van de steeg, juist toen zeilden Rosa en Ellen de steeg binnen, onmiddellijk gevolgd door Jozef, waardoor zijn beweging veranderde in een wat

onhandige manoeuvre die het midden hield tussen een ka-
meraadschappelijke aai en een bestraffend tikje op haar
wang.

Het licht van de straatlantarens in de Peperstraat viel
schuin binnen aan het begin van de steeg. Het streek langs
de bakstenen van de muren die meer naar boven toe naar
elkaar leken over te hellen. Leon leunde achterover en
voelde in zijn rug het bonken van de zware bassen en bass-
drum van de muziek die in de discotheek naast de steeg
inzette. *By the rivers of Babylon.* En hij dacht: ik ben Leon,
dacht hij. Leon. Hij. Leon. Hij wist het nog. En dat het
menens was, écht menens, dacht hij.

3

Het was *Spielerei*. Droogneuken was het, zo weet Leon nu. Kwajongensgedoe, uiteindelijk. Iets waarbij ook Douwes in Sociëteit Petrus Agricola minachtend gesnoven zou hebben terwijl hij met zijn hand een ongeduldig gebaar maakte. Dat dergelijk geklad op muren afgelopen moest zijn – akkoord, daarover geen discussie, 'maar staatsgevaarlijk, beste Nijmeijer,' zo zou hij tegen de hoofdcommissaris van politie zeggen, 'dat is toch echt wel een brug te ver.' En hij zou de hoofdcommissaris geruststellend op zijn schouder kloppen. 'Het zijn idealisten, mijn beste, dromerige jongens en meisjes die menen dat hun geklad en gekalk de arme boeren in een heet Midden-Amerikaans land zal helpen een beter leven te krijgen. De enigen die een beter leven krijgen, zijn ze straks zelf, als ze eindelijk hun studies hebben afgerond. Dan hebben ze hun eigen geveltjes, snapt u? Dan zal het rap gedaan zijn met die smeerlapperij op muren en ramen.'

Zulke dingen zei Douwes wel, zou hij gezegd kunnen hebben. En Nijmeijer die nog opperde dat veel van die wildplakkers toch uit hetzelfde milieu kwamen als die krakers die nu juist in de Oude Boteringestraat een monumentaal pand hadden ingenomen, nadat ze eerst al in het zuiden van de stad een heel leegstaand ziekenhuis hadden gekraakt. Dat, zei Douwes, was misschien inderdaad een probleem. Hij was daarmee bezig, met die in de Boteringe althans. De kránt was daarmee bezig. 'Ik heb daar eens een mannetje op gezet, op die krakersbende, eentje die een beetje op dat schoeltje lijkt qua uiterlijk. Calmthout heet-ie. Geen al te slimme jongen, maar dat valt tussen die spijbelaars en vroegtijdige schoolverlaters toch niet op. Hoe dan ook, Calmthout wist me al te melden dat die in de Boteringestraat inderdaad niet te onderschatten zijn. Contacten met Amsterdam en Berlijn, radicale elementen, geweldsbereidheid.' Dat die het niet over Midden-Amerika of een ander Verweggistan hadden waar ze per se wereld-verbetering wilden doorvoeren. 'Die hebben het uiteindelijk alleen over zichzelf', zei hij, en dat ze minder geïnteresseerd waren in het veronderstelde onrecht van het speculantendom dan in anarchie. 'Ik zal mijn vrinden bij *De Telegraaf* en *Bild* nog eens bellen; die weten er meer van', zei hij.

'Maar...' zo zou hij daaraan toevoegen, 'maar die in het Oude Rooms Katholieke Ziekenhuis, beste Nijmeijer, dat zijn echt niet meer dan plaatjesplakkers. Hinderlijk voor het aangezicht van de stad, dat wel, maar ongevaarlijk. Stel je voor, ze hebben daar een winkeltje met onbespoten groenten en ook een winkeltje met boeken vol onbespoten ideeën, neem ik aan. Ze hebben een bioscoopje ingericht. Allerschattigst allemaal. Ze spelen daar de wereld vrij precies na en noemen het alternatief. Maar weet u, als het helpt wil ik in de krant best een stukje laten schrijven over de plaag van de muurschilderingen, de pest van de posters, en dat zulks tot verloedering leidt. Posterpest en stadskankers — ik zie het al voor me.'

Spielerei, wat er verder ook over Otto werd beweerd.

Dat Otto evenmin Otto heette als Leon Leon (Hersig,

70

De Goede, Trotsman, Van Wezembeek, Graaff, Berger, Ten Have; of Albert Léon, Charles Léon, Richard, Gerolf, Bert Léon, Jasper) – dat ook Otto anders heette, dat lag voor de hand. Laat staan dat hij Keller heette. Zijn werkelijke naam, zo wist Jozef te vertellen, was bij de autoriteiten bekend en stond in een lijstje waarin ook de namen van Eli Hahury, Paul Saimima, Cobus Tuny, Joop Metekohy en nog anderen voorkwamen: treinkapers, de Molukse treinkapers die in 1975, niet ver van de plek waar Douwes nu is ontvoerd, een trein tot stilstand dwongen, de machinist doodschoten, die Braam heette, en nog twee passagiers: Bierling en Bulter. En twee jaar later nog eens. Moordenaars. Terroristen. 'Waarom denk je dat die politie hier toen voor de deur stond, toen met dat plakken? Denk je dat die gasten niks anders te doen hebben dan voor een studentenhuis te gaan staan posten als er hier níét iets aan de hand zou zijn? En ik maak me sterk dat ook de BVD dit pand eigenlijk voortdurend in de gaten houdt', zei Jozef. Hij zag soms auto's staan waar mannen in zaten die ogenschijnlijk niks deden. 'Alleen zitten,' zei hij, 'uren en uren.' Er gingen ook geruchten dat Otto iets te maken zou hebben gehad met de plannen om koningin Juliana te gijzelen, ergens in 1974 of daaromtrent, en dat hij in het busje had gezeten dat, bijna per toeval, door de Marechaussee was aangehouden en dat tjokvol wapens zat, maar dat hij toen op miraculeuze wijze had weten te ontkomen. Omdat er verwarring was geweest. Of was geschapen. Zei Jozef. Hij keek daarbij als iemand die enerzijds volledig overtuigd was van de juistheid van zijn beweringen, maar anderzijds bijna smekend om bevestiging vroeg van wat hij juist had gezegd. 'Niet dan?' zo zei hij vaak. En: 'Zo is het toch?' Hij studeerde sociologie en kon tot wanhoop van iedereen uren doorbomen over het anomiebegrip bij Durkheim en Merton. Dat het uiteindelijk neerkwam op 'de discrepantie,' zei hij, 'tussen de aspiraties waartoe een maatschappij haar leden heeft gesocialiseerd en de wegen die de maatschappij haar leden verschaft om die aspiraties te verwezenlijken.' Hij las dat voor uit een beduimeld boekje. 'Slechts wanneer een systeem van culturele waarden bepaalde voor de gehele bevolking geldende succesdoelen boven alle andere verheft, terwijl de sociale structuur de goedgekeurde manieren om die doelen te bereiken rigoureus beperkt of volledig afsluit voor een aanmerkelijk deel van diezelfde bevolking, zal deviant gedrag op grote schaal daaruit het gevolg zijn.' Hij kende het bijna uit zijn hoofd. In het verlengde hiervan had hij het geregeld over ons recht op en zelfs onze plicht tot 'deviantie'.

'Vakantie', zei Rosa dan soms, waarmee ze Jozef pas werkelijk op zijn paard kreeg, natuurlijk.

Maar of dat van die treinkapingen werkelijk waar was? Of dat van Juliana? Was het niet veel eenvoudiger? Otto was een Molukker. Was het dat niet gewoon? Een jonge Molukker, en sinds de treinkapingen, de gijzelingsacties in Assen en Amsterdam dús verdacht. Een staaltje tolerant Nederland, weet je wel, zolang je maar in de pas liep, zei Leon, omdat hij ook strijdbaar wilde klinken.

Wás, strijdbaar wás...

'Je mag in dit land zwart zijn, bruin, geel of zelfs groen, als je op het juiste moment maar wit wegtrekt', zei hij, en hij vond dat goed gevonden van zichzelf. Maar Jozef schudde zijn hoofd. 'Als het alleen was omdat hij Moluks is, dan zouden de autoriteiten de handen vol hebben,' zei hij, 'dan zou bijvoorbeeld voor ieder huis in bepaalde wijken van Emmen of Hoogeveen een politieauto moeten staan, of daar in het zuiden daar, bij Vught, hoe heet het... Lunetten, en in Zeeland', overal waar 'onze Molukse broeders' — zo zei hij dat: 'onze Molukse broeders' — overal waar die door onze regering waren neergepoot toen ze berooid en met valse beloften over de stichting van een eigen staat in grote schepen arriveerden. De Kota Inta, zei hij, de Asturias, de Goya, de New Australia, de Fairsea en de Castelbianco, onder andere, onder andere... Hij wist er veel van. Als beesten waren ze behandeld, ging hij verder, als derderangsburgers, niet dan? Zo was het toch? Zo was het toch gesteld met onze staat, zei hij. 'Ze waren goed genoeg om voor de imperialistische belangen van de naoorlogse Nederlandse regering op te komen, om hun leven te geven voor de welvaart van een stelletje... een stelletje bleekscheten, toch? Maar wat toen ze na de onafhankelijkheid hiernaartoe kwamen?' Hij keek Leon vragend aan. Leon wist het niet. Hij haalde zijn schouders op. 'In concentratiekampen,' zei Jozef, 'we hebben ze in concentratiekampen gestopt,' zei hij, 'in dat Lunetten dus en hier vlakbij, in Westerbork.' Voormalige concentratiekampen, dus eigenlijk, zei hij, doorvoerkampen, van de Duitsers. Maar alles was hun daar afgenomen, alles. Hun militaire status. Hun wapens. 'Hun waardigheid', zei Jozef. 'Door ons,' zei hij, 'door de Hollanders, die met hun grote bek beloofd hebben dat er voor onze Molukse broeders gezorgd zou worden, dat ze een eigen staat zouden krijgen. En wat hebben we gedaan? Niets!' En of Leon wel wist, vroeg hij, dat onze Molukse broeders feitelijk uitgehongerd zijn door de Hollanders? 'Door ons! Terwijl iedereen hier tot in lengte van dagen zit te zeiken over de hongerwinter en och och hoe erg het allemaal wel niet was in 1944, toen het Nederlandse volk geleden heeft als geen ander volk op aarde, weet je wel, terwijl wij hier een beetje sentimenteel zitten te doen over zo'n stom puberwicht als Anne Frank, zijn we niet te beroerd om op hetzelfde moment – op hetzelfde moment hè! – een hele bevolkingsgroep alles af te nemen en te laten verhongeren in die voormalige concentratiekampen, zonder geld, zonder voorzieningen, zonder perspectieven. Wat konden ze anders doen dan de plaatselijke middenstand dwingen hen brood te geven, hè? Wat konden ze anders doen dan in opstand komen tegen de hondse behandeling die hen ten deel viel? Niet dan? Ze zaten in con-cen-tra-tie-kam-pen, Leon, eigenlijk, feitelijk, van die kampen die trouwens op zich het bewijs vormen van onze brave inborst, nietwaar? Van onze bereidheid om in de oorlog de bezetter een beetje tegemoet te komen door en masse joden uit dit land te verschepen als die daar om vroeg. Dat is toch... dat is godverdomme gewoon misdadig, niet dan? Ja toch?'

74

En dan zweeg hij nog over de politionele acties in voormalig Nederlands-Indië, zei hij, en 'de godverdomse SS-praktijken van onze o zo brave jongens ginder', zei hij.

'Onze Jos overdrijft graag altijd een beetje', zei Otto toen Leon hem er later eens naar vroeg, naar hoe of dat nu zat met Starsky en Hutch toen. 'Met wie?' vroeg hij en Leon zei: 'Met de politie toen, de juten, toen met dat plakken, voor Nicaragua toen', zei hij. En dat Jozef had gezegd dat hij contacten had gehad met de treinkapers en dat hij betrokken was geweest bij de ontvoering van Juliana en zo, zei Jozef, zei Leon. 'Onze Jos overdrijft graag altijd een beetje,' zei Otto toen, 'hij slaat een beetje op hol soms.' Hij stond samen met Rosa en Ellen in de keuken. 'We gaan een rijsttafel maken, jongens', had hij eerder die middag gezegd, en dat we niet zouden weten wat we zouden proeven. 'Met lekkere orak arik, met een opor opor van rundvlees of ajam besengeh of allebei, en lalap lobak — wacht maar af.' Hij roerde in een pannetje met sperziebonen, boog iets naar achteren om achter Leon langs naar Rosa te kunnen kijken. 'Hé, du, Matratze, is die kool nu al een keer gesneden?' Daartussen stond Ellen fanatiek te draaien aan een kippenpoot in een poging die van het beest los te wrikken.

'Weet je, Leon? Ik denk gewoon dat er iemand geluld heeft. Iemand die op de hoogte was van het feit dat wij hier een paar honderd posters bezorgd hadden gekregen. En sinds die klootzakken van *De Ochtendbode* zo'n artikelenreeks begonnen zijn over — hoe noemden ze dat? Rosa? Matratze!' Rosa keek op. 'Hoe stond dat ook alweer in *De Ochtendbode*, over posters en graffiti in de stad en zo?' Rosa haalde haar schouders op, maar Ellen, nog steeds wrikkend aan de kippenpoot, zei: 'Stadskankers.' 'Juist ja,' zei Otto, 'stadskankers. Sinds ze daar in de krant zo'n gedoe van maken, moet meneer de hoofdcommissaris natuurlijk wel zijn uiterste best doen om die staatsgevaarlijke lieden met een emmertje lijm en wat posters op A3-formaat achter slot en grendel te krijgen. Want wij zijn natuurlijk tien keer erger dan die witteboordencriminelen die dagelijks poen scheppen, of dan die corpsballen die de Grote Markt onderkotsen vanaf hun balkon en straks bij papa in de zaak komen.'

'Maar wie...?' begon Leon. Otto maakte een gebaar met zijn hand. 'Dat kan iedereen zijn geweest die ervan op de hoogte was, Leon, iedereen.' Leon wilde iets zeggen, maar Otto onderbrak hem meteen. 'Nee, jij niet Leon, jij niet, dat weet ik ook wel. Jij bent een brave, hè, Rosa?' Rosa keek op. 'Leon hier. Een brave', zei Otto, en Rosa zei 'braaf' en boog zich weer over haar groenten, veegde dunne reepjes kool bij elkaar, waarvan er een paar bleven steken in de barsten die in het granieten aanrecht zaten.

Misschien was het Karl, dacht Leon, al zei hij dat niet hardop, waarschijnlijk was het Karl die een en ander had doorgebriefd aan de autoriteiten, Karl die 's nachts in de snackbar op gedempte toon stond te telefoneren en daar een andere, misschien wel zijn werkelijke naam gebruikte. Misschien werkte hij wel voor Douwes, was hij op pad gestuurd met de bedoeling om de hele linkse studentenbeweging in diskrediet te brengen.

Maar het doet er nauwelijks toe, want het was maar *Spielerei*, het was tijdverdrijf, meer ondeugend dan onrustwekkend, laat staan: gevaarlijk, staatsondermijnend. Een werkelijk andere straf dan die waartoe Otto op basis van die ene arrestatie werd veroordeeld (Leon had inderdaad alleen een boete gekregen), zou dan ook bepaald overdreven zijn geweest: hij moest de blinde muur in de Kleine Peperstraat schoonmaken, een muur volgeplakt met posters van obscure bandjes die op zouden treden of al opgetreden hadden in Jongerensociëteit Vera in de Oosterstraat, van politieke 'aksies' die her en der ondernomen zouden worden tegen onrechtvaardige of onrechtmatige toestanden – als dat al niet hetzelfde was – ergens in de nabije omgeving of, zoals in hun geval, in het verre Nicaragua, een muur waarop weer anderen zich eens flink hadden laten gaan met de spuitbus om te komen tot min of meer artistiek ogende of toch zo bedoelde taferelen.

Op de dag van de tenuitvoerlegging van zijn straf – dat was maanden na het plakken zelf – stond de hele bende met z'n allen tegen de muur van het appartementsgebouw ertegenover geleund, met een draagbare cassetterecorder erbij waarop ze keihard muziek draaiden van de Sex Pistols en andere punkbands. Afschuwelijke kutmuziek vond Leon altijd, maar dat kon je beter niet zeggen. En natuurlijk irriteerde dat de begeleider in zijn fluo-oranje hesje met op de rug het logo van de politie. Natuurlijk kwam daarom na ongeveer een kwartier een politieauto aanrijden. Natuurlijk werden zij gesommeerd om te vertrekken en natuurlijk deden ze dat niet.

'We staan hier goed,' zei Rosa, 'en het is niet verboden om hier te staan.'

'Vrijheid van vereniging en vrijheid van vergadering en betoging,' zei Leon enigszins parmantig, 'artikel 8 en 9,' zei hij, 'van de Grondwet', voegde hij toe.

De agent in de auto leunde half uit het raam en keek hem spottend aan. 'Zo? Meneer citeert de wet? De grondwet nog wel.' Hij klakte met zijn tong. 'Dan weet meneer ook dat die vrijheid alleen maar geldt als je de boel niet op stelten zet?'

Dat wist Leon natuurlijk wel.

Het recht tot vereniging wordt erkend. Bij de wet kan dit recht worden beperkt in het belang van de openbare orde,

zo staat in artikel 8; en bij artikel 9:

1. Het recht tot vergadering en betoging wordt erkend, behoudens ieders verantwoordelijkheid volgens de wet.

2 De wet kan regels stellen ter bescherming van de gezondheid, in het belang van het verkeer en ter bestrijding of voorkoming van wanordelijkheden.

'Wanordelijkheden' — Leon begreep dat de kans niet gering was dat zij door de agenten werden beschouwd als
precies het soort wanordelijkheden dat de vrijheid om daar
samen te scholen inperkte. Geluidhinder, bijvoorbeeld,
een juridische kluwen van bepalingen, decibellen, definities geldend voor de ene, maar weer niet geldend voor de
andere binnen die wet onderscheiden en nauwkeurig gedefinieerde zone, uitzonderingen op de algemene regel binnen een en dezelfde zone, leidend tot wetsartikelen die
begonnen met zinnen als: 'Bij de toepassing van artikel 8.8,
derde lid, van de Wet milieubeheer kan het bevoegd gezag,
in afwijking van de artikelen 40, 44 tot en met 47, 50, 51, 53
tot en met 56, 59 tot en met 61, 63, tweede lid, of 64 de in
die artikelen bedoelde waarden 2 dB hoger vaststellen, in-
dien...' waarna nog een eindeloze opsomming kon volgen
van zaken waarbij en/of situaties waarin die luttele 2 de-
cibel meer waren toegestaan. Het was geen kwestie die men
even vlot oploste met een half uit zijn raam hangende agent
in een patrouillewagen. Maar dat de blèrende cassetterecorder op dit punt waarschijnlijk een overtreding vormde
op wat er aan geluidsnormen in de betreffende zone gold,
lag min of meer voor de hand. En dat de overtreding van
die normen reden genoeg was om de vrijheid van vergadering en betoging in te perken of hen zelfs te ontzeg-
gen ook. 'Vort,' zei de agent dan ook alleen maar, 'wegwezen jullie.'

Wat ze niet deden. 'We blijven,' zei Jozef nadat de auto
met de agenten weer was doorgereden, 'we laten ons des-

noods afvoeren naar het bureau.' 'Lijdzaam verzet', zei Vladimir. Om zijn woorden kracht bij te zetten ging hij al onmiddellijk op de grond liggen. 'Mij krijgen ze niet weg!'

Kinderachtigheden, uiteindelijk, en zo zagen de autoriteiten dat ook, want hoewel ze de hele middag op post bleven, ze Otto aanmoedigden met spreekkoren en gezangen, ze de begeleider hoonden met alle mogelijke varianten van wat er op zondagen wel in het stadion van de plaatselijke FC aan beledigends te horen viel – de politie kwam niet meer terug. Ook niet toen er een fotograaf van *De Ochtendbode* verscheen die in het kader van de artikelenreeks over 'stadskankers' een plaatje kwam schieten van Otto als boeteling om zo een bijdrage te leveren aan de algehele stemmingmakerij tegen iedereen die zich maar enigszins kritisch opstelde tegenover de maatschappij in het algemeen, een foto die tevens bedoeld was om de indruk te wekken dat de burgemeester en wethouders goed bezig waren met het bestrijden van wanordelijkheden. Ze bekogelden hem met vuilnis uit een container van een supermarkt juist om de hoek, zodat niet Otto maar zij die avond op zelfs de voorpagina van de krant stonden: 'Journalist bedreigd door Autonomen', heette het, en in het onderschrift dat de persvrijheid nu toch zo langzamerhand in het gedrang kwam, dat het de spuigaten begon uit te lopen. Leon was op die foto nauwelijks te zien. Zijn gezicht ging schuil achter de schouder van Friedrich.

De gedachte dat er onder hen iemand was die verraad pleegde aan de goede zaak, die contacten onderhield met de autoriteiten of de pers of zelfs met beide, hield Leon destijds nog wel enige tijd bezig. Het gaf aan wat ze deden meer gewicht dan het zonder die suggestie van staatsbemoeienis gehad zou hebben: het maakte van kwajongensstreken haast vanzelf staatsgevaarlijke activiteiten – ook al was het inmiddels lang geleden dat men mensen oppakte alleen maar omdat ze gratis krenten uitdeelden aan het publiek, zoals vroeger in de hoofdstad gebeurd scheen te zijn. Het idee over wat als subversief kon gelden, was inmiddels al danig verschoven. En Jozef had wel gelijk: er stonden aan het Schuitendiep niet zelden auto's geparkeerd op de smalle strook tussen rijbaan en water met daarin mannen die ogenschijnlijk niets zaten te doen. Ze rookten sigaretten. Ze lazen een krant. Maar ze stonden er te lang om door te gaan voor echtgenoten die wachtten tot hun vrouwen eindelijk eens klaar waren met hun inkopen in het stadscentrum of iets dergelijks. Ellen zei dat ze ooit eens naar buiten was gegaan met een mok koffie, aan het autoraam had geklopt en met een vragend en vriendelijk gezicht de mok omhoog had gehouden. 'Maar hoe ik ook klopte, die klojo bleef gewoon strak voor zich uit kijken – alsof-t-ie mij niet zag', hinnikte ze. 'Dan weten we genoeg', zei Jozef.

Maar in feite wisten ze niets. Of toch heel weinig. Ze hadden geen concrete, alleen heel vage plannen, die allemaal op hetzelfde neerkwamen: dat het anders moest in de wereld, anders met de wereld en dat het kapitalisme schuld had aan alles wat er verkeerd was aan de wereld.

Hét kapitalisme. Ook wel: hét systeem. Of: dé macht. Dat was natuurlijk ook zo. Dat is nog steeds zo, denkt Leon. Hét kapitalisme ligt aan de basis van de meeste onrechtvaardigheid in de wereld. Maar het was te ongericht, te naïef misschien ook.

Otto hield van teksten als deze:

- *20.000 mensen sterven ieder jaar — omdat de aandeelhouders van de autoindustrie alleen voor hun eigen winst laten produceren en daarbij geen rekening wensen te houden met de technische veiligheid van de auto's en van het wegennet.*
- *5.000 mensen sterven ieder jaar — op de werkplek of op de weg daarheen of terug naar huis, omdat het voor de bezitters van de productiemiddelen alleen op winst aankomt en niet op een dodelijk ongeval meer of minder.*
- *12.000 mensen plegen ieder jaar zelfmoord, omdat ze niet in dienst van het kapitaal willen wegkwijnen, maken ze liever zelf aan alles een einde.*
- *1.000 kinderen worden ieder jaar vermoord, omdat de te kleine woningen alleen maar bestaan opdat de huis- en grondbezitters hoge huren kunnen opstrijken.*
De dood in dienst van uitbuiters noemen de mensen een natuurlijke dood.

Otto kon hier uren over doorgaan, zeker als Vladimir of Karl of nog iemand anders het waagde toch wat vraagtekens te plaatsen bij sommige van de als leerstelligheden verkondigde slogans van de RAF. 'Men doodt dus zijn kinderen omdat men zijn huis te klein vindt?' vroeg dan bijvoorbeeld iemand en keek verbaasd, of misschien zelfs verontwaardigd. Otto zei dat het daar niet om ging, dat het ging om een situatie waarin uitbuiting als de natuurlijke staat wordt voorgesteld, en dat iedereen die daartegen in opstand komt onmiddellijk wordt uitgestoten. Het ging om het geweld van de staat en van het systeem dat op elk individu afzonderlijk werd uitgeoefend, of het daarbij nu ging om slechte auto's of te kleine huizen. 'Dat geweld', zei hij, 'kan enkel en alleen met geweld beantwoord worden, met stadsguerrilla', zei hij, en dat dat nog de enige mogelijkheid was wanneer staatsterreur verkocht werd als de natuurlijke staat van zijn.

Maar Clara zei naar aanleiding van die bewering over kinderen: 'Ik kan me daar wel wat bij voorstellen.' Het kwam totaal onverwacht. Het leek ook niets te maken te hebben met de discussie die inmiddels was losgebarsten. Leon staarde haar stomverbaasd aan. Ze zag eruit als iets kleins, iets hards en ronds, een ondoordringbaar in zichzelf gerold wezen, iemand die je geneigd was consequent te noemen nog voordat je wist waarin ze dat dan precies was. Niet dat dat wat uitmaakte: in liefde of in haat leek ze op dat punt even schrikwekkend te zullen zijn, even absoluut, even *rücksichtslos*. Het zat meer in haar fysieke verschijning dan in wat ze zei, waardoor wat ze zei altijd anders klonk dan wat ze feitelijk gezegd had. Dat zij zich wel wat kon voorstellen bij mensen die hun eigen kinderen doodden enkel omdat hun huis te klein was, enkel omdat kinderen in zo'n kleine ruimte het uiterste vergen van ouders en andere volwassenen, die elkaar ook zonder dreinende kinderen in dergelijke benauwde ruimtes vaak al te veel zijn, omdat mensen op dit punt niet verschillen van dieren, van kippen in een legbatterij bijvoorbeeld, of van varkens in een varkensstal, van vee met maar zo en zoveel vierkante centimeter ruimte, zodat het elkaar kaal- of doodpikt, elkaar de staart eraf vreet, elkaar levend ver- orbert – dat zij zich dat kon voorstellen, klonk uit haar mond alsof ze er ook daadwerkelijk toe in staat was. En Leon zag het haar als het ware ook doen: met een zake- lijkheid die hij bewonderde, een zakelijkheid die alleen maar voort kon komen uit de overtuiging dat ze noodza- kelijk was, noodzakelijk en juist.

Zoals ze vree eigenlijk, dacht hij, als je met haar neukte, bedoelde hij. Nee, als zij met jou neukte. Hoewel dat maar één keer was gebeurd, precies één keer. Een paar weken na de plakactie. Leon zat in de kamer aan de straatkant, waar Alex het plafond had uitgebroken en met het hout dat hij daarvan had overgehouden een platform had gebouwd waarop een tweepersoonsmatras lag. Het was de grootste en hoogste kamer van het huis, oorspronkelijk inderdaad Alex' kamer, maar het idee dat een kamer slechts van een van hen kon zijn, was hen natuurlijk vreemd. Het platform bevond zich op ongeveer twee meter hoogte, zodat daar- onder ruimte was voor een bureautje en wat boekenkas- ten. Als je op het platform stond had je tot aan het pla- fond ook nog bijna twee meter. Het geheel besloeg ongeveer een kwart van de totale ruimte, was aan twee muren bevestigd, met in het midden van de kamer een paal. Daar stond een stoel. Leon zat daarin. Hij las een krant. *De Waarheid* misschien. Die bestond toen nog. Of anders *De Rode Tribune* of iets dergelijks. Of misschien *De Groene Amsterdammer*, door Jozef steevast 'een slap afkooksel' genoemd, al zei hij nooit precies waarvan.

Hij zat daar en Clara kwam binnen. Ze kwam voor hem staan, haar benen licht gespreid. Ze zei niets. Hij moest wel opkijken. Ze droeg zwarte jeans met nauwe pijpen, zwarte jeans en een T-shirtje. Ze stak haar hand uit, die Leon pakte, en trok hem overeind. Ze zei nog steeds niets. Ze glimlachte niet, noch keek ze stuurs of gespannen. Er viel geen etiket op te plakken. Ze keek als Clara. Ze ging hem voor naar een metalen ladder die tegen de muur naast het platform stond, een ladder die Otto ooit eens had meegenomen van de een of andere bouwplaats. Ze zette haar voet op de ladder en klom naar boven, langzaam, haar billen vlak voor zijn gezicht. Haar blote voeten en dan zo'n kettinkje rond haar enkel. Dat verbaasde Leon, dat kettinkje. Dat vond hij meer iets voor *flower power*-meisjes.

Eenmaal op de matras deed ze haar T-shirt uit, stroopte haar broek van haar benen en hielp hem met de zijne. Met de rest hoefde ze niet te helpen. Haar zwijgen wond hem op. De doelgerichtheid en zakelijkheid van haar handelingen maakte iets in hem wakker dat het midden hield tussen woede en lust. Dat was het. Woede en lust. Maar dan

85

zo dat het een niet alleen het ander versterkte, maar ook in bedwang... in evenwicht hield. Het ging heen en weer. Ze zat op hem en het duurde meer dan een halfuur. En al die tijd, steeds kijkend naar wat in de schemerige ruimte tussen platform en plafond haar koolzwarte, haast starende ogen leken te zijn, wachtte Leon tot ze kwam. Ze keek niet naar hem. Toen ze kwam, deed ze haar ogen even dicht. Haar oogleden trilden. Tien seconden, of hoe lang duurt zoiets al bij al. Toen liet Leon los. Dat is het woord: los. Hij liet zich gaan. Volledig. Zoals nooit daarvoor of daarna, misschien.

Ze zeiden niets. Ze hebben het nooit weer gedaan.

Dat herinnert Leon zich nog wel, nu...

Hij moet veel aan haar denken, de laatste dagen. Hij ziet haar nu meer en meer als iemand die iets had begrepen wat niemand van hen toen nog begreep, misschien nog wel het minst van al Otto. Die wilde teksten als die van de RAF gebruiken om anderen te overtuigen van een of ander universeel gelijk, terwijl die teksten alleen zinvol konden zijn als die overtuiging er al was. Overtuiging, daar ging het om, meer dan om argumenten. En Clara leek dat begrepen te hebben, was de argumenten voorbij. Ze wekte ook nooit de indruk dat er iets te winnen viel, zoals Otto en de rest wel meenden. Leon ook in die tijd. Maar wie uit is op winst, wil uiteindelijk iets behouden, is uit op bezit, is ook eerder bereid tot compromissen, tot onderhandelingen om datgene te verkrijgen wat men verlangt. Maar het ging, het gaat erom dat er iets moet veranderen, radi-

86

caal anders moet, en definitief. Het gaat om de bereidheid te verliezen.

Alles.

4

Leon wenst soms dat ze er nog is, Clara, ergens, hier. Haar zelfverzekerdheid zou hem helpen tegenover Douwes, helpen hem te doden.

Dat leek aanvankelijk eenvoudig genoeg, hem doden. Toen hij daar als een lillend stuk vlees achter in de Ford Transit heen en weer schoof over de vloer bestond hij nog nauwelijks als zichzelf, minder nog dan toen besloten werd hem te ontvoeren en doden, toen Leon hem enkel zag als wat hij vertegenwoordigde. Ook al had hij dan een vrouw en twee kinderen, twee pubers, die beiden naar het Dr. Nassau College in Assen gingen. Op de brommer. Elke ochtend op de brommer. Een jongen en een meisje. Hij wat slungelachtig, bruin, sluik haar, met handen die te groot leken voor de rest van zijn lijf. Zij met fijne krullen, lange haren, meestal samengebonden in een grote staart die onder haar helm uit kwam, een rossige staart was het. Een krijtwit gezicht. Via Eeserveen naar De Kiel en dan naar Schoonloo en Grolloo, over het Amerdiep naar Amen, Ekenaar en Anreep, en dan bij Het Nienhoes, links het Kerkpad op, een smal weggetje tussen de velden, en zo Assen in. Ze hebben hen meermalen gevolgd, telkens iemand anders. Met het oog op wat wel plan B werd genoemd: het doelwit treffen op wat vermoedelijk zijn zwakste plek was; zoeken naar mogelijkheden om hem te chanteren. Leon was daar niet voor. Leon is daar nog steeds niet voor. En het is in zekere zin een opluchting om te weten dat, nu ze Douwes hebben, zijn kinderen scherp bewaakt zullen worden door de autoriteiten, zodat het onwaarschijnlijk geacht moet worden dat zij, of enkelen van hen, alsnog tot kidnapping van die twee of van een van de twee over zouden gaan.

Natuurlijk zwijgt hij daarover tegen de anderen.

Nee, alles hangt nu af van wat er gebeurt met Douwes. Alles hangt af van Leon. Want Leon is degene die over hem waakt. Hij is de enige die Douwes nog te zien krijgt, die contact met hem heeft, die hem zijn eten brengt, eten dat hij weigert, Douwes, dat hij blijft weigeren, hardnekkig. De andere vier vervullen hoogstens nog een bijrol: de één als loopjongen, een ander als chauffeur – al noemen ze dat anders, met meer militaire termen: 'verbindingsofficier' bijvoorbeeld. En nu Leon Douwes zo dicht bij zich in de buurt heeft, beseft hij meer en meer dat Douwes nog wat anders is dan wat hij in het publieke leven en als politiek feit of als politieke factor representeert, meer dan een enorm willoos lijf op de laadvloer van een bestelbusje. Er zijn dingen waarmee hij geen rekening heeft gehouden.

Hygiëne.

Stofwisseling.

Ondergoed.

Niemand had daar op voorhand aan gedacht, trouwens. Alsof bij alles wat van tevoren zo zorgvuldig was overwogen de mens zelf over het hoofd was gezien: Douwes, Derk Siebolt Douwes, geboren op 22 april 1941 in Scheemda bij Winschoten, vader van een dochter en een zoon, echtgenoot van Louise Laperre. En om en nabij de 120 kilo, Douwes, 240 pond, een lichaam, een immens functionerend lichaam.

Ja, voedsel, daar was aan gedacht, en dat er een manier gevonden moest worden om Leon te bevoorraden zonder dat het in de gaten liep. Maar dat er een verband bestond tussen voedsel en stofwisseling, ook al weigert hij tot nu toe dan ook te eten, het was bij niemand opgekomen.

En dat hij een geur heeft... ruikt... naar zichzelf ruikt... Net als iedereen natuurlijk. Maar hij heeft een lijfgeur, een zich gedurende de dag verdichtende uitwaseming van iets wat naar vertrouwelijkheid zweemt, naar... intimiteit. Intimiteit en nabijheid. Naar meer dan wat zich met een naam, een geboortedatum, een betekenis of de toekenning van betekenis laat benoemen. Iets wat uitstijgt boven de gezamenlijke bedoelingen, wat verdergaat dan waarvoor ze hem kunnen en willen gebruiken. Nee, iets wat zich tussen Leon en hun... tussen Leon en zijn bedoelingen, tussen hem en zijn voornemens nestelt en een onoverkomelijke horde vormt als straks...

Wat móét gebeuren. Het móét.

In de Ford was Douwes enkel nog dood gewicht geweest, een 'kapitalistisch zwijn', een 'hond' die niet beter verdiende en op wie je gemakkelijk kon intrappen of -slaan als zijn logge lijf je in je bewegingsvrijheid hinderde. Daar in het busje was hij het minste van hun problemen. Want toen ze eenmaal op de snelweg zaten nadat ze hem met zijn vijven hadden klemgereden en uit zijn auto hadden gehaald, begrepen ze uiteindelijk toch dat ze er snel weer van af moesten, van de weg, dat het verschrikkelijk in de gaten zou lopen als ze met hun gedeukte en rammelende

Transit het grote kruispunt op het Julianaplein net ten zuiden van de stad zouden naderen. Dat ze op de snelweg zelf niet sneller konden dan de 60, 70 die ze reden, viel in de dichte mist die ochtend uiteindelijk minder op, maar op dat kruispunt, zo dicht bij de stad zelf, met waarschijnlijk al wat minder mist en ongetwijfeld meer verkeer, zou hun geschonden bestelbus onmiddellijk in de gaten lopen. Al helemaal als er – wat niet ongebruikelijk was op het Julianaplein – politie zou staan om eventuele verkeersproblemen onmiddellijk het hoofd te kunnen bieden. De politie was de laatste tijd sowieso kien op rondrijdende wrakken nu er met de toenemende instroom van buitenlanders in dit land steeds meer auto's op de weg verschenen die een APK-keuring niet zouden doorstaan. *De Ochtendbode* stond er vol van. Maar nog afgezien daarvan, de Ford was door de aanrijding met de BMW van Douwes zo goed als onbestuurbaar. De twee voorin hingen gezamenlijk aan het stuur, vloekend en tierend, naar achteren schreeuwend dat het niet ging, dat ze van de weg moesten, dat ze zo het schuiladres niet zouden bereiken, dat de vooras het godverdomme had begeven, dat ze te zwaar beladen waren. 'Iemand moet eruit!' schreeuwde er een boven het lawaai uit. 'Niet hier, niet hier!' riep een ander. 'Neem de afslag!' riep Leon. Een paar honderd meter na de oprit waar ze Douwes hadden klemgereden was er een afslag naar onder andere het vliegveld van Eelde. 'Nu, verdomme!' riep Leon, want ze waren er al bijna voorbij, 'nu!'

Met vereende krachten werd het stuur gedraaid en even

leek het alsof de auto niet zou reageren, alsof hij gewoon rechtdoor zou blijven rijden. Tot het gevaarte uiteindelijk toch naar rechts zwenkte, maar dat dan weer zo hevig dat het wel leek dat het een hoek van negentig graden maakte. Leon zag als in slow motion het dikke lijf van Douwes tegen de linkerzijkant vliegen, terwijl hij zichzelf maar ternauwernood overeind kon houden door aan het slot van de achterdeur te blijven hangen. Douwes' lichaam beukte in op degene die zich aan die kant van de auto al die tijd met de grootst mogelijke moeite staande had gehouden, terwijl een ander daar tegenover nu naar voren werd gekatapulteerd en met zijn hoofd tegen de bilpartij van Douwes vloog. Leon had even de indruk dat ze op twee wielen reden, en misschien was dat ook werkelijk zo. Ze stuiterden terug, of zo leek het toch, en het busje begon hevig te slingeren, zodat Douwes en de andere twee door de ruimte heen en weer schoten. En net toen de Ford weer terug in zijn spoor leek te raken, kon Leon de achterdeur niet meer houden. Hij vloog open en omdat hij niet losliet, werd hij mee naar buiten getrokken. Het was dat de auto tot stilstand kwam, anders was hij helemaal naar buiten geslingerd. Nu bleef hij met zijn buik vlak boven het wegdek hangen, zijn voeten nog net hakend achter de achterbumper, en zich met zijn beide handen vastklampend aan de inmiddels volledig opengezwaaide deur.

De stilte was weldadig.

Er kreunde iemand.

Iemand vloekte.

Iemand trachtte de motor weer aan de praat te krijgen.
Zonder resultaat.

Het leek minuten te duren.

Dat was niet zo. Leon begreep vrijwel onmiddellijk dat ze hier weg moesten. Hij bevrijdde zich uit zijn benarde positie en nam de situatie in ogenschouw: Douwes die in al zijn enormiteit scheef in de laadruimte lag terwijl er traag wat bloed uit zijn haardos in zijn oorschelp druppelde. Daarnaast, half onder hem, zat er een verweesd voor zich uit te staren en wreef over zijn achterhoofd. Een ander zat op handen en voeten en had een bloedneus. Voorin probeerde iemand nog steeds de auto aan de praat te krijgen. Dat lukte niet. Dat zou nooit lukken, begreep Leon. Hij keek naar het weiland rechts en probeerde zich te binnen te brengen wat er achter de dikke mist te zien zou kunnen zijn. Ze moesten hier weg. En Douwes moest mee. Ze waren met zijn vijven. Vier konden Douwes dragen; de vijfde moest achterblijven om de wagen in de fik te steken en te zorgen dat alle sporen werden uitgewist. Voor overleg was geen tijd. Leon nam de leiding.

Hád de leiding, hij hád de leiding.

'We moeten hier weg,' zei hij, 'en wel nu', zei hij. 'Jij, jij en jij,' zei hij, 'jij pakt hem hier onder zijn oksel, jij daar, en jij en ik,' zei hij tegen de derde met zijn bloedneus, 'wij nemen elk een been.' Tegen de laatste zei hij: 'jij steekt dit zaakje in de fik en dan ga je te voet naar de afgesproken plek, ja?'

'Maar...' zei iemand.

94

'Nee,' zei Leon, 'nee, nee, nee. Geen ge-maar. Doe wat ik zeg.'

'Maar waarheen?' vroeg een ander.

'Laat dat maar aan mij over.'

Leon was de leider. Dat was vooraf zo bepaald maar nu wierp hij zich ook daadwerkelijk op als leider, deed wat hij moest doen. Ook al tastte hij in het duister, had hij geen idee waar ze met Douwes naartoe moesten, wat er zich achter de wolken waterdamp boven de weide bevond, achter wat wel een bewegende muur leek te zijn. Hij had alleen zijn vastberadenheid, al lag die dicht bij de complete wanhoop, bij een vorm van blinde paniek die hem maar één mogelijkheid liet: het handelen zelf. Alles was beter dan in het busje blijven zitten. Ze moesten bewegen, die kant op, of een andere kant, als het maar weg was, weg van deze plek. Mét Douwes. Daaraan twijfelde hij niet. Alles hing af van Douwes. Niet alleen het welslagen van hun actie, maar het welslagen van... van alles, van zijn leven, zijn hele leven...

En dus tilden ze Douwes met zijn vieren uit de Ford Transit. Die zag eruit als een dier dat door zijn voorpoten was gezakt. Zelfs als het gelukt was de auto weer aan de praat te krijgen, was rijden met dit wrak onmogelijk geweest.

Ze tilden Douwes. Het ging niet gemakkelijk. Iemand liet zijn been los, waardoor het lichaam scheef kwam te hangen en ze de grootste moeite hadden om te voorkomen dat hij op de grond viel. Bovendien zag Leon dat Douwes bij begon te komen. Hij kreunde.

'Leg hem even neer. Waar is dat flesje?' vroeg Leon.

'Flesje?'

'Ja, flesje ja, met de... dinges... chloroform of hoe heet het.'

'In mijn...' begon er een en wees op het borstzakje van zijn overall. Maar ter hoogte van die zak zat een grote, bijna hartvormige vlek. En toen hij voorzichtig met twee vingers in het borstzakje ging, was het enige wat hij bovenhaalde een gebroken flessenhals, de zwarte dop er nog opgeschroefd. Hij werd bleek. Even leek het alsof hij tegen de vlakte zou gaan. Maar hij herstelde zich. Begon razendsnel zijn overall uit te trekken. Leon vloekte zachtjes en riep naar degene die in de auto voorbereidingen trof om de boel in de hens te jagen, dat hij hem touw en tape moest brengen. Hij wist dat ze dat bij zich hadden, touw en tape. 'Voor eventualiteiten', hadden ze gezegd. Alles was tot in de puntjes voorbereid, zo leek het toen nog, tot en met eventualiteiten, onvoorziene omstandigheden. Voor dit moment dus. Op de snelweg passeerde een vrachtwagen die luid claxonneerde. Ze moesten hem vastbinden, intapen.

Ook daarmee had Leon op dat moment nog geen enkele moeite. Er was natuurlijk geen sprake van dat ze Douwes helemaal konden intapen, zoals de gijzelnemers in Libanon dat hadden gedaan wanneer ze een gijzelaar wilden verplaatsen: hem van top tot teen intapen, zodat hij makkelijk in een dubbele bodem van een bestelbusje geschoven kon worden en zonder al te veel gevaar op ontdekking bij roadblocks kon worden vervoerd. Een soort

96

mummificatie. Voor zoiets hadden ze niet genoeg tape, al waren het twee rolletjes van 25 meter elk. En ze hadden er de tijd niet voor. Maar ze konden zijn benen aan elkaar tapen, en misschien was er voldoende tape en touw om ook zijn armen tegen zijn lichaam vast te zetten, zodat hij iets handelbaarder was.

En natuurlijk was het zaak zijn mond af te plakken.

En zijn ogen.

Leon doorstond dat glansrijk. Haast zonder aarzeling. Hij dacht niet na. Zoals het moet. Hij plakte. Mond. Ogen. Hij had haast. Het verkeer op de snelweg naast hem werd hoorbaar en soms nu ook zichtbaar drukker. Ze moesten... 'we moeten hier weg', zei hij weer, en gevieren pakten ze Douwes van de grond. Een ding, een zwaar voorwerp was het. Ze zeulden niet met een mens. Of zo voelde het toch niet. Een vloerkleed misschien. Ze droegen gevieren een opgerold vloerkleed door een weiland. Leon links vooraan, met zekere stap door het natte gras, op weg naar iets wat zich achter de mist moest bevinden en waarvan hij zich met de beste wil van de wereld geen voorstelling kon maken — een boerderij, de eerste huizen van een dorp, een bosje misschien, waarin ze konden schuilen tot ze een oplossing hadden voor hun probleem.

En al die tijd was Douwes een ding, niet wat hij even later tot Leons afschuw en irritatie voor hem werd, wat hij is geworden op het moment dat ze hem eindelijk op het schuiladres hadden weten te krijgen, hem op een bed hadden gelegd en Leon, voorzichtig nu, de tape van zijn oogleden verwijderde. Hij zag hoe Douwes' huid bleef kleven, zozeer dat hij een moment bang was dat zijn oog uit zijn kas zou rollen. Hij moest zijn andere hand gebruiken om het vel voorzichtig los te maken van de plakkerige binnenkant van de tape, duwde zachtjes met zijn vinger de tere huid van het ooglid terug. En terwijl hij bezig was het laatste stukje los te maken, keek Douwes' nu geopende helblauwe oog hem aan. Het leek te staren, maar Leon zag dat hij hem zag, en voelde zich door deze nog maar met één oog op hem gerichte blik meteen meer onder de indruk dan hij wilde. Hij was onmiddellijk in het nadeel. De mindere. Hij voelde zich... gedissecteerd. Wat hem kwaad maakte, aanvankelijk. Dus rukte hij in één beweging de tape van Douwes' mond. Klootzak, dacht hij, vuile hufter, kapitalistisch zwijn godverdomme. En het stemde tot tevredenheid dat Douwes zijn gezicht even samenkneep van de pijn. Maar vrijwel onmiddellijk daarna was er weer datzelfde staalblauwe oog, de pupil iets groter dan daarvoor. Op zijn onderlip welde een helrode druppel bloed op. En Leon moest zich inhouden om niet een doekje te pakken, of om desnoods met zijn vinger het bloed weg te vegen.

Hij moest zich vermannen. Hij moest Douwes zien als wat hij was. Wat hij moest zijn binnen het geheel van hun voorstellingen. Niet zozeer als een ding. Of als een willoos stuk vlees. Hij was meer dan dat. Hij is meer dan dat. Hij is betekenis. Hij moet dat zijn. Hij is symbool — nee, de verpersoonlijking van een systeem. Van hét systeem desnoods. Het kon Leon niet schelen. Van iets wat in vrij-

wel al zijn geledingen gericht is op onderdrukking en uitbuiting, op een welbewust valse voorstelling van de werkelijkheid met de bedoeling die zo te manipuleren dat de waarheid wordt verdoezeld en de mensen datgene wat hen
overheerst gaan zien als hun eigen noodlot, als iets waartegen elk verzet nutteloos is, als iets waarbij ze nog niet op
het idee komen dat ze er zich tegen zouden kúnnen verzetten, als vals bewustzijn. En Douwes speelt daarbij een
centrale rol, daarin, in die voorstelling van zaken. Als hoofdredacteur. Als... propagandaminister, zeg maar, als poortwachter van een werkelijkheid waarin de onrechtvaardigheid tot maatstaf verheven was en de mensen klein hield.
Leon moest hem terugbrengen tot die rol. Of tot een andere rol. Maar hoe dan ook tot rol, functie, tot iets wat ver-
nietigd moest worden, iets wat moest verdwijnen, gedood,
ten koste van wat ook, op grond van willekeurig wat bijna.
Zoals hij zichzelf moest terugdringen in wat hem te doen
stond, wat zijn bestemming was, zelfs. Hij moest zichzelf
losmaken van elke al te menselijke neiging tot empathie.
    'U bent gevangene van het Commando Auguste Blan-
qui van het RPL', zei hij dus maar.
    Leon zag Douwes' ene borstelige wenkbrauw even om-
hoog gaan. Hij vertrok zijn rechtermondhoek.
    'Van het RPL,' herhaalde Leon, 'het Rode Partizanen
Leger', legde hij uit.
    Het leek alsof Douwes hem nu spottend aankeek. En
meteen voelde Leon zich weer gekleineerd, alsof hij Pietje
Bell was die vol trots over het geheime genootschap van

De Zwarte Hand had gesproken. Douwes' ene oog zat nog steeds dichtgeplakt en Leon moest de aandrang onderdrukken om de tape met één ruk van zijn ooglid te trekken, ongeacht de schade die daarmee ongetwijfeld aan die zo tere huidplooi en misschien zelfs aan het oog zelf zou worden aangericht.

'U bent de inzet van onderhandelingen over de vrijlating van kameraden die hier en elders in Europa gevangen worden gehouden', zei hij, iets luider nu. 'Uw leven is ons onderpand.' Hij verwachtte dat Douwes iets zou zeggen, maar hij zweeg. Het was ook niet waar, natuurlijk. Ze hadden weliswaar een lijstje opgesteld van nog in gevangenissen verblijvende oud-RAF-leden en voormalige leden van de Brigate Rosse, maar met de ene noch de andere organisatie hadden ze ooit contact gehad, noch moest het waarschijnlijk worden geacht dat men in die kringen zat te wachten op dit soort eisen van een zich RPL noemende, volslagen onbekende groepering. Maar ze hadden besloten toch een lijstje op te stellen omdat ze hun werkelijke bedoelingen – het doden van Douwes – maar moeilijk als eis konden formuleren.

'In afwachting van de uitkomst van die onderhandelingen,' vervolgde Leon, 'zult u door ons correct behandeld worden, dat wil zeggen min of meer in overeenstemming met de regels van het Derde Verdrag van Genève betreffende de behandeling van krijgsgevangenen zoals dat in voege is sinds 19 juni 1931. Begrijpt u wat ik zeg?'

Douwes bleef hem aanstaren met zijn ene oog, maar vertoonde verder geen reactie. Zijn gezicht had nog steeds diezelfde spottende, minachtende uitdrukking. Er was geen spoor van angst op te lezen.

'Begrijpt u wat ik zeg, meneer Douwes? Heeft u begrepen wat ik tegen u gezegd heb? Het is ons ernst, meneer Douwes.'

Menens.

Zijn oog draaide naar het plafond. Hij likte zijn lip en even, heel even zag Leon de spiertjes rond zijn oog trillen toen hij het bloed proefde dat daar was opgeweld. Ook trok hij met zijn schouders, misschien in een poging zich los te wrikken, zich te bevrijden van de tape waarmee zijn armen aan zijn lichaam waren vastgemaakt.

'Ik zal nu,' zei Leon, 'met uw welnemen,' zei hij, 'de tape van uw andere oog verwijderen en u daarna verder losmaken.'

Met uw welnemen, zei hij...

'Maar ik waarschuw u.' Leon probeerde dreigend te klinken. 'Zodra u ook maar de geringste poging doet om te ontsnappen zie ik mij genoodzaakt u opnieuw vast te binden.'

Leon boog zich over hem heen en begon, alweer met de nodige omzichtigheid, de tape van het andere oog te verwijderen. En het was toen dat hij Douwes voor de eerste keer iets hoorde zeggen. Fluisterend, zijn mond dicht bij Leons oor. Hees.

'Ik,' zei hij, 'ik ben gevangene van niemand.'

5

Dat van die partizanen kwam nog uit Leons studententijd, uit de tijd met Otto en de rest. Hij schreef zijn doctoraalscriptie over het zogeheten partizanenprobleem. Hij praatte veel over zijn scriptie toen. Met Otto, met Jozef, met Vladimir. Ook Clara luisterde wel eens mee, maar zei eigenlijk nooit iets. En Charly. Die was er toen ook al. Hij had het gevoel dat het partizanenprobleem van eminent belang was voor alles waar het dagelijks over ging in het huis aan het Schuitendiep, voor alles waar het om draaide in het leven zelf. Je kon het er niet genoeg over hebben, vond hij. En dus zat hij dan op een avond in de kamer die uitkeek op een kleine binnenplaats achter het huis weer eens uren over de vier belangrijkste aspecten van het partizanenprobleem te praten. 'Vier,' zei hij, 'er zijn er vier.'

Hij zat half onder een wasbakje in kleermakerszit, en Vladimir, Karl, Jozef, en ook Ellen en Clara, ze zaten in een halve cirkel om hem heen. En Charly dus. Op een bed in de duisterste hoek van de kamer lagen Otto en Rosa in een innige omstrengeling. Op een rotan stoeltje daarnaast zaten er nog twee op elkaar geplakt — Alex waarschijnlijk, met een moesje van de letterenfaculteit of zo. Er stond muziek op, maar niet erg luid. Roxy Music, *Avalon*. 'Fijne neukmuziek', had Otto ooit gezegd, en dat was waar. Hij had Leons uiteenzetting al vaker gehoord (en Jozef ook, en Karl). 'Uitstekend,' had hij gezegd, 'het partizanendom, dat is het helemaal. Het leger buiten het leger, perfect, Leon, daar gaan we wat mee doen, jongen.' Hij sloeg hem op de schouder. Nu lag hij te foezelen op bed en had nog weinig aandacht voor wat Leon te vertellen had. Hij had een lang, kaftanachtig gewaad aan, bruin met blauwe versieringen. 'Een domme soepjurk', had Ellen het al eens genoemd. 'Maar met veel ruimte eronder', had Otto geantwoord en daarbij de zoom van het kledingstuk koket opgetild zodat zijn opmerkelijk gladde, chocoladebruine benen tevoorschijn kwamen. Leon had bij een andere gelegenheid al eens gezien dat hij onder die soepjurk geen ondergoed droeg.

Leon voelde zich een leraar die aan zijn aandachtige leerlingen iets ging uitleggen waar ze de rest van hun leven mee voort konden. Er lag iets plechtigs in zijn stem, wat hem eerder ridicuul maakte dan de primus inter pares die hij zich op dat moment waande – want hij had het gevoel dat hij de leiding nam, dat hij een leider was, één die niet boven, maar die tussen zijn volk stond. Hij zag de verveling niet in de ogen van Ellen Rueling; hij was blind voor het ongeduld in Jozefs houding en hij zag de sceptische blik niet van Charly, die wat neerwaartse trek rond haar rozerode lippen, die hij zich nu niet meer herinnert, die hij zich niet meer te binnen kan brengen. Hij voelde zich thuis in een materie waarover anderen nog nooit hadden nagedacht en die tegelijkertijd voor iedereen van het hoogste belang was, die alles te maken had met waarover het in het huis aan het Schuitendiep zo vaak ging: met de betere wereld en de strijd die daarvoor geleverd moest worden. Met de middelen die in die strijd konden worden aangewend vooral. Zo zei hij dat: 'aangewend.'

'Het gaat om de inherente tegenstelling tussen ons in feite anarchistisch ideaal en de noodzaak tot gedisciplineerd optreden', zei hij en keek de halve kring rond om te zien of zijn woorden wel aankwamen, of men de paradox begreep, de botsing van betekenissen, de voor een werkelijke ommekeer noodzakelijke innerlijke wrijving. Dat vrijheid een vorm van tucht vraagt, uiteindelijk. Een zekere graad van organisatie en structuur.

'Auguste Blanqui heeft er ooit al eens op gewezen hoe tijdens de opstand in 1848 in Frankrijk het verzet wel moest mislukken omdat er geen werkelijke bevelsstructuur was aan de zijde van de rebellen', zei hij. 'Dat een groepje dat in een bepaalde straat een barricade had opgeworpen zich niet afvroeg of andere groepen bij andere barricaden in andere straten misschien hulp konden gebruiken tegen wat toentertijd toch behoorlijk gedemoraliseerde Franse troepen waren, een leger waarvan men had kúnnen winnen als men maar beter georganiseerd was geweest. Er was geen communicatie tussen de groepen onderling, zie je?'

Ellens ogen dwaalden weg naar het bed in de hoek. Clara steunde met haar kin op haar opgetrokken knieën en staarde naar iets op de vloerbedekking. Vladimir fronste. En Charly – Charly keek hem met een blik vol onverholen walging aan.

'Partizanen, partizanen – partigezanik en -gezeik zul je bedoelen!' zo zei ze vaak als hij weer eens over zijn scriptie begon, wat hij te pas en te onpas deed, niet alleen in het huis aan het Schuitendiep, maar ook elders, bij vrienden, of erger nog, bij vriendinnen van haar, of als ze zomaar ergens met z'n tweeën waren. Hij sprak dan gloedvol over de 'irregulariteit' als belangrijk kenmerk van het partizanendom, want, zei hij, 'de partizaan is een soldaat natuurlijk, maar tegelijkertijd is hij het tegendeel van een soldaat. Het reguliere is hier immers de context van het leger, snap je? Het leger met zijn rangen, zijn specifieke vorm van discipline en hiërarchie, met zijn uniformen ook. Voor een partizaan is het uniform enkel een schietschijf, een mikpunt. Zelf draagt hij er geen. Daarmee wordt het klassieke idee over oorlogvoering als het ware uit zijn hengsels gelicht, begrijp je?' Charly's vriendinnen knikten, maar keken tegelijkertijd wat wanhopig naar de schaaltjes met zoute pinda's en paprikachips op een salontafeltje van de rommelmarkt. En ook Charly begreep wel wat hij zei, natuurlijk wel. Maar zijn eindeloze uitweidingen over de mobiliteit als tweede kenmerk van het partizanendom ('de partizaan kent geen standplaats, zelfs geen vast territorium', doceerde hij), zijn verhandelingen over het derde kenmerk dat bestond uit het politieke engagement van de partizaan ('wat', zei hij, 'natuurlijk wel vanzelf spreekt'), en ten slotte de filosofische beschouwingen die hij ten beste gaf over het 'tellurische karakter' van de partizaan, 'iets', zei hij, 'wat misschien niet zo eenvoudig te begrijpen is', maar wat dus te maken had met het feit dat een partizaan eerder boer dan stedeling was, eerder provinciaal dan centrumbewoner, 'hij is het tegendeel van de artificiële en technocratische elite in het centrum, zie je?' — al deze en nog an-

106

dere uitweidingen en toespraken (want uiteindelijk ging het hem natuurlijk om de juridische kwesties die rond het partizanendom hangen, het juridisch vacuüm waarbinnen een partizaan nu eenmaal opereert, gericht als hij is op de omverwerping van de bestaande orde en het daarmee verbonden rechtssysteem), dit alles wekte bij Charly een enorme wrevel op, zodat ze hem niet zelden woedend toeblafte dat hij er heel wat van zou opknappen als hij zelf wat meer boer was in plaats van 'continu, overal en overal de plaatselijke intellectueel uit te hangen!'

Charly was grafisch vormgeefster en ze had voor de bende al menig postertje ontworpen. Die tegen Apartheid bijvoorbeeld: een foto van Karl die ze per ongeluk te lang in de ontwikkelvloeistof had laten liggen, waardoor het hoofd, hoewel nog steeds duidelijk een hoofd, monsterlijk vervormd was. *Apartheid* stond erboven, en eronder: *it's ugly*, en de oproep voor een of andere manifestatie. Leon ziet zich die posters nog plakken en hij herinnert zich vaag Charly's gefoeter over dat het in zwart-wit moest. En dan ook nog op zulk slecht papier. Ze kon eindeloos over letters praten, zo schiet hem nu weer te binnen. Over de garamond, de helvetica, de baskerville, over die van Philip Starck en Eric Gill, over de schoonheid van Gerrit Noordzij en Carol Twombly. En dat ze niet van schreefloze letters hield, terwijl Otto nu juist vaak voor het schreefloze was. Dat vond hij meer aansluiten bij de stencilmachines van voorheen, bij de arbeider. 'Schreefletters vind je in klassieke literatuur en andere uitingen van bourgeoismentaliteit', zei hij dan, wat hem op een minachtend gesnurk van Charly kwam te staan. 'En', zei hij, terwijl hij zijn vinger opstak, 'schreefloze letters zijn duidelijker, veel duidelijker, duizendmaal duidelijker en van heel ver goed zichtbaar.' 'Maar lelijker,' zei Charly dan, 'duizendmaal lelijker, en ja, inderdaad, van héél ver goed zichtbaar.'

Charly. Charlotte. Charles.

Leon voelt iets in zijn keel. Alsof er een visgraat is blijven steken. Hij kan zich niet goed meer herinneren hoe hij haar ontmoet heeft. Soms ziet hij haar nog op zich afkomen en hem zonder omhaal een zoen geven. Maar waar dat was? Een feestje in een universiteitsgebouw misschien, want hij herinnert zich vaag gekleurde lichten en een dansvloer met bewegende lichamen. Een daverend lawaai van een of ander bandje. Het kan ook een discotheek zijn geweest. En dat hij al tijden naar haar moet hebben staan staren, toen, naar dat lichaam van haar, naar die eindeloos lange benen. 'Goddelijke poten', schiet hem nu te binnen. Of was het 'onderstel'? Ze komt op hem af. Als silhouet, in tegenlicht. Klein van stuk was ze, maar dat zag je eigenlijk niet zo. Haar lijf gaf je de indruk met een rijzige gestalte van doen te hebben, een langbenig, hoogpotig wezen. Dat weet hij nog. Een hinde. Een ree. Een welp der herten op de bergen der specerijen. Maar verder komt hij niet.

Wil hij niet.

En hij is haar geur kwijt. Hoe ze rook. De intimiteit van zweet en huid. De specifieke melange van haar parfum en haar eigen geur, zijzelf, zij, wie ze was, hoe ze rook zonder

iets anders dan zichzelf. Een... een besloten hof. Een ver-
zegelde fontein. Waardoor de precieze geur nooit meer
terug te vinden is, zelfs al zou hij zich het merk van haar
parfum herinneren, het is niet te vinden, in geen kunstig
gedraaid flesje, in geen in crêpepapier verpakt stukje zeep
of in geen knijpflesje met peperdure lotion. Als hij zich
dat al zou willen herinneren. Wat niet zo is. Hij wil niet.

Al is er dan plotseling nog een hals, iets ranks dat op-
rijst uit een jasje van donkerbruin, stug leer, dat zich draait,
naar hem toe, van hem weg, op hem afkomt, onweerstaanbaar bijna. Iets dat zich nog maar eens uitbreidt tot een
donkere, bewegende vlek. Een en al heupbeen en curve,
is ze. Hij ziet haar gezicht niet, haar ogen.

Charly.

Opengespalkt. Bloedend. Leeg.

Hij ziet haar niet.

Hij is het vergeten, denkt hij. Ik herinner mij niets, zegt
hij tegen niemand, niets. En dat hij zichzelf bijeen moet
houden, de lendenen aangorden, zegt hij in het schemerduister van het keukentje waar hij sinds Douwes' geslaagde
ontvoering verblijft. Hij zegt het luidop. Dat het geen tijd
is voor geschiedenis, voor verleden dat zich opstapelt, voor
de ballast van verbruikt heden, voor beelden en de herinnering aan beelden, zoals die ene foto, die ene — hij stond
daarmee in zijn handen boven een rokende vuilcontainer
naast de spoorlijn, bij het viaduct waar alleen fietsen on-
derdoor kunnen, hij stond daar en hij keek ernaar. Het was
de enige foto die tussen zijn officiële papieren zat, blijk-

baar apart gehouden van alle andere die hij, ingeplakt in fotoboeken, opgeborgen in fotomapjes in schoenendozen op de bovenste plank van kleerkasten of achter in dressoirs, sowieso had achtergelaten in het kleine appartement aan de Moesstraat. Maar boven de smeulende resten van diploma's en andere documenten stond hij daar ineens met die ene foto, een foto van Charly, Charly in zwart-wit, op haar rug, Hotel Mercure aan de Fasanenstraße in Berlijn, op haar rug, naakt, een hand in haar haar, de andere op haar buik, een been opgetrokken, en ze keek hem aan, ze keek in de lens, daar in de Fasanenstraße – haar ogen zwart, donker, brandend, diepduister. En Leon voelde alles in zijn lichaam zwaar worden, alles trok aan hem, wilde terug naar iets wat niet meer kon of mocht bestaan, wilde weg van waar hij was op dat moment. En hij wist, toen hij de foto tussen duim en middelvinger hield, boven het vlammetje van de aansteker, toen de vlam aan de randen van de foto likte en Charly, Charly's lange benen, de zachte huid van haar buik, de glooiing tussen heup en schaamhaar, haar volle borsten met de stijve tepels, de schaduw in haar oksel, toen dat alles wegsmolt, de kamer wegsmolt, de hoge achterkant van het tweepersoonsbed in Hotel Mercure wegsmolt – Leon wist toen al dat het niet, nooit zou lukken om deze foto ooit te vergeten, dat meer nog dan Charly zelf, dit beeld hem zou blijven bespoken, hem steeds opnieuw, met tussenpozen zou doen wankelen, zich als in een omgekeerde film uit de vlammen tevoorschijn zou vreten, telkens weer. Hij wist dat het dit beeld was dat hij moest vergeten: Hotel Mercure, Fasanenstraße, Berlijn, najaar 1987 of daaromtrent – september, exact september, september 1987 was het.

Leon dronk een glas kraanwater en slikte de graat weg die in zijn keel stak. Hij keek door de dakkoepel naar de sombere lucht. Hij keek op zijn horloge. Het was tijd. Het was tijd voor die andere foto, de foto van Douwes, Douwes met *De Ochtendbode* in zijn handen, gezeten in niet meer dan een onderhemd voor de vlag die ze hebben gemaakt – een beschilderd laken met het wapen van de RPL. Want hij is nieuws, zijn ontvoering, hún ontvoering, de ontvoering van Douwes, door hen, door het RPL. Groot nieuws is het. Het is tijd dat ze zich kenbaar maken. Dat ze een teken van leven geven aan de buitenwereld.

Douwes wil niet natuurlijk. Hij weigert koudweg, en misschien is het zo langzamerhand tijd dat Leon persoonlijk hem eens stevig aanpakt. Dat hij zich niet meer laat verleiden tot een steekspel met woorden, zich niet meer laat meeslepen door de heimelijke sympathie die hij koestert voor Douwes' fiere houding, voor de wijze waarop hij toch zijn waardigheid weet te behouden terwijl die hem allang is ontnomen, terwijl die waardigheid er een is ten koste van de waardigheid van anderen ook nog. Het is tijd dat hij Douwes duidelijk maakt dat het hier om iets anders gaat dan enkel argumenten, dan een of ander gelijk dat met feiten gestaafd zou kunnen worden, feiten die natuurlijk alleen feiten zijn omdat Douwes ze als zodanig presenteert en niet als wat ze feitelijk zijn: gezichtspunten, opvattingen, van de heerserslogica van het kapitalisme doordesemde standpunten.

'RPL, RPL,' zei Douwes zojuist nog toen Leon bij hem binnenstapte, 'is dat in deze tijden niet een hopeloos anachronisme, jongeman? Zelfs als je alleen publicitair denkt, is een dergelijke benaming niet echt handig. Partizanen... werkelijk! Bij mij komen spontaan beelden uit de Tweede Wereldoorlog boven. En dan niet uit Broek op Waterland of in Surhuisterveen of iets dergelijks, maar in meer beboste en bergachtige gebieden. Partizanen hebben hier toch nooit bestaan, jongeman.'

'Des te meer reden...' wilde Leon zeggen.

'Daarenboven,' zei hij, 'je partizanenclubje veronderstelt een... een buiten, als je begrijpt wat ik bedoel. En er is geen buiten meer. Geen alternatief. De Muur is gevallen, weet je... Waaraan wil je precies refereren met dat partizanengedoe?'

'Nou...' had Leon bijna gezegd.

'Aan het aloude marxisme-leninisme? Aan China? Mao? Aan de verwaterde ideologietjes van linkse splinterpartijtjes die in de geschiedenis van de wereldpolitiek en zelfs in de geschiedenis van onze vaderlandse politiek nooit ook maar één poot aan de grond hebben gekregen, ondanks de schijn van het tegendeel, ondanks de suggestie dat we hier in zo'n verschrikkelijk vooruitstrevend landje leven? Is dat het? Ga je me vertellen dat het om het kapitalisme gaat?'

Leon zweeg.

'Het systéém?' drong hij aan en er speelde een klein monkellachje rond zijn gehavende mond.

Maar Leon gaf geen antwoord. Het politieke engagement van de partizaan is slechts de brandstof waarmee hij zichzelf gaande houdt, dat had Leon al lang geleden begrepen uit teksten van Blanqui, van Engels, die van Mao over de langdurige oorlog en hoe die te doorstaan, die van Lin Piao, Mao's opvolger, of van Vo Nguyên Gap. Telkens gaat de rechtvaardigheid van de te leveren strijd vooraf aan datgene waar het werkelijk om te doen is: de wijze waarop die strijd georganiseerd dient te worden. Die rechtvaardiging zelf is geen onderwerp van discussie meer. Douwes moet dood – dat is wat hier vaststaat. Dat is niet onderhandelbaar.

'Meneer Douwes,' zei Leon dus, 'het wordt tijd voor uw foto.'

'Foto...' zei hij, en keek Leon aan alsof hij even niet meer wist wie hij was.

'Foto,' zei Leon, 'voor de pers. Als bewijs dat u in onze macht bent, dat we u hebben, zeg maar. Iedereen is in rep en roer sinds ze uw auto hebben gevonden.'

Hij herstelde zich onmiddellijk.

'Denk je nu echt dat ik aan die onzin...'

'Meneer Douwes,' zei Leon, 'sorry dat ik u onderbreek, maar u hebt in dezen niet werkelijk de keuze. Er zal nu een foto van u worden gemaakt, een foto die we vervolgens de pers ter hand stellen.'

'Ik denk er niet aan.'

'Meneer Douwes, u wilt echt niet dat ik u dwing. Ik heb daartoe de middelen, maar gelooft u mij, u wilt dat niet meemaken.'

Leon wist niet waar hij op dat moment precies aan dacht. Hij had natuurlijk zijn pistool, een HK VP70, een Heckler & Koch, ook wel *Volkspistole* genoemd. Hij heeft het ding tot nu toe nog niet tevoorschijn gehaald. Noch hadden ze het mee toen ze Douwes uit zijn auto sjorden. Het is een lomp, onhandig ding, te zwaar ook, bijna een kilo en dat dan nog ongeladen. Je steekt dat niet even gemakkelijk achter in je broek, en ook onder een jasje met een schouderholster is dat gevaarte niet echt handig. Om nog maar te zwijgen over de terugslag als je het afvuurt. Bovendien dachten ze het niet nodig te hebben. De operatie zou gesmeerd verlopen, immers. Er was mist voorspeld. Het klemrijden op de oprit naar de snelweg was de uitkomst van een lang beraad over het hoe en waar, over de wijze waarop ze het nadeel van hun logge Ford Transit in hun voordeel konden gebruiken. Ze hadden de sloophamer al, die eventueel als dreiging gebruikt kon worden. En ze hadden dat flesje met – hoe heet 't... dat verdovende middel... Wapens waren niet nodig. Klemrijden, Douwes eruit slepen, wegwezen. Dat was het plan. Daarbij paste niet werkelijk een of ander log pistool.

Leon heeft het zich ook niet beklaagd – enfin, aanvankelijk toch niet – dat hij het niet mee had toen een en ander fout liep, toen ze daar gevieren met een ingetapete en vastgebonden Douwes door het weiland liepen te strompelen, op weg naar god mocht weten wat, naar wat uiteindelijk een vijver bleek te zijn die in de tuin lag van een landhuis dat Leon daar op die plek nog nooit eerder had gezien, ook al moet het huis bij normale weersomstandigheden vanaf de snelweg vrij goed zichtbaar zijn. Het doemde op uit de mist, een villa uit de negentiende of misschien zelfs wel de achttiende eeuw, een buitenverblijf, of gewoon de woning van de een of andere rijke stadjer, van een industrieel wellicht, die de benauwenis van de stad ontvlucht was en zijn domicilie had gekozen op het platteland. Het moet er vroeger paradijselijk zijn geweest. Nu scheidde alleen een vijver met wat hoog riet en een klein groepje bomen het af van het weiland en de daarachter immer suizende snelweg.

Ze legden Douwes op de grond, in het natte gras aan de rand van de vijver, net achter de rietkraag. Hij maakte een geluid, een korte 'oeh' of 'oef' was het. Hij was niet langer buiten bewustzijn. Leon sloop rond de vijver naar een enorme rododendron aan de rand van wat waarschijnlijk ooit een gazon was, maar nu meer een verwaarloosd stuk grasland leek: een wildernis van lange, bedauwde, grotendeels bruine stengels. Eigenlijk wees alleen een zonnewijzer op een arduinen verhoging in het midden van het veldje erop dat dit niet als wildernis, maar als gazon bedoeld was geweest. Eenmaal onder de rododendron merkte Leon dat hij aanvankelijk gefascineerd naar die zonnewijzer zat te kijken in plaats van te doen wat hij moest doen: de situatie in ogenschouw nemen, een inschatting

maken met oog voor detail en mogelijk onvoorziene omstandigheden. De dingen zien die niemand ziet. Van wat
men gewoonlijk over het hoofd ziet zijn voornaamste aan-
dachtspunt maken: gebroken takjes, slijtplekken, gedrag
van dieren des velds.

De achterzijde van het huis bestond vrijwel geheel uit
ramen met precies in het midden tuindeuren. Die kwamen
uit op een terras van blauwsteen. Onder de ramen, links
en rechts van de deuren, stonden twee groen bemoste,
houten zitbanken, en wat meer naar de tuin toe stond
een grote tafel met een roestig, Leon dacht gietijzeren onderstel, rijkelijk versierd met bloemmotieven, en daarop
een stenen blad dat eveneens helemaal groen zag. Het huis
was onbewoond. Onbewoond, maar niet leeg. Door de
spiegeling van de ramen heen zag Leon dat er in de ruimte
achter de tuindeuren iets op de grond lag: lege papieren
zakken. Het waren van die zakken die gebruikt worden
voor bijvoorbeeld gips of cement. Links naast de achter-
gevel, tussen het huis en een kale heg, zag hij nu ook een
stapel nieuw hout onder een groen dekzeil, dat er losjes
overheen lag, en daarachter nog net een stukje van een
oranje geverfd metalig onderstel, ongetwijfeld behorend
bij een betonmolen. Er werd hier gewerkt. Hij keek op zijn
horloge. Bijna zeven uur. En net toen hij zich bedacht dat
rond dit uur bouwvakkers gewoonlijk ofwel al op hun
werkplek gearriveerd zijn, ofwel aanstonds zullen aankomen, hoorde hij binnen in het huis een rinkelend geluid:
een metalen buis die op de plavuizen viel, zo klonk het,

een stuk van een steiger misschien, die binnen werd opgebouwd om de ongetwijfeld hoge plafonds van dit huis te kunnen stuken of verven. Ze waren er al. Iemand zette een radio aan. *Dromen zijn bedrog*, van – hoe heet-ie, zo'n zanger. Een hitje dat je overal hoorde op dat moment. Iemand floot onmiddellijk mee.

Leon trok zich weer wat verder terug onder de rododendron. Hij voelde zich een en al instinct. Alsof er iets in hem als een razende aan het denken was. Schilders, dacht het, stukadoors, materiaal, vervoer. Ze moesten hier weg. Hij keek tussen de bladeren door nog eens naar het huis, de stapel planken. Het was misschien twintig meter naar daar, met halverwege het voormalige gazon nog die zonnewijzer, die eventueel beschutting kon bieden, net als het lange gras. Als hij de planken wist te bereiken zou hij misschien zicht hebben op de voorkant van het huis en kunnen zien of er een auto stond, of tussen de heg en de planken door naar de voorkant van het huis kunnen sluipen. Op de snelweg in de verte hoorde hij sirenes, minstens twee of drie auto's. Aan het geluid te horen een ambulance en een brandweer.

Hij besloot het erop te wagen. Hij probeerde nog eens door de spiegeling van de ruiten naar binnen te kijken, maar veel meer dan die lege cementzakken zag hij niet. Voor hetzelfde geld stond daarachter iemand wat dromerig de tuin in te kijken, een arbeider, zijn beide handen rond een dampende mok koffie, nog even genietend van een moment rust voordat het werk een aanvang nam. Voor hetzelfde geld zou hier alles eindigen. Hij ademde diep in. Leon tijgerde door het natte gras. Hij keek niet op. Pas achter de arduinen sokkel waagde hij het zijn hoofd wat op te tillen, een korte beweging, een snelle, intense blik, een fractie van een seconde, meer niet, lang genoeg om de situatie te kunnen beoordelen, en kort genoeg om niet geraakt te worden door eventueel vijandelijk vuur. Dezelfde spiegeling in de ruiten. *Jij moet me een ding beloven, laat me nog lang in mijn dromen geloven*, schetterde het uit de radio binnen met die typische holle echo van een verder onbewoond huis. Het leek Leon niet dat er iemand in de tuinkamer was. Hij zou het laatste stuk naar de houtstapel misschien rennend kunnen afleggen. Hij lag nu plat op de grond, zijn hoofd zijwaarts gedraaid, alsof hij luisterde naar iets in de aarde. Tellurisch. Hij was klaar om zich omhoog te drukken en een sprintje te trekken. Tien meter, meer was het niet. Maar nog steeds had hij het gevoel dat de hele onderneming stond of viel met die luttele meters, dat als hij nu ontdekt zou worden het spel over en uit was.

Het was op dat moment dat hij dan toch nog aan zijn HK VP70 dacht, even maar. Dat het misschien toch verstandig was geweest dat ding mee te zeulen. Die bouwvakkers waren voor geen kleintje vervaard. Ze hadden metalen voorwerpen; troffels, hamers (de hunne was achtergebleven in de Transit, die waarschijnlijk al in lichterlaaie stond), steigerpalen. Hij had weliswaar de nodige trucjes geleerd om tegenstanders uit te schakelen, maar wie weet met hoeveel ze daar binnen waren. Met een pistool zwaaien kon dan helpen, een schot lossen eventueel...

Hij keek nog één keer snel langs de arduinen sokkel boven de lange dorre sprieten uit, drukte zichzelf toen helemaal omhoog en sprintte in gebukte houding naar de houtstapel. Hij wierp zich in de heg ernaast en bleef roerloos liggen. Het liedje op de radio binnen werd onderbroken door een rad sprekende, onverstaanbare stem waar op hetzelfde moment alweer een ander liedje doorheen begon te spelen. Hij richtte zich opnieuw voorzichtig op. Hij had weinig zicht. Er bewoog niets. De takken van de heg prikten in zijn rug en maakten lawaai bij elke beweging. De muis van zijn hand was licht geschaafd, zag hij.

Hij schoof ritselend tussen heg en houtstapel door in de richting van de voorkant van het huis, behoedzaam, met tussenpozen, met niet meer dan een metertje per keer opschuivend, zodat het geritsel, als het al gehoord werd, afkomstig kon zijn van een of ander dier, een vogel, een muskusrat of welk kruipend ongedierte hier dan ook maar zoal voorkwam (hij was hier niet op voorbereid). Maar de kans dat iemand iets zou horen met die blèrende radio binnen, was gering.

Hij naderde het einde van de houtstapel en keek voorzichtig onder een flap van het groene dekzeil door naar wat zich aan de voorkant van het huis bevond. Een grindvlakte vanaf het huis tot aan een ijzeren toegangspoort, die wagenwijd openstond. En op dat grind stond een bestelwagen. 'Walter Hoogesteger', stond er in een uiterst beschaafd schreeflettertje, hij dacht een Times, met daaronder het woord 'Schilders' in een kleiner korps. Links daarvan stonden drie schuine strepen die een schematische voorstelling vormden van een drietal penseelstreken, één rood, één blauw, één geel. De schuifdeur van het busje stond open, net als de deur aan de passagierskant. Onder het stuur, lichtjes heen en weer zwaaiend alsof iemand ze juist had losgelaten, ontwaarde Leon een bos sleutels. De autosleutel stak in het contact.

Even was er iets in zijn lichaam dat aan hem trok, hem wilde doen opspringen, hem naar de bestelwagen wilde laten sprinten en hem door het geopende portier naar binnen laten duiken, waarna hij de auto zou starten en ervandoor zou gaan met achterlating van Douwes en de anderen. Er was iets, terwijl hij nog tussen heg en houtstapel lag, iets omstreeks zijn middenrif, dat een einde wilde maken aan alles, aan de hele toestand met de Ford Transit en Douwes, het geknoei met voorhamers en tape en touw. Zoals sommige soldaten midden in een gevecht, murw van het lawaai, van het moeten schuilen voor wat rondom inslaat, voor wat niet aflatend op hen inbeukt, met hen wil afrekenen – zoals een enkeling dan opstaat uit zijn mangat, getergd, geërgerd, woedend zelfs over het hem aangedane onrecht en dus uit naam van de rechtvaardigheid zelf, schietend, schreeuwend misschien, maar onophoudelijk en onweerstaanbaar in de richting van zijn belagers loopt om er dan en daar voorgoed een einde aan te maken, het te doen ophouden. Met angst heeft het niets te maken.

Noch met overmoed. Het is vermoeidheid, vermoeidheid en iets wat lijkt op... op gemis, dacht hij, een gebrek dat onverschillig maakt.

En misschien had hij het ook wel gedaan, misschien was hij opgesprongen en weggereden in het busje van Hoogesteger, Walter Hoogesteger, zonder precies te weten waarheen, maar met het gevoel bevrijd te zijn, verlost zelfs, verlost van iets wat op dat moment onmenselijk zwaar op hem drukte — misschien had hij het gedaan als hij op dat moment niet net in de verte het geluid van een helikopter had gehoord, een pijlsnel naderend geratel, zodat hij zich nog eens klein maakte tussen de heg en de stapel hout, zijn hoofd zijwaarts, zijn oor tegen de grond gedrukt. Het was duidelijk dat het toestel laag vloog. Hij voelde het daveren van de rotorbladen. De grond leek te trillen. De dorre bladeren in de heg ritselden. Alles leek te veranderen in een hels geraas, een wervelwind van lawaai. En even leek het of in het midden van dat lawaai de hele wereld tot stilstand kwam, zodat hij een moment dacht dat het gevaarte boven hem hing, vlak boven hem, niet meer dan een meter of tien, twintig — dat hij ontdekt was, dat hij eindelijk ontdekt was. En even, heel even voelde hij zich gelukkig, perfect gelukkig. Bijna hoopvol draaide hij zijn hoofd in een poging om daarboven iets te zien. Maar hij zag niets.

In werkelijkheid waren het niet meer dan een paar seconden. De helikopter vloog met razende vaart richting snelweg. *Ain't no angel gonna greet me, It's just you and I my friend,* zong iemand binnen op de radio. Iemand anders, misschien Walter Hoogesteger zelf wel, floot mee, schijnbaar onaangedaan door het helse geraas van zo-even.

Leon wist wat hem te doen stond. Hij was hiervoor getraind. Hij had uren doorgebracht op hindernisparkoersen in de natuur. Hij kroop door modder. Hij kroop door stof. Hij leerde situaties inschatten. Hij hield rekening met windrichting en schaduw. Hij kon zich onzichtbaar maken in vrijwel iedere omstandigheid, versmelten met de omgeving, veranderen van schutkleur en uiterlijk. Hij was gymnastisch, altijd geweest. Hij wiste zijn sporen uit. Hij imiteerde tamelijk perfect de roep van de rotgans, net als van de *Anas platyrhynchos*, de wilde eend, en van de pijlstaarteend, de meerkoet, de fuut en de waterhoen. Hij had warenkennis. Hij had instinct.

Hij wist dat hij snel moest handelen, kroop achterwaarts tussen heg en houtstapel terug naar de rand van het gazon, aarzelde dit keer niet maar sprintte meteen naar de rododendron. Vlak voor de struik maakte hij een duik, uitmondend in een perfecte koprol die hem onder de dichtbebladerde takken deed uitkomen. Daar bleef hij even liggen, hijgend, keek nog eens achterom door de bladeren naar de spiegelende ramen van het huis en rende vervolgens in één keer naar de plek waar hij Douwes en de anderen had achtergelaten.

Hij had zich bewogen, Douwes. Of ze hadden hem verlegd. Misschien toen ze de helikopter hoorden aankomen. Misschien hebben ze hem toen opgepakt met zijn drieën en een eindje in de richting van het riet versleept om hem aan het zicht te onttrekken. Hij lag nu half in het water van de vijver en probeerde zich uit zijn benarde positie te bevrijden, maakte schokkende bewegingen in een poging weg te komen van het water. Een zeehond. Leon maakte een handgebaar naar iemand en knikte met zijn hoofd richting Douwes. Hij werd niet begrepen. Iemand zwaaide met zijn wijsvinger en maakte cirkeltjes in de lucht, wees toen met zijn andere hand naar boven. 'He-li-kop-ter', lipte hij. Het leek of ze hun spraakvermogen verloren hadden. Of dat de omstandigheden hen tot non-verbale communicatie dwongen. Wat niet zo was. De helikopter was nog steeds goed hoorbaar. Waarschijnlijk hing hij nu boven de snelweg, misschien boven hun, naar Leon hoopte, hevig brandende Transit. Er was geen reden om niet gewoon met elkaar te praten.

'Haal hem uit het water', zei hij.

Dat er een bestelbusje stond, zei hij vervolgens, en dat ze Douwes naar de weg moesten zien te krijgen, aan de andere kant van de vijver en mogelijk nog een stukje tuin. Waarschijnlijk, zei hij, zit er tussen de tuin en de weg een greppel. 'Ik geef jullie tien minuten, dan kom ik met de bestelbus aanrijden, ja?' Dat ze dan mét Douwes door of over die greppel waren, ja? 'Oké?'

'Met zijn drieën?' vroeg er een, en keek bedenkelijk. Maar: 'Ja,' zei Leon, 'met zijn drieën.' Douwes met zijn drieen, 120 kilo, 240 pond Derk Siebolt Douwes. Eenvoudig was dat niet, dat begreep hij ook wel, maar hadden ze een andere keus? Hij wees richting snelweg; hij wees naar het razen van de helikopter. 'Ze zoeken ons al,' zei hij, 'ze hebben het busje gevonden, of Douwes' BMW of allebei. We moeten hier weg,' zei hij, en herhaalde: 'weg. Maar haal hem nou verdomme eerst eens uit het water!' Waarna hij op zijn horloge tikte en zijn beide handen opstak.

'Tien', zei hij.

En weg was Leon.

6

Iemand doden blijft uiteindelijk een kwestie van geloof, geloof en concentratie; het mag geen moment onderbroken worden door ook maar de geringste twijfel. Zodat het eigenlijk minder om geloven dan om weten gaat, om de zekerheid die de vraag naar de juistheid verdringt, toe- en afdekt, niet eens meer laat opkomen, en die alleen nog vooruitwijst naar het handelen, naar een werkelijkheid die van alle overbodige dimensies is ontdaan, naar de zelfverzekerdheid van gebaren en daden die zichzelf genoeg zijn en die niet anders hadden kunnen zijn dan ze nu zijn, die niets anders meer hadden kunnen worden dan wat ze nu zijn geworden. Het is als iemand die de stap heeft gezet om in het klooster te gaan. Hij moet afrekenen met de al te menselijke vormen van liefde door zich met alle strengheid die hij op kan brengen op zijn liefde voor God te richten. Alleen zo kan hij de liefde preken: door ervan af te zien. De herinnering aan vader-, moeder-, broeder- of zusterliefde, laat staan aan die tussen man en vrouw, tussen geliefden – het zou hem maar afhouden van datgene waar het werkelijk om te doen is: de liefde voor God, een liefde die verlies is, verlies moet zijn, opoffering, in zekere zin belangeloos, boven-, buitenpersoonlijk. Warm menselijke, vriendschappelijke gevoelens zijn een teken van zwakte; ze brengen je hoogstens halfweg, en halfweg werpen ze barricades op die het onmogelijk maken tot het uiterste te gaan. Elk verlangen is gedoemd onvervuld te blijven als het in verband gebracht wordt met het bestaan van anderen.

125

Nóg een reden om elkaar niet bij de naam te noemen...
Leon had er meteen korte metten mee gemaakt. Toen
de plannen vaste vorm begonnen aan te nemen, toen sa-
menkomen in café De Sleutel aan het Hoge der A een zeker
risico begon in te houden, er al stamgasten waren die hen
begonnen te groeten, een drankzuchtige dichter die wegens die drankzucht een zekere nationale faam genoot
borreltjes begon aan te bieden en zelfs al eens kwam aan-
schuiven aan hun vaste tafel bij het raam, toen ze voortaan
dan maar samenkwamen in de kamer die Leon bewoonde
in een grotendeels leeg en bouwvallig huis op de hoek van
de Haddingestraat en Nieuwstad – vanaf dat moment gold
een verbod op namen. 'Geen namen meer,' had hij gezegd,
'geen schuilnamen, codenamen, aliassen, bijnamen, kloos-
ter- of volksnamen. Niets. Wij kennen elkaar niet. Wij zullen elkaar nooit kennen, begrepen?' Geen kinderachtigheden meer. Hoogstens militaire benamingen: comman-
dant, verbindingsofficier, foerageur, luitenant. Maar meestentijds volstonden voortaan persoonlijke en aanwijzende
voornaamwoorden. Er was een bevelsstructuur immers,
en over andere dan praktische zaken hoefde niet gepala-
verd te worden. Hun geloof beperkt zich tot wat hen te
doen staat: Douwes doden.
    Wat Leon te doen staat, hém. Want de rollen zijn van-
af het eerste moment verdeeld. Op de twee na die hem
geregeld van eten voorzien en van wie er één ook instaat
voor de verspreiding van foto's en communiqués, op
die twee na is de cel, is het commando Auguste Blanqui,

inmiddels alweer grotendeels ontbonden. De luitenant, een grote zwarte jongen die een mix van Duits, Nederlands en iets uitheems sprak, verliet het commando toen hij met Hoogestegers bestelbusje in het holst van de nacht richting Wierum reed. En nog een ander, de chauffeur van het oorspronkelijke Gall-busje, een roodharige jongen met een zwaar Gronings accent, is spoorslags afgereisd richting oosten.

En toch is het ook een vorm van intimiteit, iemand doden, iets van een ongelooflijke nabijheid, iets... menselijks haast, denkt Leon. Hij doodde nog nooit iemand. Dat maakt het zo ingewikkeld. Hij heeft er voordien nooit over nagedacht; wel over de noodzaak van een en ander, maar niet over de daad zelf, de daadwerkelijke uitvoering. Ten tijde van Otto en de rest van de bende dacht hij zelfs nooit na over de uiterste consequentie van wat toch ook zij, dacht Leon, wat ook zij toch voorstonden — enfin, wat in ieder geval hij voorstond, dat van die partizanen. Otto ging daar aanvankelijk dan wel enthousiast in mee, in het idee dan toch, en hij had het dus ook voortdurend over 'stadsguerrilla', over de Tupamaros, The Weathermen, de Rote Armee Fraktion en Brigate Rosse, maar veel meer dan intellectuele zelfbevrediging was dat niet. Posters plakken, meelopen in een grote demonstratie tegen kernwapens, meelopen in kleinere demonstraties tegen een nucleaire opwerkingsfabriek, tegen de NAVO en de woningnood, buttons dragen op je jas. En eindeloos teksten, interviews en communiqués van revolutionaire groepen lezen die wél tot gewapende actie waren overgegaan. Maar veel verder ging het niet. Dat, en namen verzinnen voor anderen en voor zichzelf. Maar voor hem stond dat alles toch in de eerste plaats in het teken van een vrijheid voor hemzelf. Burgerlijke ongehoorzaamheid, antiburgerlijkheid, het was bij Otto nooit gericht op de vernietiging van de bestaande structuren, op de vervanging van al het bestaande door al het komende, of dan toch uit naam van het komende. Het was veeleer gericht op het creëren van eigen privileges binnen het bestaande, op het recht volledig zichzelf te zijn zonder rekening te houden met anderen.

Het was een soort verkleedpartij.

Feestjes, daar ging het om.

Moesjes.

Otto's revolutie was een loszittende jas, iets als een modeartikel, iets waarmee je scoorde in bepaalde kringen, iets waarover iedereen het in die kringen ook eens was – aanvankelijk dan toch, en zeker in dit zompige land onder de zeespiegel waar iedereen altijd geacht werd dezelfde kant op te kijken, ook als dat betekende dat men, zichzelf nog maar eens op de borst trommelend, nu juist een ándere kant uitkeek dan de rest van de wereld leek te doen, zich voorganger wanend, uitverkorenen. Ze waren tegen Reagan, tegen Thatcher, tegen Lubbers en zijn schijnheilige grefo-katholieke kutbende, en al helemaal tegen de VVD. Ze waren tegen het conservatieve, kapitalistische profijtdenken dat de hele wereld domineerde. Vóór de verdrukten waar ook ter wereld. En de Marsrepen die ze stalen uit de snackbar, de tabak, de slaatjes en de drank, de wiet die ze rookten – alles wat ze deden om zelf aan hun trekken te komen, het kwam hun vanzelfsprekend toe. Omdat zij ook zichzelf tot die verdrukten rekenden misschien. Omdat ze rechten ontleenden aan het vermeende onrecht dat hen werd aangedaan door de wereld zoals die nu eenmaal was: fout, verkeerd, kapitalistisch, het kwaad zelve. Er zijn was tegen zijn. En tegen zijn betekende feesten. Voor Otto. Voor iedereen, toen. 'Vrijheid', zeiden ze en ze gaven zich over aan liederlijkheid, aan uitspattingen – aan elkaar. Al was dat laatste zo evident niet; voor Leon toch niet.

Als het aankwam op intimiteiten van het soort dat Otto op het oog had, voelde Leon zich altijd wat onthand. Zo was er een feest waar hij verscheen in een wit glimmend pierrotpak, met een wit geschminkt gezicht en met in zwarte schmink onder zijn rechteroog een traan. Hij kon zich niet goed meer herinneren waarom dat was. Misschien omdat het op voorhand een gemaskerd bal was genoemd, al zag hij op het feest toch vooral mensen die in hun gewone kledij rondliepen. Uit zichzelf zal hij het niet gedaan hebben. Hij hield niet van verkleedpartijen. Hij vond dat je verkleed meer prijsgaf van jezelf dan in alledaagse kledij.

Otto had vooraf aangekondigd dat het feest tot de volgende ochtend zou duren en dat het de bedoeling was dat iedereen bleef ontbijten. Her en der in het huis aan het Schuitendiep waren kamers ingericht met een specifiek thema: film, spel en zelfs een scheersalon waar... ja, het was Charly, Charly stond daar met een bakje scheerzeep van De Gouden Hand, een scheerkwast en wegwerpmesjes. En je kon dan op een tuinstoel plaatsnemen en je laten scheren – door haar, door Charly zelf. Dat liep niet in alle gevallen even goed af. Toen Leon een keer de deuropening van de scheerkamer passeerde, zag hij dat Vladimir achterovergeleund in de tuinstoel lag met onder het helwit van het scheerschuim op zijn kin en wangen iets wat een geheel ontvelde, bloederige hals leek te zijn. Charly stond daarnaast, het scheermesje haast koket tussen duim en wijsvinger in de hoogte houdend. Leon had natuurlijk vanwege de schmink geen mogelijkheid zich door Charly te laten scheren. En misschien heeft hij dat hardop gezegd, want hij meent zich te herinneren dat iemand met een hikkend lachje tegen hem zei dat hij toch ook andere plaatsen kon laten scheren. Een of ander meisje. 'Haar zat', zei ze, of toch zoiets.

In de volledig verduisterde filmkamer draaide de video van *The Wall*. En later op de avond, toen Leon bij binnenkomst struikelde over een zowat voor de deur liggend paartje, was er een film met naakte vrouwen die zich lieten fotograferen in een studio, met naast zich een ontklede vent die zijn best deed om zijn pik stijf te houden door er met kleine tussenpozen wat aan te snokken, terwijl er de hele tijd een fotograaf in beeld was die hen vertelde dat ze zus moesten staan, en zo, en die steeds 'you're sexy' tegen de vrouwen zei, of 'show me your titties', 'show me your pussy', wat ze vervolgens ook deden. En dan later ontmoetten ze elkaar, die vrouwen, ze ontmoetten elkaar later op een strand, waar ze elkaar omhelsden en met tranen in de ogen ineens tegen elkaar zeiden dat het afschuwelijk was geweest, dat ze zich gebruikt voelden. Leon had dat totaal niet aan zien komen. Het was een of andere feministische film, een film tegen porno, zei een meisje dat in het donker naast hem zat en op een zeker moment aan zijn clownspak begon te frunniken.

Want daar was het natuurlijk om begonnen, in die filmkamer. Men kwam er niet voor de films, dat begreep iedereen. In de loop van de avond veranderde de kamer in geritsel, gefluister en gesteun en nog andere geluiden. In het aardedonker, met in de hoek enkel het flakkerende beeldscherm, grotendeels aan het zicht onttrokken door degenen die ervoor lagen, voelde je grijpende vingers, vochtige monden (als het dat al was); er gleed plotseling vreemde naakte huid langs je arm, huid waarvan onduidelijk was tot welk deel van het lichaam het precies behoorde. De kamer vulde zich met een geur die tegelijk verlokkend en afstotelijk was: zweet dat zich verdichtte tot een intiemere geur, tot bloedsmaak en weer terugveranderde in zweet, oud zweet eerder, vermengd met een scherpere geur, iets zurigs en wrangs met soms daartussendoor ineens een vleug parfum, een veldboeket, een zweem van vanille en citrusvrucht. Leon lag op zijn rug en voelde een hand onder de dunne stof van zijn pak over zijn borst gaan, misschien van het meisje dat even daarvoor nog gewoon naast hem had gezeten, misschien van iemand anders. Hij weet nog dat hij op een zeker moment zijn hand uitstak en meteen in iets harigs en verborgens greep, zodat hij geschrokken terugtrok, opstond en zich zo goed en zo kwaad als het ging voorzichtig stappend tussen de her en der verspreid liggende lijven in de richting van de deur begaf.

Volgens Otto leed hij aan een vorm van 'burgerlijke intimiteitswaan', zoals hij dat noemde. 'Leon kan niets met een lichaam als hij niet zeker weet dat hij het als zijn eigendom mag beschouwen', zei hij op een avond tegen niemand in het bijzonder, en specifiek tegen Leon voegde hij daaraan toe dat hij zich blijkbaar nog steeds niet had weten te bevrijden van... – hij haperde even – 'van de... betrekkingswaan van wat de bourgeois met veel misbaar maar ten onrechte De Liefde met hoofdletters noemt.' Dat zei hij: 'Met veel misbaar maar ten onrechte.' Feitelijk ging het daarbij volgens hem om bezit, niet om opoffering, en al helemaal niet om wederzijds respect. Intimiteit was daarbinnen in de eerste plaats een vorm van machtsvertoon, zei hij, van mannelijk machtsvertoon dan ook nog. 'Lenin zei het al, Leon: de burgerlijke kus is smerig, ze is door en door voos en vals, want geen teken van werkelijke liefde, geen gebaar waarin men de ander in zijn waardigheid erkent, maar een ingreep waarmee men die ander van zijn eigenheid berooft, voor zichzelf claimt als deel van het aards bezit dat men heeft geaccumuleerd.' Dat zei hij, Otto, en kijkend naar zijn vingers voegde hij daaraan toe dat Leon een en ander nog verergerde door zijn eigen intimiteit voor anderen af te grenzen, 'niet dan, Matratze? Hé, Rosa! Leon hier, dat is toch een beetje een vesting, niet dan? Ja toch? Een bastion, jongen.'

'Bastion', zei Rosa, die druk doende was haar teennagels te lakken.

Niet dat dat klopte. Met macht had het niets te maken. Eerder met... beleefdheid, dacht Leon, beleefdheid en toestemming, met het krijgen van een vrijgeleide, zodat een uitgestoken hand, een in de ruimte rondtastende hand op niets verborgens en verbodens meer stuit, op niets verborgens en verbodens meer kán stuiten, maar alleen nog op iets wat zélf naar die hand zoekt, of verlangt, iets wat die hand, zijn hand als het ware zélf naar zich toetrekt, of dat zichzelf in de richting van die hand begeeft.

Zoals Charly...

Want het was Charly, later die avond, Charly die hem vroeg haar naar huis te brengen. Ze stond ineens achter hem en zei: 'Breng me naar huis', of: 'ik wil naar huis', 'ga mee naar huis' — hij wist het niet meer. Hij kwam uit de donkere filmkamer en stond in het licht van de gang wat met zijn ogen te knipperen, en achter hem hoorde hij iemand, hoorde hij Charly, die zijn naam zei en naar huis wilde.

Toestemming...

Douwes gaat hem die niet verlenen, natuurlijk. En daarom dus, daarom heb je... heeft men... daarom dus heeft hij geloof nodig, geloof en concentratie.

En doorzettingsvermogen.

Om hem te doden, Douwes, om zijn... zijn lichaam zo dicht te naderen dat hij het kan doden. Hem.

Misschien gaat het om de verbetenheid die Leon ooit in een kippenslachterij op het gezicht van een jongen zag. Hij was... vijftien, hooguit zestien, Leon, en hij had daar een vakantiebaantje. Eerst stond hij bij een soort glijbaan waar reeds geslachte kippen, zonder kop, strot en klauwen dampend uit een aanpalende ruimte kwamen gegleden, een ruimte waar ze met hete stoom ook al van hun veren waren ontdaan. Het was zijn taak de een voor een in een grote bak tuimelende kippen aan wat restte van hun poten op te hangen aan haken die in een eindeloze rij langzaam door dit deel van de fabriek schoven. De licht heen en weer zwaaiende roze rompjes passeerden eerst een soort purgeermachine die de ingewanden naar buiten duwde en kwamen dan aan bij een machine die spoelde, eindeloos spoelde, zolang spoelde dat het laatste restje bloed en stront verdwenen was. Later zat hij met een plastic voorschoot en rubberlaarzen aan naast een grote bak met water. Het water stroomde voortdurend over de rand. Hij moest uit de bak hartjes en levertjes pakken, kippenhartjes en -levertjes die op een merkwaardige manier met elkaar verbonden waren gebleven na door de purgeermachine naar buiten geduwd te zijn. Hij moest die van elkaar trekken. Hartjes links. Levertjes rechts. Maar dat was nog niets vergeleken bij de opdracht die hij kreeg om te helpen bij het uitladen van de vrachtwagens met de kratten vol levende kippen. Die kratten waren van plastic met aan de bovenzijde twee schuivende kleppen. Sommige kippen wisten daar met hun kop door te wringen. Enkele wisten zo te ontsnappen en liepen fladderend en klokkend rond tussen de vrachtwagens.

En daar was dus die jongen, die jongen voor wie een kip een kip was, een beest, iets anders dan hijzelf. De wijze waarop hij met de kratten vol levende beesten gooide, de manier waarop hij loslopende kippen, nog half verdoofd van een eindeloze reis in een rammelende vrachtwagen en een overvolle krat, de manier waarop hij ze bij de strot greep, één, twee tegelijk, en ze niettegenstaande het gefladder en de paniek terug in hun kratten propte — het getuigde van een woede die Leon nog maar zelden bij iemand had gezien, een woede die hij niet begreep, waarvan hij zich ook niet kon voorstellen dat ze veroorzaakt werd door of gericht was op de kippen zelf. Het was haat, blinde haat. Het was een diepe, dodelijke haat. Het was iets anders dan de haast mechanische handelingen van de Turkse gastarbeiders die binnen, duidelijk zichtbaar vanaf het laaddok, met een mesje in elke voorbijtrekkende kip een sneetje maakten, waarna de nog steeds wild fladderende beesten, omgekeerd hangend aan hetzelfde soort haken als binnen in de fabriek, langzaam leegbloedend om een hoek verdwenen waar nog meer onuitsprekelijks hen wachtte. Zij waren de werkelijke slachters, maar hadden vergeleken met de jongen op het laaddok veeleer iets gemoedelijks. Die jongen stond daar en propte kippen terug in kratten; hij schopte, zwaaide, kneep, vermorzelde, wrong. Het was een soort razernij. Hij doodde pas echt.

Leon voelt die haat niet. En misschien heb je die nodig. Hij weet het niet. Maar hij voelt haar niet.

Zeker, hij had gedreigd, zo-even, toen Douwes weigerde zijn medewerking te verlenen aan de foto. Hij had hem gezegd dat hij echt niet zou willen dat Leon hem daartoe dwong, 'dat wilt u niet meemaken', had hij gezegd, en misschien had hij zich daarbij onwillekeurig breed gemaakt. In ieder geval leek het heel even alsof zijn woorden daadwerkelijk, en dat voor de allereerste keer, een zeker effect hadden. Alsof na al zijn halsstarrig verzet van de afgelopen dagen, na al zijn, vindt Leon nog steeds, ondanks zichzelf, na al zijn bewonderenswaardige weigering om de controle los te laten — alsof Douwes eindelijk blijk gaf van... van het respect dat hij Leon, dat hij hen allen op grond van zijn toch penibele situatie eigenlijk al vanaf het begin verschuldigd was. En als het ook op dat moment nog steeds geen werkelijk respect was, dan was er in zijn houding toch in ieder geval eindelijk iets dat aangaf dat hij begreep dat hij wel degelijk aan hun, aan Leons willekeur was overgeleverd en dat dat voor hem niet zonder gevaren was.

Ineens vroeg hij wie, welke 'ka-me-ra-den' zij dan precies vrij wilden krijgen. Hij sprak het woord omzichtig uit, alsof hij door het uit te spreken iets teweeg zou brengen. Hij zat op de rand van het bed terwijl Leon onder aan het trapje bij de lage deur stond. Hij keek Leon schuin van onderen aan. Van enige angst was nog steeds geen sprake. Zelfs nu hij zich minder weerspannig opstelde, al dan niet onder de indruk van Leons dreigement om geweld tegen hem te gebruiken, had hij niets onderdanigs.

Om wie of het dan precies ging, wilde hij weten.

En Leon zei: 'Suzanne Albrecht', en: 'Christian Klar, Mario Moretti, Renato Curcio', zei hij. Hij overliep in gedachten het lijstje van gevangenen dat ze hadden opgesteld. 'En verder nog Barbara Bertolazzi en Piéro Balzerani. En Birgit Hogefeld. En Brigitte Mohnhaupt.' En daarbij vergat hij nog iemand. Maurizio Ianelli vergat hij. En Stefan Wisniewski was hij ook vergeten En het was bovendien Piéro Bertolazzi en Bárbara Balzerani. Net andersom...

'Terroristen...' zei Douwes, maar bijna alsof hij het voor zich heen zei.

'Vrijheidsstrijders', zei Leon.

Douwes keek hem vluchtig aan. Hij likte met zijn tong over de wond op zijn onderlip en wreef langzaam in zijn handen. Hij zocht naar mogelijkheden, openingen, leek het. Hij was een dier dat zijn kansen inschatte. Hij ging diverse scenario's af. Leon zag het gebeuren. Hij wachtte.

'En waarom...' begon hij.

Leon viel hem meteen in de rede: 'Omdat, meneer Douwes, het hier vooraanstaande leden van revolutionaire groeperingen betreft, die zich met recht en reden hebben verzet tegen een misdadig kapitalisme dat met de Val van de Muur alomtegenwoordig in geworden '

Douwes maakte een afwerend gebaar met zijn hand. Dat bedoelde hij niet, zei hij. Wat hij wilde weten was waarom zij dachten dat de ontvoering van zijn persoon een argument kon zijn om tot de inwilliging van hun eisen over te gaan voor diegenen die zij blijkbaar wilden treffen. 'Ik ben volmaakt onbelangrijk', stelde hij en hij keek Leon aan. Hij glimlachte even. 'Hoofdredacteur van een provinciaal krantje,' zei hij, 'van geen enkel belang.'

'Onbelangrijk?' vroeg Leon.

Hij had de kranten niet gezien, niet alleen die van hemzelf niet, maar evenmin de landelijke kranten. Er was er geen een die niet ofwel de foto van Douwes' gedeukte BMW ofwel die van de uitgebrande Transit op de voorpagina had staan, meestal samen met een portretfoto van Douwes zelf. Bij *De Telegraaf* moesten ze bijna wanhopig geworden zijn van de zoektocht naar een letter die vet en groot genoeg was om het nieuws te brengen. Ze hadden niets beters gevonden dan een futura – 'de lelijkste letter om wat dan ook maar te zeggen', zo zou Charly hebben gefoeterd, 'dan kun je nog beter niets zeggen.' Er was op de voorpagina voor weinig anders plaats dan de schreeuwende kop dat de hoofdredacteur van *De Ochtendbode* spoorloos was en dat men het ergste vreesde.

En ja, *De Ochtendbode* zelf besteedde wel acht hele pagina's aan Douwes' verdwijning. De aandacht, schreef men daar, ging uit naar kringen van militante krakers, naar 'een wijdvertakt netwerk van anarchistische elementen' dat in Nederland en Duitsland vooral onder de vlag van 'de autonomen' opereerde, in Engeland als 'Squatters Union' bekendstond. De suggestie werd gewekt dat het motief van deze en nog andere bewegingen niets te maken had met de woningnood die gewoonlijk als reden werd aangevoerd om leegstaande panden 'wederrechtelijk in bezit te nemen', zo stond er. 'Gewoonlijk richt het protest zich op het hart van de democratische samenleving en lijkt de achterliggende drijfveer eerder revolutionair-gewelddadig dan werkelijk sociaal betrokken te zijn', zo werd hoofdcommissaris Nijmeijer geciteerd. Hij gaf daarbij de verzekering dat de politie al enige tijd samenwerkte met de veiligheidsdiensten en het derhalve niet lang zou duren voordat de verantwoordelijken waren gevat. Elders was er nog een artikel waarin Douwes' heldhaftige optreden bij de ontruiming van kraakpanden in de Oude Boteringestraat in herinnering werd gebracht en Douwes werd neergezet als een man met een groot rechtvaardigheidsgevoel en een groot respect voor de parlementaire democratie, een en ander gelardeerd met foto's van Douwes met de Commissaris van de Koningin, met de voorzitter van de Tweede Kamer, met de politiek leider van de VVD, zijn partij, met een aantal zakenlieden onder wie men zonder moeite de voorzitter van de raad van bestuur van de CSM Suiker BV herkende, en een foto van Douwes met zijn gezin, zo'n typische zondagmiddaghuiskamergezinsfoto, waarbij de fotograaf had gezegd: 'Als u nu daar gaat zitten, meneer Douwes, precies in het midden van de bank ja, en u, mevrouw, als u dan links naast uw man plaats zou willen nemen, uw benen enigszins naar hem toegedraaid, ja, zo ja, en dan de jongeman en jongedame achter de zetel, zou dat gaan?' Zo'n foto was het.

De Volkskrant was iets voorzichtiger en vooral kariger in haar commentaar. 'Gevreesd moet worden,' zo las men daar, 'dat de hoofdredacteur het slachtoffer is geworden van een misdrijf. Hoewel er stemmen opgaan dat er hier sprake zou zijn van een politiek gemotiveerde kidnapping, is er tot nu toe door geen enkele organisatie verantwoordelijkheid opgeëist voor de verdwijning van de heer Douwes.' Verder dat wel vaststond dat er tussen de 'vrijwel uitgebrande bestelwagen' en Douwes' BMW een duidelijk verband bestond. Daar was Leon nog even over gestruikeld, over dat vrijwel uitgebrand, want wat was er dan níét verbrand, en in hoeverre kon dat wat niet door brand was verteerd de autoriteiten informatie verschaffen over een van hen – vingerafdrukken, haar, bloedsporen misschien zelfs, en wat niet al...

'Politie tast in het duister', zo stelde dan weer *NRC Handelsblad*, en baseerde zich daarbij op exact dezelfde uitspraken van Nijmeijer als die welke in *De Ochtendbode* waren geciteerd, waardoor Nijmeijer, die – dat was een publiek geheim – vergeefs had gesolliciteerd op de baan van hoofdcommissaris bij de politie van de regio Rijnmond, *en passant* werd neergezet als iemand die voor de vuist weg maar wat zat te beweren. Verderop in *NRC* was er nog een stuk van twee kolommen breed over Douwes, Derk Siebolt Douwes, een stuk dat meer weg had van een necrologie dan van een curriculum vitae. Alsof ze bij die krant alvast een voorschot namen op wat komen ging.

Wat dus komen gaat. Moet. Zal.

En dan was er nog Harmen Siezen in het NOS Journaal, zo wist de foerageur te vertellen. Hij had het gezien op een tv in café De Beurs: beelden van de beide autowrakken, van een cirkelende helikopter boven de snelweg, van geuniformeerde agenten die in een rij door de weilanden langs de snelweg liepen terwijl ze aandachtig naar het gras staarden, van een juist door een steenrijke uitgever uit de stad aangekochte villa waar verbouwingswerken gaande waren en waar de kidnappers een auto gestolen hadden, althans dat vermoedde men toch. Waarna Walter Hoogesteger in beeld kwam en uitlegde dat zijn auto 'hier' stond, 'op 't grind, gewoon hier veur deur', zei hij, en hij wees naar de grindvlakte rondom. Hij had niet eens gehoord dat er iemand met de auto was weggereden. Het was hem een raadsel hoe ze dat hadden geflikt, 'ik wait nait hou ze dat doan hemmen', zei hij, en werd ondertiteld. (Het was eenvoudig, zijn radio stond aan, keihard, maar daarover zei hij niets, Walter Hoogesteger). Zijn auto was op dat moment nog niet teruggevonden (inmiddels dus wel, *geheel* uitgebrand achter de dijk bij Wierum — zo las Leon tot zijn tevredenheid in de krant een paar dagen later; de luitenant had zijn werk gedaan).

Ook in het journaal op de BRTN werd er aandacht geschonken aan de kidnapping, wist de foerageur, met dezelfde beelden als bij de NOS, alleen nam hier de nieuwslezer, Bavo Claes, ook nog live een interview af met hoofdcommissaris Nijmeijer, iets wat de NOS niet nodig had gevonden. Men had Nijmeijer op het balkon van Ad Civitatem

141

geposteerd en hij werd zo in beeld gebracht dat achter hem, majestueus als altijd, de grote, fraai verlichte toren aan de markt als een baken oprees. Een schilderachtig tafereel.

Ook ZDF en ARD zouden melding gemaakt hebben van de 'Entführung' van Douwes en trokken onmiddellijk een vergelijking met ontvoeringszaken uit de jaren zeventig, al waren er, zeiden ze, nog geen duidelijke aanwijzingen dat het werkelijk om iets vergelijkbaars ging.

Dus... onbelangrijk?

Nee, onbelangrijk was hij niet, Douwes, en Leon zei het hem. Douwes keek naar zijn schoenen, richtte zijn grote kop traag weer op en zei: 'Misschien hebben jullie mij belangrijk gemaakt?' 'Zo bescheiden bent u niet', zei Leon, en weer glimlachte Douwes even. 'En mag ik u dan nu verzoeken...?' vroeg Leon, en maakte met zijn hand een uitnodigend gebaar naar de lage deur.

En Douwes, Derk Siebolt Douwes, hoofdredacteur van *De Ochtendbode* en gevangene van het RPL, eindelijk maakte Derk Siebolt Douwes aanstalten om in beweging te komen.

Over de plek waar ze Douwes gevangen zouden houden, hadden ze uiteraard op voorhand goed nagedacht. Aanvankelijk zochten ze naar een meer afgelegen huis in een van de vele dorpen op het platteland rond de stad. Doodstil. Thesinge. Froombosch. Den Andel. Ver weg. Een van hen had een leegstaand boerderijtje ontdekt vlak bij Toornwerd en Middelstum. 'Er staan wat boompjes omheen', zei hij. Dat was handig voor als ze Douwes eens zouden moeten luchten, meende hij.

'Dat lijkt me niet nodig', zei Leon.

Het huisje lag te midden van de velden; de eerstvolgende boerderij was meer dan honderd meter verderop. En omdat ze hier in het noorden waren, op niets dan aangeslibde en ingedijkte zeeklei, op een vlakte die op deze breedtegraad vanaf de Noordzee tot aan de Beringstraat min of meer aan zichzelf gelijk blijft, soms beplant met berkenbos, soms met naaldbomen, soms enkel begroeid met inheemse grassoorten, of, zoals in deze streken, in gebruik als akker- of weiland – omdat er hier veel verte en nog meer hemel was, zag men 'de vijand', zo zei hij dat, al van kilometers ver aankomen.

'En die Feind,' zei iemand anders, 'sieht uns von even ver.' Op een vlakte is het slecht ontsnappen. Men blijft voortdurend in het blikveld van zijn achtervolgers, die in hun geval dan ook nog over meer geavanceerde middelen zouden beschikken om hen te achterhalen. 'Hubschrauber...' zei hij, en maakte met zijn wijsvinger cirkeltjes in de lucht.

'Daarbij,' opperde een derde, 'een dorp...' Hij liet een veelbetekenende stilte vallen. ''t Plattelááánd...' zei hij, en zweeg opnieuw. Alsof ook maar iemand hem zonder nadere uitleg zou begrijpen. Alsof ook maar iemand van hen aan een half woord van een ander genoeg had. Waar had hij het over? De achterlijkheid van de bevolking? De mestgeur? Het gebrek aan bioscopen en theaterzalen?

Hij keek hen aan. 'De dorpspomp ja,' zei hij, 'roddel en achterklap, man.' En toen nog niemand reageerde: dat het om sociale controle ging; in dorpen en gehuchten is de sociale controle vele malen groter dan in willekeurig welke stad, zei hij. Wie anoniem wil blijven, wie niet wil opvallen, kan beter opgaan in de massa dan zich verstoppen in een buitengebied. In een dorp weet iedereen wanneer je naar de bakker bent gegaan, met welke auto je rijdt en wanneer je precies in beschonken toestand met je fiets in een greppel bent beland, snapten ze dat?

Daar zat iets in. De stad garandeerde anonimiteit. Niet alleen door de veelheid van straten en huizen, de algehele onoverzichtelijkheid, maar ook door de relatieve onverschilligheid van mensen voor elkaar, een onverschilligheid die maakte dat de vreemdheid van sommigen van zijn bewoners eerder schilderachtig dan verdacht was. In de Herenstraat bijvoorbeeld, bij enkele uit grindtegels opgetrokken bloembakken, zat altijd een oude man met een groezelig, blauwachtig colbert dat van boven tot onder was volgespeld met medailles, buttons, speldjes en plastic corsages. Hij had een wandelstok bij zich met daarop, vlak onder het handvat, een zilverachtig plaatje van een hert met een gewei. Op zijn hoofd droeg hij een groen hoedje met daarop een pauwenveer. Hij zong continu liedjes, oude liedjes in het onverstanbare dialect van de streek. Daarbij zwaaide hij soms met zijn wandelstok als was het een dirigeerstokje. Wat verderop, meer in de buurt van de trappen van de nieuwe vleugel van het stadhuis op de markt −

met het oude stadhuis verbonden via een loopbrug – stond vaak een kalende man met een ronde bril en opvallende appelwangetjes. Rond zijn nek hing een kartonnen bordje met daarop de tekst: 'Wil jij met mij trouwen?' Hij liet zich gewillig fotograferen door toeristen, niet zelden vrouwen die per se met hem aan hun arm op de foto wilden. En hoe vaak hem dit ook overkwam, altijd stond hij er stijf en onwennig naast, en keek met een blik die het midden hield tussen beate bewondering en wilde paniek naar de vaak stevige, moederlijk ogende vrouwspersonen aan zijn arm. Niets in zijn lijf zag er ontspannen of natuurlijk uit. Pas als ze hem weer loslieten, gierend van het lachen, hervond hij zijn houding. Weer elders waren er twee straatmuzikanten die keer op keer een massa volk rond zich wisten te verzamelen, de één wat gezet met vuurrood haar en een papierwitte huid, de ander bleek en lang, met een verwilderde haardos en een studentikoos brilletje. En er waren de krakers met hun rastaharen en hun als alternatief en afwijkend bedoelde, maar overal als zodanig onmiddellijk herkenbare en in die zin vertrouwde kledij. Er waren studenten uit de ommelanden – boerenkinderen vaak, die het verder gingen schoppen dan vader of moeder en die losgelaten in de grote stad 'hun recht op deviantie' lieten gelden, zo zou Jozef hebben gezegd. Er waren de gastarbeiders. En er waren de eerste kinderen van de gastarbeiders. En studenten van de kunstacademie, nonchalant ogende jongens en meisjes met verfvlekken op hun kleren. Hoeren en homo's. Er reden tractoren in de stad; ze stonden met een mestkar te wachten voor het stoplicht aan het een of andere diep naast glimmende cabriolets van peperdure merken. Stront en parfum. Aftershave en aarde. Iedereen kon er alles zien, maar juist daardoor viel er weinig op. Een bestelbusje van Hoogesteger bijvoorbeeld kon er je tien keer voorbijrijden zonder dat je het werkelijk had gezien; of, zoals ze toen nog dachten, een oude, gifgroene Ford Transit die ooit nog van het inmiddels opgedoekte autoverhuurbedrijf Gall was geweest. De stad bood bescherming in de openbaarheid van alles, in de openlijkheid van het afwijkende, in het voortdurend veranderende perspectief. Als ze Douwes ergens moesten onderbrengen, dan was het wel in de stad.

Het pand heeft Leon zelf gevonden. Het ligt in een kleine steeg, net waar die steeg een hoek van negentig graden maakt. Wie de steeg in loopt, ziet het gebouw dus eigenlijk recht voor zich en denkt dat hij in een doodlopend straatje terecht is gekomen. Het pand heeft een dubbele, wat verveloze houten deur met een hoogte van meer dan drie meter die de hele voorgevel beslaat. Boven in beide deuren zitten raampjes. Daarboven is er nog één raampje onder het schuine dak. De steeg is breed genoeg voor een kleine vrachtwagen, en het pand was dan ook jaren in gebruik als opslagruimte van een koffiebranderij, koffiebranderij Tiktak, die adverteerde met slogans als 'Suyvere Koffij verkoopt zichzelf.' Leon herinnerde zich dat in zijn studententijd soms de hele stad naar versgebrande koffie rook, naar die zuivere koffie van Klaas Tiktak. Na de verhuizing van de branderij dreef een lompenboer er nog geruime tijd zijn handel. Ook dat wist Leon nog, omdat hij toentertijd regelmatig in die steeg — de Soniusgang — kwam. Er was een aantal studentenkamers in een groot winkelpand dat zijn in- en uitgang aan het Damsterdiep had, een brede straat waarvan de Soniusgang een zijstraatje was. Iemand van Internationaal Recht woonde daar en als je uit zijn raam keek zag je de lompenboer met een heftruck in de weer om oude kleren, dekens en kleden van de ordeloze bergjes in de steeg te verplaatsen naar al even ordeloze, maar grotere bergen in de opslagplaats. Toen Leon deze als 'garage/werkplaats' geadverteerde ruimte te huur zag staan in *De Ochtendbode* wist hij dan ook meteen dat het geschikt zou zijn voor hun plannen.

Achter de dubbele deur is er een grote lege ruimte met een deels kapotgereden en met donkere olievlekken besmeurde betonnen vloer. Men kan er met gemak vijf personenauto's parkeren. In de achterwand zit een deuropening zonder deur waar Leon nu een donkerrood gordijn voor heeft gehangen. Daarachter is een klein gangetje dat uitkomt op een keuken in wat duidelijk een latere aanbouw is, met enkel een lichtkoepel waardoor je weinig anders ziet dan een stuk van een blinde muur van het pand direct daarnaast, dat en de lucht, met af en toe een langs scherende meeuw. In de verste hoek van de keuken is met gipsplaten een kleine ruimte afgeschut waar zich het toilet bevindt. Halverwege het gangetje, aan de rechterkant als je uit de garage komt, zit een houten deur. Achter die deur draait een smalle, uit bakstenen gemetselde trap naar beneden en eindigt bij opnieuw een deur, van metaal dit keer, loodzwaar en erg laag, misschien niet meer dan een meter zestig. Leon moet flink bukken om erdoor te kunnen. Meteen achter dat deurtje zijn er nog drie, opnieuw in baksteen gemetselde treetjes naar beneden. En dan staat men in de ruimte waar Douwes opgesloten zit – een kelder met ongelooflijk dikke muren en een tongewelf, vier bij zes meter ongeveer, zonder ramen of andere zichtbare openingen. Ze hadden vooraf de proef op de som genomen en er keihard muziek gedraaid. Buiten was niet meer te horen dan wat dof gebonk. Iets als je eigen hartslag na een stevige wandeling. Meer niet. Ze verwachtten weliswaar niet dat Douwes ging roepen en tieren, maar ze moesten er toch op voorhand rekening mee houden.

Maar de man is de waardigheid zelve. Leon kan niet anders dan dat toegeven.

De foto wordt in de keuken genomen. Daar staat tegen de wand rechts het bed, Leons bed. En boven dat bed, vastgemaakt met enige spijkers, hangt de vlag die ze hebben gemaakt. Het had nog heel wat voeten in de aarde voordat ze een afbeelding, een wapen, een logo voor op de vlag gevonden hadden. Ook daarover hadden ze van tevoren langdurig gepraat. Dat sprak wel vanzelf. Voorbereiding was alles. En vooral: beeldvorming was alles. Zelfs knulligheid moest de bedoeling zijn, zoals volgens Leon bij bijvoorbeeld de Brigate Rosse het geval was. Want als je hún vlag bestudeerde... die ene die achter... hoe heette hij... Moro, Morro, Aldo Morro, dacht Leon... die vlag, dat leek eigenlijk nergens op. Geknoei met een viltstift, leek het wel, of met een te dikke kwast en witte muurverf die in klodders op een rode doek was aangebracht. Daar had het toch veel van weg. Er was in Italië echter niemand die er toen ook maar over dacht daar de draak mee te steken.

Maar die van hen moest anders, ook al hadden zij een foto in gedachten die de foto's van de Brigate Rosse en de RAF onmiddellijk terug in de herinnering moest roepen. 'We moeten niet alleen duidelijk maken dat we Douwes hebben, maar ook dat de strijd nog niet gestreden is,' had iemand gezegd, 'dat er een nieuwe generatie geweldsbereide strijders is opgestaan.' En dus moet er een MP5 op, meende er een, er moest beslist een MP5 op, 'zoals dus bij de RAF,' zei hij, 'een MP5, zo'n machinepistool, weet je wel?' En een ster was verplicht natuurlijk. Niemand wist waarom. 'Rot, Rot muß es zain,' zei weer iemand anders en dat vonden ze uiteraard allemaal: de kleur van de dageraad immers, van het vuur, van het vuur van de revolutie zelfs, 'van het ware socialisme', mompelde er één, 'kracht', een ander, 'Blut.' Dus: rood, ja natuurlijk, rood, wat anders. 'Al maakt het ook weer niet zo heel veel uit', meende nog iemand. 'Die krantenfoto's zijn in zwart-wit immers. En onze communiqués komen van de kopieermachine. Ook zwart-wit.' Maar er is een gradatie van grijs die je moeite-loos als rood herkent, dacht degene die had gezegd wat ze allemaal dachten: dat er rood in moest. 'Misschien omdat je het al weet?' vroeg weer de ander zich af.

'We doen het rood', zei Leon, en probeerde zich voor

te stellen wat Charly hiermee gedaan zou hebben. Ze zou op zoek zijn gegaan naar de iconografie van links, dacht hij, naar het socialistisch realisme van... hoe heetten ze allemaal. 'Lenin bij de huppelepupfabrieken', dat soort schilderijen. En portretten van Stalin, van Wolgaslepers. Gespierde armen, ontblote bovenlijven, heroïsche poses en gebalde, geheven vuisten, daarmee zou ze aan de slag zijn gegaan, vermoedde hij. Daar zou ze iets van hebben gemaakt. Hij zag het haar ineens doen. Hij zag ineens haar handen, lange slanke vingers met van die verzorgde nagels.

Hij zag haar in onderdelen soms, in lichaamsdelen. Als vingers, heup...

Hij zou er wel wat op vinden, zei hij tegen de anderen.

Maar hij vond aanvankelijk niks. Hij probeerde die gebalde vuisten uit, en geslepen messen, zelfs een zonsonder- of opgang (hij wist het niet precies), een stralenkrans, de MP5, een kalasjnikov. Hij knipte en plakte, tekende zelf wat beverig een ster, deed het nog eens, maar nu met een liniaal en keurig recht. Maar telkens zag het resultaat eruit als kwajongenswerk, als een stuntelig in elkaar geflanst handenarbeidwerkje van een middelbare scholier zonder ook maar het geringste talent. Terwijl het krachtig moest zijn. En in zijn krachtdadigheid aantrekkelijk. Het moest een merk zijn, als van een afwasmiddel dat iedereen wilde gebruiken, of van een auto waarmee iedereen gezien wilde worden. Een embleem, iets voor op een button, al liep niemand daar nog mee. En tegelijkertijd ondubbelzinnig in de boodschap die het uit moest dragen: strijdbaarheid, vastberadenheid, nietsontziendheid ook. Het moest een beeld zijn waarmee niet te spotten viel, niet een hopeloos amateuristisch plaatje waarover ze zich bij de autoriteiten vrolijk zouden maken, waarmee ze zich kapot zouden lachen.

Leon was er dagen mee bezig. Hij trok afbeeldingen over uit boeken die hij al eerder uit de bibliotheek had geleend. Enfin, het was een soort van lenen toch. Hij had ze gewoon meegenomen omdat er natuurlijk geen sprake van kon zijn dat hij zich lid maakte van een bibliotheek, zelfs niet onder een valse naam, met een vals adres en een vals telefoonnummer. Geen namen, onder geen beding namen. Ieder spoor was er een, zelfs al ging het om een dwaalspoor. Maar hij had het vaste voornemen de boeken na gebruik weer terug te brengen. Hij was geen dief.

Wat hij uiteindelijk vond was een gestrekte arm die hij had losgeknipt uit een voorstelling van een blond ogende arbeider met een pet op die een brandende toorts schuin voor zich uit hield terwijl hij extatisch op de toeschouwer afrende. Of misschien was het eerder vastberadenheid in die blauwe ogen? Overtuiging van de juistheid van het wetenschappelijk marxistisch-leninistische gelijk? Een bereidheid tot de dood? De toorts verving hij door een wapen met bajonet, afkomstig van een oud aanplakbiljet dat bedoeld was om mensen destijds enthousiast te maken voor de Eerste Wereldoorlog. Tussen de gekromde duim en het heft van de bajonet had hij iets gemaakt dat op een vlag leek: een vierkant met vier gebogen zijden, zodat het een zekere dynamiek kreeg, en in het midden van dat vierkant stond een zwarte ster. Op een oude typemachine had hij de letters RPL ingetikt. Hij plaatste ze schuin onder de ster, in de rechterbenedenhoek van de vlag. Het geheel projecteerde hij met behulp van een oude overheadprojector die uit een gekraakt schoolpand aan het Nieuwe Kerkhof kwam op een laken dat de foerageur in de Zeeman in de Herenstraat had gekocht. Met een zwarte stift trok hij de voorstelling over op het laken, waarna hij de vlag nog inkleurde met een dikke rode stift. Dat was niet erg mooi geworden, vond hij, maar op de krantenfoto en op hun communiqués zou het door het zwart-wit inderdaad niet opvallen.

Douwes viel het wel op, zo-even. Natuurlijk. Toen Leon hem hier naar de keuken bracht, keek hij bij binnenkomst meteen naar de vlag aan de muur, en Leon zag alweer die spottende trek rond die vlezige mond van hem. En onmiddellijk voelde hij een steek, iets tussen woede en teleurstelling. Alsof hij werkelijk verwacht had dat Douwes' mildheid van zo-even, zijn ogenschijnlijke bereidheid om hen dan toch wat tegemoet te komen en zijn status van gevangene te accepteren – of vooral: hun status als rebellen, als partizanen – alsof hij verwacht had dat die bereidheid iets blijvends was. Of dat Douwes van bewondering zachtjes tussen zijn tanden zou fluiten bij het zien van Leons werkstuk. Of dat hij toch minstens onder de indruk zou zijn geweest. Dat eens te meer tot hem doordrong dat het RPL meer is dan de kinderachtigheid waarvoor hij het tot op dat moment had gehouden, meer is dan iets wat je zomaar even weg kunt wuiven. Dat het godverdomme mens is.

Maar hoe gehavend hij er ook bij staat nu, met een gescheurde broek vol verfvlekken uit Hoogestegers bestelbusje waar hij boven op de verfpotten was beland, een hemd met inmiddels roestbruin geworden bloedvlekken en drie ontbrekende knopen, een kapotte lip, bloeduitstortingen, met haar dat er nu wat pluizig uitziet, alsof het aan het vervilten is – hoezeer hij ook overduidelijk slachtoffer is van de omstandigheden die hij aanstonds geacht wordt te illustreren, niets in zijn houding en gedrag doet daar werkelijk aan mee nu hij de vlag boven het bed ziet hangen. Hij kijkt Leon aan als een leerkracht die ernstig teleurgesteld is in de prestaties van zijn discipel. Bijna alsof hij het onwaardig vindt om op de foto te moeten onder een vlag van een dergelijke erbarmelijke kwaliteit. Ja, het lijkt zelfs wel alsof hij beledigd is dat degenen die hem klaarblijkelijk de moeite waard vinden om tot inzet te maken van hun strijd, hem menen te kunnen afschepen met een dergelijk amateurisme. Als hij daarstraks al even de indruk had gewekt dat hij Leons dreigementen serieus nam, dan is dat nu voorbij.

'Ach gut...' zegt hij, met een ronduit sarcastisch trekje rond zijn volle lippen – maar Leon heeft er geen zin in.

'Op het bed', zegt hij, kortaf en scherp, lijkt hem. En als Douwes niet onmiddellijk reageert: 'Zit!'

Douwes kijkt achter zich naar het bed en zakt langzaam naar beneden.

'Gaat u goed zitten', zegt Leon.

Hij doet zijn benen bij elkaar en draait ze zijwaarts, zoals een vrouw zou doen met een rok of jurk aan. 'Zo?' vraagt hij. Hij neemt een bijna bevallige pose aan.

'Gewoon, u gaat gewóón zitten.'

'Maar wat, jongeman is in deze situatie gew...'

'Recht zitten, vooruit kijken en deze krant vasthouden!'

Geïnteresseerd neemt Douwes *De Ochtendbode* van vandaag vast en kijkt op de voorpagina, waarop opnieuw een grote foto van hemzelf staat met daarboven de tekst: 'Net rond ontvoerders sluit zich.'

'Ah...' zegt hij, maar weer valt Leon hem in de rede.

'Gelooft u er maar niks van. Ze tasten volkomen in het duister. Ze hebben geen idee. En het is niet de bedoeling dat u de krant leest. Daar staat niets in wat voor u van belang kan zijn.'

Hij glimlacht, en gaat even met zijn vinger naar de scheur in zijn onderlip.

'Recht in de lens kijken, meneer Douwes, en de krant voor uw borst houden. Nee, niet zo! Met de foto naar voren natuurlijk. En rechtop. Zo, ja.'

Leon kijkt door het zoekertje van de polaroidcamera.

'Meneer Douwes... ín de camera, meneer Douwes, u moet ín de camera kijken' − want hij probeert nu toch stiekem te lezen wat er op de voorpagina van de krant staat, van zíjn krant. Hij tracht het op zijn kop te lezen.

Leon kijkt weer door de zoeker. Hij ziet hem daar zitten. Hij doet nu wat Leon van hem vraagt. Hij kijkt Leon aan. Hij kijkt recht in de camera, een beetje van onderaf. Hij zit. Leon staat. Hij zit daar, omgeven door niets. Leon ziet hem. Achter hem hangt de vlag. Zo is het goed. Zo moet het. Zo wordt het gedaan.

Leon drukt af.

7

Na verloop van tijd werd duidelijk dat het Schuitendiep een aflopende zaak was. In de barsten in
het granieten aanrecht groeiden kleine plantjes, waterkers
leek het wel, of misschien was het luzerne, of taugé — plantjes waarvan er ooit zaadjes of kiemen waren achtergebleven en die hier nu wortel hadden geschoten. De zwarte
korst op het ATAG-fornuis was er zelfs met een plamuur-
mes niet meer af te krijgen. En dat er in de gootsteen eigenlijk rode en witte tegeltjes zaten was door de algehele
groezeligheid niet meer te zien. Als iemand al eens een poging ondernam om het schoon te maken, dan stuitte hij
eerst op een glibberige, haast mosachtige laag om na veel
schrobben met Brillo of zelfs een staalborstel uit te komen
bij wat nog het meeste weg had van een beroete onder-
grond. Er werd nog zelden gekookt. Otto's rijsttafels waren
alweer een eeuwigheid geleden. Het gebeurde nu regelmatig dat er in het eens zo bruisende pand niemand aanwezig was. Dan stond Leon daar in de gang en luisterde naar
de geluiden uit de snackbar: het getik van de schuimspaan
op de rand van de frietketel, het tinkelende belletje van
de ouderwetse kassa. Hij verbeeldde zich zelfs het ritse-
len van het zout in de zoutpot te horen als de uitbater het
over zijn meestal net te slappe frieten strooide. Het leek
alsof de gang vol mist hing. De verf op de muren vertoonde
blazen en als je over het tapijt liep knerpte er voortdurend
iets onder je voeten. Je rook de stilte, de stilstand in het
huis, de roerloosheid van lucht die door niets of niemand
nog in beweging werd gebracht.

Vladimir was de eerste die van de ene op de andere dag uit het huis verdween, of zo leek het Leon toch. Misschien had hij zijn vertrek van tevoren aangekondigd, dat zou kunnen, dat wist hij niet meer. Maar voor hem leek het alsof Vladimir plotseling verdwenen was. Er waren boeken weg uit de grote kamer met het platform, het zeteltje bij de houten paal in het midden van de kamer was verdwenen, en ook de tweepersoonsmatras had hij blijkbaar meegenomen. Op het platform herinnerde enkel nog een zwarte schimmelvlek aan het bed dat daar ooit lag. Hij had, zei men, een baan gevonden in Beilen bij een of ander kantoor, iets van een verzekeringsmaatschappij of van de belastingen zelfs. Of iets gemeentelijks en ambtenaarlijks. 'In Béi-lèn,' zei Friedrich, 'jé-hé-hé-ssus.' Ook Jozef liet zich toen nog maar nauwelijks zien. Hij had het druk met zijn scriptie over 'Deviant gedrag en het morele anders-zijn', een scriptie waarover hij bij herhaling probeerde iets te vertellen, maar zonder dat ook nog maar iemand werkelijk luisterde. Leon herinnerde zich nog een gesprek met hem, een gesprek tussen twee doven, waarbij Jozef het voortdurend over zíjn scriptie had en Leon steeds weer over de zijne begon. Leon trachtte Jozefs inzichten terug te vertalen naar termen en begrippen die hij in zijn eigen scriptie gebruikte om het partizanenprobleem over het voetlicht te krijgen, waardoor Jozef steeds het gevoel had dat Leon hem probeerde te corrigeren en met nog meer kracht en nadruk herhaalde wat hij even daarvoor al had gezegd, vaak in exact dezelfde bewoordingen. Als om zijn eigen termen en begrippen weer terug in zijn bezit te krijgen. Het was een poging nog iets te delen, iets terug te winnen van de gemeenzaamheid die hen zo kort daarvoor en zo vanzelfsprekend tot een hechte groep had gemaakt, of zo leek het toch.

Jozef werkte vaak buitenshuis, in de bibliotheek aan de Vismarkt, zei hij, maar het was waarschijnlijker dat hij 'bij zijn meisje' zat, beweerde Ellen, 'een trutje van rechten', zei ze, en haalde haar neus op. 'Leon zal haar wel kennen', zei ze, en snoof opnieuw luidruchtig. Het klonk verongelijkt, zoals alles uit haar mond de laatste tijd. Ze sprak voortdurend op een toon alsof ze iedereen van alles kwalijk nam. Alsof ze verraden was, in de rug gestoken. Ze had iets van een vrouw die was ingeruild. Afgedankt en ingeruild. Door Otto. Door iedereen. Alsof ze al die tijd verwacht had dat er uit de algehele promiscuïteit die er heerste nog iets anders had kunnen groeien dan de diaspora die zich nu op gang aan het trekken was; alsof ze dacht dat de vrijheid die er steeds was beleden zich had kunnen bestendigen in een eeuwigdurende uitwisseling van steeds dezelfde lichamen in steeds dezelfde vertrouwdheid. Ze voelde zich verlaten.

Leon kende het 'trutje van rechten' overigens niet, maar zag wel vaag iets blonds met korte haren voor zich.

Karl was nu meer en meer te vinden in het gekraakte oude Rooms-Katholieke Ziekenhuis in het zuiden van de stad, en zetelde verder nog in het bestuur van de Studentenbond, een van de drijvende krachten achter de krakersbeweging. Heel af en toe dook hij nog op in het Schuitendiep, maar dat was meer om spullen op te pikken die hij als zijn eigendom beschouwde, waar niet iedereen het mee eens was, zo bleek opeens, zodat er in de keuken en in de verschillende kamers plotseling hoekjes ontstonden waar spullen bij elkaar stonden waar iedereen met zijn vingers van af moest blijven – en vooral Karl, die zich in de ogen van sommigen maar van alles toe-eigende. Alsof het niks was. Ogenschijnlijk was hij de actiefste van het hele stel. Leon vertrouwde hem niet helemaal en had ook niet de indruk dat hij in zijn hoedanigheid van bestuurder en lid van de kraakbeweging zelf al te veel initiatief nam. Hij leek vooral zo'n vergadertijger, iemand die op bijeenkomsten altijd alle procedures uit zijn hoofd kende en wist wanneer je onderwerpen kon agenderen of wanneer het tijd was voor de vragenronde, maar die zelf vrijwel nooit iets aan de orde stelde. Hij straalde vooral tactiek uit, tactiek en berekening. Hij was iemand die ondanks zijn activisme eerder afwachtend dan daadkrachtig was.

Maar hij was in ieder geval actiever dan Otto die, als hij er al was, steeds vaker in een soort morose staat leek te verkeren. Hij lag meestal op het dubbele bed in de achterkamer en rookte wiet. De kamer stond blauw, laaghangende mistbanken die door geen beweging werden verstoord. Rosa lag daar niet zelden naast – in bh en slip en starend, of naakt ineengerold in een laken, plukkend aan Otto's lange haren, soms met één hand woelend onder zijn vuilbruine kaftan.

Leon herinnerde zich nog goed de laatste keer dat ze

daar zaten, daar in die kamer die uitkeek op het kleine binnenplaatsje achter het huis. Clara was erbij, en Charly misschien ook, dacht hij, al verveelde die zich altijd stierlijk 'bij dat stelletje nepintellectuelen', zoals ze wel zei. En Friedrich was er. Ellen... Het was niet lang na zijn afstuderen. *Ad summos honores impetrandos CUM LAUDE admittit.* Misschien voelde hij zich daardoor gesterkt. Misschien wilde hij op dat moment de leiding nemen, de impasse doorbreken die was ontstaan omdat iedereen voor zijn ideeën altijd eerst naar Otto keek, en Otto nu nauwelijks nog levenstekens gaf, steeds verder wegzonk in zijn eigen kaftan. In ieder geval stelde Leon die middag nog eens hun idee van revolutie ter discussie ten overstaan van iedereen die er was, maar vooral tegenover Otto, in de hoop dat hij nog één keer die flikkering in diens ogen zou zien, die blik die meteen voor zich zag wat de mogelijkheden waren, tot welke ongeziene resultaten bepaalde wilde plannen zouden kunnen leiden als iedereen er maar zijn schouders onder zette.

Hij vroeg zich af, zei Leon, hij kon zich niet aan de indruk onttrekken, begon hij, enfin, hij was wel eens bang dat zij — zij, de groep, zij allen tezamen zeg maar — dat zij in hun opvatting... of nee, in hun gedrag vooral, dat zij daarin eigenlijk niet zo heel erg veel verschilden misschien van diegenen die zij toch min of meer veroordeelden, als het ware. Want waar, zo vroeg hij zich af, waar waren ze eigenlijk zonder het beschermende omhulsel van het kapitalisme dat ze zeiden te bestrijden, nietwaar? Sterker nog, zei hij, en daarbij zal hij een vinger hebben opgestoken, hij stak zijn wijsvinger op als om extra aandacht te vragen voor wat hij nu ging zeggen – sterker nog, zei hij, waar precies zouden ze zijn zonder de fundamenten van de rechtsstaat waartegen zij zich toch beweerden te verzetten. 'Is,' voer hij voort – en nu praatte hij al in hoofdletters – 'Is Vrijheid Voor Ons Niet Veeleer Instrumenteel Dan Ideëel?' Niet iets, die vrijheid, wat zij nastreefden voor anderen en allen, zo had hij, moest hij toegeven, al eens gedacht toch, maar eigenlijk, feitelijk, als je het wel beschouwde, vooral iets wat zij alleen gebruikten voor zichzelf en ook alleen maar aanwendden voor hun eigen goed.

'Misschien,' zei hij, 'of niet?'

En... en... en waren zij daarmee dan niet... hij bedoelde: was dat niet eigenlijk de definitie van een consument. 'Is vrijheid,' zei hij, 'is dat voor ons niet veeleer een product, iets wat automatisch volgt uit verzet tegen wat dan ook maar? Tegen alles wat begrenst?' En was... moest het niet veeleer zo zijn dat vrijheid... de échte vrijheid bedoelde hij dan... dat die... nu ja, dat die pas ontstond wanneer je níeuwe grenzen trok, ándere grenzen dan natuurlijk hè, maar grenzen toch. Dat die dus níet ontstond, die vrijheid, wanneer je alleen maar dingen uit de weg ruimt. 'Dat is toch wat een ware revolutionair probeert te doen, Otto? Het herdefiniëren van datgene wat werkelijkheid genoemd wordt? Ik bedoel, als dat niet gebeurt, is elke roep om vrijheid toch alleen maar een schreeuw om het recht op het botvieren van de eigen lusten, ten koste van wie of

162

wat dan ook? Niet? En dat heeft dan toch niks meer te maken met... met rechtvaardigheid en zo?' De uitdaging, dacht hij, lag in het scheppen van een nieuw wettelijk kader, in het trekken van nieuwe grenzen die de rechtvaardigheid beter beregelden dan de huidige regels dat deden. 'En dat,' zei hij, en daarbij stak hij opnieuw zijn wijsvinger in de lucht, 'dat veronderstelt verantwoordelijkheidsgevoel, moreel besef, een hoge moraal zelfs. Het eist dat men beter is dan men volgens de huidige mores zijn kan. Het eist consequentie. Een revolutie is iets anders dan zomaar de verwerping van waarden, of zelfs maar de omkering van waarden.'

'Lijkt mij toch', zei Leon en hij keek naar Otto.

Otto lag met zijn armen onder zijn hoofd en staarde naar het plafond terwijl Rosa aan zijn oorlel likte, vervolgens met haar vinger het speeksel wat uitsmeerde over zijn oorschelp en toen haar tong, dat puntige tongetje van haar, zelfs ín zijn oor stak. Otto glimlachte vaag en Leon keek wat wanhopig naar Clara, die strak naar Otto en Rosa bleef kijken, niet bijzonder geïnteresseerd, niet verveeld, al helemaal niet geïrriteerd, zoals Ellen. Clara keek als iemand die iets waarnam.

'Niet?' vroeg Leon nog eens.

Het was zeker niet de eerste keer dat hij vragen stelde bij wat ze nu eigenlijk zo met zijn allen, als groep dus, dachten te bereiken door te doen wat ze deden. En of wat ze deden in die zin wel genoeg was, of zelfs zinvol. Posters plakken. Spandoeken schilderen. Een petitie ondertekenen. Het meelopen in demonstraties, de ene keer tegen kruisraketten, de andere keer voor de PLO; de ene keer tegen geweld, de andere keer voor geweld, geweld tegen de staat, welteverstaan. 'Moeten we niet, nou ja, actiever worden,' vroeg hij dan, 'acties ondernemen zoals die jongens van... hoe heten ze?'

'RaRa', had Clara toen gezegd.

'RaRa', zei Leon, en hij had haar aangekeken. Ze roerde met haar wijsvinger in een schaaltje met borrelnootjes zonder er een te pakken, op die haar typerende manier half afwezig, alsof ze zich voortdurend in een of andere droomtoestand bevond. Ze zat vaak met opgetrokken benen in een stoel, de voeten op de zitting, haar kin op haar knieën, en hield dan met haar handen haar tenen vast terwijl ze keek naar iets schuin voor zich op de vloer.

Dus: 'RaRa ja, bijvoorbeeld als RaRa', zei Leon. Die groep had kort geleden een vestiging van een grote winkelketen in de fik gestoken en daar werd door de autoriteiten behoorlijk dramatisch over gedaan, ook al waren er dan geen slachtoffers gevallen. Niet één.

Toen had Otto nog wel wat gezegd. 'RaRa doet wat RaRa doet', had hij toen gezegd, 'en wij doen wat wij doen.' Maar Leon was dus niet duidelijk wat het precies was dat zij deden, hoe zij hun verzet dan precies vormgaven en wat dat verzet van hen dan exact legitimeerde. Hij wilde het daar wel eens goed over hebben, zo met zijn allen, en vooral met Otto. Of ging het hier misschien uiteindelijk om niets anders dan hun 'recht op deviantie'?

'Het is beter als de verschillende protestbewegingen niet in elkaars vaarwater zitten, Leon', had Otto gezegd. 'Wij begeven ons ook niet op het terrein van de kraakbeweging, toch?'

Daar had Leon toen nog nooit bij stilgestaan, maar het was waar. Het pand aan het Schuitendiep was niet eens gekraakt. Het werd gewoon gehuurd. Het werd gehuurd van de uitbater van de snackbar. Hij had zich nooit afgevraagd door wie. Aan geld was er in die dagen nooit gebrek. Hijzelf kreeg geld van zijn ouders en een enkele keer werkte hij wel eens een weekje in een houthandel, houthandel Dikhout aan de Bornholmstraat, waar hij soms dagenlang niets anders deed dan samen met iemand anders meterslange planken van de ene stapel naar de andere verplaatsen, dit om het droogproces te bevorderen, zo was hem verteld. Ook Vladimir werkte daar soms, daar en bij de DOMO aan de Scandinaviëweg. Meestal stond hij in een loods achter de melkfabriek zelf, waar hij pakken yoghurt en melk die al ver over de datum waren op de rand van een groot metalen reservoir kapot moest slaan. In dat reservoir dreef een zurig stinkende soep van bedorven zuivelproducten die verkocht werd als varkensvoer. 'Je ruikt er de dood, Leon,' zei hij altijd, 'je ruikt er de ontbinding van alles.'

Clara diende op in een Mexicaans restaurant in de Poelestraat.

Ellen... wat Ellen deed wist Leon niet.

Jozef had een krantenwijk.

Maar dat was alles extra: ouders, baantjes, krantenwijken. Van de overheid kreeg iedere student in die tijd zeshonderd gulden per maand, misschien wel dankzij de studentenacties van een aantal jaren eerder, dat was niet duidelijk. Daarnaast was er een systeem van renteloze leningen voorzien waardoor sommige studenten wier ouders de zeshonderd gulden niet uit eigen inkomsten konden aanvullen tot een aanvaardbaar minimum, wel tot twaalfhonderd gulden per maand te besteden hadden (de studenten uit de zogeheten lagere sociale klassen waren in hun studententijd vaak beter af dan die uit de middenklasse). Later, als ze gerespecteerde leden van deze samenleving geworden waren, dan zouden ze dat allemaal wel weer terugbetalen, dacht men. De toekomst bestond niet. Misschien zou ze ooit aanbreken, dat kon. Maar voorlopig bestond ze niet.

Otto was geen student, zo had Leon uiteindelijk ontdekt, niet meer of zelfs nooit geweest. Maar of hij het was die de huur betaalde, wist Leon niet. Voor eten en drinken en voor de feesten werd samengelegd, voor zover het niet uit de snackbar werd gejat, of uit de schappen van de Albert Heyn in de Nieuwe Ebbingestraat.

Zij waren geen krakers.

Geen RaRa.

Geen Autonomen of Onkruit.

En zij waren natuurlijk in de verste verte geen RAF of Brigate Rosse of Japans Rood Leger of Vrije Zuid-Molukse Jongeren, ook Otto niet, dat was Leon allang duidelijk.

Geen RPL.

Zij waren niets. Zij waren wat jongeren bij elkaar in een huis, die zich tegoed deden aan chocola en tabak, aan wiet en Russische eitjes.

Maar daarom dus. Juist daarom was Leon daar die laatste keer in de achterkamer over de vrijheid begonnen en over het trekken van grenzen en moreel besef en van die zaken. Hij had het gevoel dat de tijd drong, dat het dringend tijd werd voor definities. Hij wilde weten waar hij aan toe was. Hij wilde dat iemand de leiding nam.

Maar Otto draaide zich op zijn zij naar Rosa toe en stak zijn hand onder het dunne laken. Leon zag die hand gaan. Clara zag die hand. En Ellen. En Charly, als ze daar al was. Hij bewoog langzaam over Rosa's lichaam, waarvan Leon niet meer dan de contouren zag, glooiingen in het wit van het laken, vermoedens in enkele plooien en uitstulpingen waaruit zich desalniettemin zonder al te veel moeite een lichaam liet samenstellen, het lichaam van Rosa. Zij keken toe. Iedereen keek naar de hand over Rosa's lichaam, naar de hand die haar lichaam stukje bij beetje voor hen zichtbaar maakte. Zij keken naar het lichtjes trillen van Rosa's gesloten oogleden, naar dat even, heel even optrekken van de rechterkant van haar bovenlip alvorens ze toehapte, Rosa, vol en gretig beet in Otto's onderlip, beet tot er een klein beetje bloed opwelde.

Otto gromde.

Leon kreeg geen antwoord.

Zij keken toe.

In De Kuip in Rotterdam schakelde Rode Duivel Georges Grün in de vijfentachtigste minuut na een voorzet van rechts met een magistrale kopbal het Nederlands elftal in een barragewedstrijd uit voor het WK van 1986 in Mexico, waar het hele land op reageerde met een plotselinge nuchterheid die deed vermoeden, toen nog wel, dat ondanks alle hooggespannen verwachtingen elke keer dat het Nederlands Elftal zijn wedstrijden speelde, dit volk verliezen allang als zijn eigenlijke lotsbestemming had aanvaard.

Zij keken toe.

In het Kremlin predikte de nog maar net dat jaar aangetreden leider van de Sovjet-Unie een nieuw principe dat binnen de kortste keren in alle kolommen van de westerse pers opdook als het bewijs dat de Russen nu eindelijk zelf hadden ingezien dat hun revolutie ten einde was — *perestrojka*. Dat terwijl de Nederlandse regering juist nu besloot tot plaatsing van kruisraketten in Woensdrecht en daarmee de meer dan een half miljoen demonstranten negeerde die een paar jaar eerder in een nooit geziene mars tegen de komst van dat nucleaire tuig hadden geprotesteerd — vreedzaam, misschien te vreedzaam, te beleefd.

Zij keken toe.

En in Aalst, in België, werden in een supermarkt acht mensen doodgeschoten door een bende die al eerder schijnbaar zonder ook maar de geringste aanleiding elders in België aanslagen had gepleegd waarbij onschuldigen het leven lieten. Wat zij wilden was niet duidelijk. Er was geen pamflet. Er was geen communiqué. Er was nauwelijks buit. Misschien wilden ze doden, enkel doden, het wapen richten en afdrukken, zoals een van hen deed, een reusachtige man met een sjaal voor zijn mond. Er lagen twee jongetjes op de grond, twee jongetjes die zich trachtten te verschuilen voor het plotselinge geweld, die probeerden er niet te zijn. Misschien hadden ze hun handen voor hun ogen geslagen omdat niet zien soms het gevoel kan geven zelf niet gezien te worden. Maar de man legde aan en schoot één van hen neer. De ander liet hij ongemoeid. Twee jongetjes. Schieten op wat beweegt, mogelijk was het dat. Ombrengen, wegmaken, met een kalmte die verbazingwekkend was, die alleen kon duiden op de afwezigheid van welke bedoeling dan ook maar. Een einde maken aan alles zonder ander oogmerk. Omdat het genoeg geweest is. Zoiets...

En Leon en Ellen en Clara, Friedrich, Charly misschien, zij zaten in een achterkamer in een huis aan het Schuitendiep in Groningen, in een noordelijke provinciestad van het Koninkrijk der Nederlanden en ze zagen de hand van Otto onder de flinterdunne stof van het witte laken over het lichaam, over het geile lichaam van Rosa dwalen, op zoek naar een ingang, een uitgang, een plek om te verdwijnen, te vergeten, te verdwijnen.

8

Het communiqué en de foto stonden vandaag niet in *De Ochtendbode*, noch in enige andere krant; terwijl Leon zeker weet dat ze wel naar in ieder geval *De Ochtendbode* zijn gestuurd, of daar zijn bezorgd, dat ervoor gezorgd is dat ze daar kwamen, liever, dat ze op het bureau van een verantwoordelijke redacteur beland zijn, Leon weet niet precies hoe. Het is een zaak voor de verbindingsofficier en die heeft hem verzekerd dat foto én communiqué te bestemder plaatse zijn geraakt. Leon heeft niet verder gevraagd, omdat het soms verstandiger is om niet alles te weten, niet alle procedures, niet alle overwegingen, niet elk aspect van de hele organisatie, wie waar achter zit en waarom, en zeker geen namen, nooit namen, nimmer.

Maar vandaag stond het dus niet in de krant, en ook niet in de andere kranten, zo bleek nadat Leon de fourageur eropuit gestuurd had naar de kantoorboekhandel hier om de hoek. Wat ook vreemd geweest zou zijn. Het valt immers niet te verwachten dat *De Ochtendbode* een primeur als deze zou laten liggen, zou overlaten aan een andere krant. Douwes is van hen en van hen alleen. Hij vertegenwoordigt op dit moment een grote waarde voor de krant. Het blad weet de ogen van de natie op zich gericht, van de internationale gemeenschap zelfs. Het verdient aan deze ontvoering, aan 'de spectaculaire verdwijning van hoofdredacteur Derk Douwes', zoals het in een van de landelijke kranten stond. Spec-ta-cu-lair! Wat willen ze nog meer? Douwes zelf zou trots geweest zijn. Die zou niet hebben geaarzeld als er een communiqué op zijn bureau was gedwarreld, wat commissaris Nijmeijer ook 'in het belang van het onderzoek' had verordonneerd. Dan kenden ze Derk Siebolt Douwes nog niet.

Dus waarom staat dat communiqué er niet in? Waarom hebben ze de foto niet afgedrukt? Is het hen verboden misschien? Zou hoofdcommissaris Nijmeijer inderdaad hebben gezegd dat ze het niet mochten publiceren? Of zouden ze de echtheid ervan in twijfel hebben getrokken? Zouden ze denken dat er een of andere grappenmaker aan het werk is? Want, nou ja, 'communiqué' is misschien een te groot woord voor het tekstje dat Leon heeft verzonnen. Hij wilde niet meteen met zwaar geschut komen, niet meteen met zijn essay over de rol van *De Ochtendbode* in een wereldorde die de onrechtvaardigheid, de onrechtvaardige verdeling van goederen en mogelijkheden en de verspreiding van leugens tot maatstaf had verheven, niet meteen over de strijd tegen die onrechtvaardigheid, tegen Derk Siebolt Douwes persoonlijk, over wat nodig was, hier en nu, om aan dat alles een einde te maken — daarmee wilde hij de onderhandelingen niet openen, of wat daarvoor door moet gaan.

Want er wordt niet onderhandeld, natuurlijk. Niet omdat de autoriteiten niet met terroristen onderhandelen, zoals ze zo parmantig, zo flink plegen te zeggen voor camera's en microfoons, maar omdat Leon niet met de autoriteiten onderhandelt. Daarom. Douwes moet dood. Dat ligt vast. Daar wordt niet aan getornd. Daar helpt geen inwilliging van welke eis dan ook maar aan. Dat gebeurt.

Omdat het gebeurt. Omdat dat het enige is wat tot de mogelijkheden behoort. Omdat dat het enige is wat wérkelijk rechtvaardig is. Zo ziet hij dat. Het is alleen nog een kwestie van timing, van het opvoeren van de spanning, het wekken van verwachtingen, het vestigen van hoop bij de tegenpartij. Om dan toe te slaan. Dat ze weten dat er niet mee te spotten valt.

Leon heeft iets geschreven over Douwes, in het communiqué, in zijn briefje. 'Aan de autoriteiten', zo heeft hij erboven gezet. Hij heeft nog even overwogen er 'Aan de regering' boven te zetten, maar dat verwierp hij. Hij heeft de regering niets te vertellen. Het gaat niet om de regering. Niet om deze, niet om de volgende of de daaropvolgende. Dus: 'Aan de autoriteiten' is het geworden, wie dat ook maar mogen zijn. En dat zij van het RPL Douwes, of nee: 'de héér Douwes', dat zij die in hun macht hadden. Hij heeft toen getwijfeld of hij uit moest leggen wat het RPL precies was. Of hij het over partizanen moest hebben, over het Rode Partizanen Leger, en dan toch nog over de doelstellingen, over dat wat allen verbond, ooit, de strijd tegen onderdrukking, uitbuiting en imperialisme, tegen de valse voorstelling van zaken die als feit en waarheid wordt verkocht aan de wereld. Door Douwes. Onder andere door Douwes. Vooral door Douwes.

Maar daarover wilde hij het dus niet hebben in zo'n eerste communiqué. Hij weet wel dat dergelijke woorden nodig zijn, uiteindelijk, dat zaken verklaard en gemotiveerd dienen te worden. Maar hij wilde in dit eerste commu-

niqué gewoon kort en klaar, helder en duidelijk, zonder
de geringste omhaal zeggen waar het nu in de eerste plaats
op aankomt. Hij wilde een toon aanslaan die er geen twijfel over liet bestaan wie er hier precies de touwtjes in handen heeft.

Hij.

Het RPL.

Hij.

Hij had het stuk in de krant die hij aan Douwes had gegeven om vast te houden nog een keer goed gelezen, dat
artikel waarboven stond dat het net rond de ontvoerders
zich sloot. Hij stelde vast dat ze niks wisten, dat iedereen
in het duister tastte, dat ze wérkelijk geen idee hadden
waar ze met hun zoektocht naar de hoofdredacteur moesten beginnen. Het stond vrijwel vast, zo las hij ('vrijwel' –
echt, ze hebben géén idee), het stond vrijwel vast dat hoofdredacteur Douwes naar een plek buiten Nederland was
gebracht. Dat dachten ze. Even had er een vermoeden bestaan, zo las Leon, dat Douwes zich op een van de Waddeneilanden bevond omdat het gestolen bestelbusje van
de firma Hoogesteger uitgebrand was teruggevonden in
de buurt van het haventje van Lauwersoog. Van daaruit
zouden de ontvoerders eventueel naar een van de eilan-
den hebben kunnen varen, zo stelde men.

Zouden. Eventueel. Hebben kunnen varen. Ze weten
niks. Ze raden maar wat. Ze lossen een schot hagel in het
donker in de vage hoop zo iets te raken. Met de bedoeling
paniek te zaaien in hun gelederen, natuurlijk. Desinfor-

matie die Leon moet verleiden tot een misstap, zodat hij bijvoorbeeld Douwes gaat verplaatsen of iets dergelijks, hem onder gaat brengen op een ander adres en dus met hem over straat moet, waar het hele politiekorps in een verhoogde staat van paraatheid is gebracht door Nijmeijer, waar agenten nu op willekeurige momenten, op eender welke straathoek mensen aanhouden en ondervragen, waar de dekking die een stad biedt aan eenieder die er buitenissig uitziet, nu toch is weggevallen en zelfs het gewone verdacht is geworden. Misschien is dat ook de reden om te zwijgen over dat communiqué, waarin Leon verder alleen nog geschreven heeft dat ze, de autoriteiten bedoelde hij, dat die ervoor moeten zorgen dat verdere opsporingsacties achterwege blijven. 'Zo niet,' schreef hij, 'zien wij ons genoodzaakt de heer Douwes onmiddellijk te doden zonder verdere onderhandelingen over zijn vrijlating.' Hij ondertekende met: 'Commando Auguste Blanqui van het Rode Partizanen Leger.'

Daar heeft natuurlijk nog niemand van gehoord. Dat weet hij ook wel. Maar de foto, de foto van Douwes is uitleg genoeg, lijkt hem toch, die spreekt toch boekdelen; daardoor weten ze toch dat het ernst is...

De belichting was niet ideaal, dat moet hij toegeven nu hij er nog eens over nadenkt. Het licht kwam enkel van boven, door de koepel, waardoor Douwes' warrige, rechtopstaande, aan elkaar geklitte haar haast een witte vlam boven op zijn hoofd leek. Zijn neus ving te veel licht en zijn ogen waren door de fel oplichtende wenkbrauwen nauwelijks te zien. Ook de wallen onder zijn ogen vingen veel licht, zodat het bijna leek alsof hij een bril droeg. En door het licht van boven leken de stoppels op zijn wangen zilveren spikkels. Het was niet een echt goede foto. Het leek zelfs wel een kunstfoto. Hij had de flits moeten gebruiken misschien. En dan was hij nog vergeten hem te vragen zijn overhemd uit te doen. Hij had er niet goed bij nagedacht. Nee, hij had het zelfs niet gezien, de foto genomen, de film uit de camera getrokken en op de keukentafel gelegd en toen eerst Douwes weer naar beneden gebracht. Toen hij terugkwam verwijderde hij de folie, keek naar de foto, knikte en stak hem in een envelop – niet nadat hij eerst zijn keukenhandschoenen had aangetrokken natuurlijk. Voor de vingerafdrukken. Tegen de vingerafdrukken. Om te vermijden dat er vingerafdrukken op foto of envelop terechtkwamen.

Voor hem was het zonneklaar: dit was Douwes, dit was wel degelijk de vermiste hoofdredacteur, en hoewel door de lichtinval ook de krant niet helemaal goed in beeld was gekomen, en de vlag op de achtergrond, die niet echt strak hing tussen de beide spijkertjes, net een beetje te veel schaduw vertoonde om goed zichtbaar te zijn, leek hem toch dat het geheel, foto én communiqué, weinig twijfel overlieten omtrent de authenticiteit van de afzender en het bericht. Als je wist dat het Douwes was op die foto, zag je het ook onmiddellijk. En dat het Douwes was stond in dat communiqué... dat briefje...

Misschien had hij toch uit moeten leggen wat het RPL

precies is. Hij, zij hadden beter moeten communiceren, op voorhand. In kwesties als deze gaat het om strategie, per slot van rekening. Wat men teweeg wil brengen, het doel dat men zich stelt kan alleen bereikt worden via de reactie van anderen op wat men heeft ondernomen. Als de actie, de eigenlijke daad, niet bekend raakt, dan kunnen er ook geen reacties volgen en wordt er geen enkel doel bereikt. Communicatie is dus een onmisbaar bestanddeel van het geheel. De communicatiestrategie. Leon wist dat zij alleen voor zichzelf eigenlijk helemaal niets zouden bewerkstelligen, dat het aankwam op de publiciteit rondom hun daad.

Achteraf beschouwd was het misschien dan toch niet zo verstandig geweest om hun offensief te openen met meteen maar een ontvoering, of dan toch in ieder geval niet met de ontvoering van Douwes, van de hoofdredacteur van *De Ochtendbode*, qua oplage weliswaar een van de grootste kranten van Nederland, maar uiteindelijk een provinciaal dagblad met een geringe status binnen het culturele en politieke centrum. Niet dat Leon dat dacht. Maar waarschijnlijk was het effectiever geweest als ze bijvoorbeeld een bom hadden geplaatst in de redactielokalen van *de Volkskrant* in de Wibautstraat, of, gemakkelijker, wegens het ontbreken van elke beveiliging, het pand van *De Groene Amsterdammer* aan het Westeinde in Amsterdam in brand hadden gestoken. Dat laatste was dan misschien een weekblad met een beslist verwaarloosbaar aantal abonnees, maar met een toch hoge symboolwaarde, en net als *de Volkskrant* bovendien gevestigd binnen de grachtengordel. Ze hadden moeten weten dat er in Nederland eigenlijk alleen iets gebeurt als het op het trottoir van de hoofdstad plaatsvindt — hoe onbenullig het voorval ook. En dan is het ook meteen 'wereldnieuws'. De kranten en tijdschriften, de radio en de tv, ze zouden er niet omheen hebben gekund omdat het zich afspeelde in hun eigen achtertuin en niet in het verre, verre noorden van het Koninkrijk. Het had iets kunnen zijn waarvan de diverse redacties het gevoel zouden hebben dat het hen direct aanging, dat ze er zelf door werden bedreigd, dat het om hén ging, zelfs, om hen persoonlijk, om hen in Amsterdam, waar ons ons kende, en men van Douwes alleen vagelijk wel eens had gehoord. Het had iets van een ongehoorde gewelddadigheid moeten zijn misschien, iets wat duidde op een brute, nietsontziende kracht, op *rücksichtslose* terroristen waarbij alle actiegroepen en -groepjes uit de jaren tachtig en negentig bleek zouden afsteken. Maar vooral: iets in Amsterdam dus.

Waarschijnlijk had Douwes gelijk toen hij suggereerde dat hij uiteindelijk niet bijzonder belangrijk was en dat een eventuele afweging over zijn lot door de autoriteiten snel gemaakt zou zijn, dat het principe om niet met terroristen te onderhandelen, zich nooit of te nimmer te laten afpersen door wie of wat ook, het te allen tijde zou winnen van bezorgdheid over zijn persoonlijke welbevinden. Hoewel er in de pers en op radio en tv toch uitgebreid aandacht was geschonken aan de verdwijning van Douwes, aanvankelijk dan toch, want dat was de afgelopen dagen wat betreft de landelijke pers toch al flink afgenomen. Een

178

bericht op pagina 5 van *de Volkskrant*, niet meer dan een éénkolomsmededeling ergens in *NRC Handelsblad* dat het onderzoek doorging, voorlopig zonder al te veel tastbare resultaten. *De Telegraaf* deed nog wat meer zijn best, maar dat het hier om een complot van verdorven linkse oprui- ers ging, werd in die krant steeds minder waarschijnlijk ge- acht, en dus nam de belangstelling af. Eigenlijk berichtte alleen *De Ochtendbode* zelf nog uitgebreid over de ontvoe- ringszaak. Ook vandaag weer overigens. Maar dus zon- der de foto en zonder het communiqué af te drukken of er zelfs maar melding van te maken. Er was gespeurd op Schiermonnikoog, schreef men, er was nader onderzoek ingesteld naar de herkomst van de Ford Transit die men op de snelweg had gevonden en daarbij was sprake van bloedsporen; er was een aantal lieden uit de kraakbewe- ging gearresteerd maar ook alweer vrijgelaten. Maar ook in *De Ochtendbode* doken nu andere scenario's op. Het kon de ontvoerders heel goed enkel om alleen banaal financi- eel gewin gaan, zo opperde een columnist zelfs, een soort affaire-Heineken op herhaling. Het kon, zo werd nu toch voorzichtig geopperd, om eenvoudige misdadigers gaan.

Maar Leon was geen misdadiger.

En voor hem was er geen twijfel mogelijk. Het was Dou- wes. Het was altijd Douwes geweest. Van meet af aan. Al ten tijde van Otto en de bende van het Schuitendiep was het Douwes, dacht Leon, ging het bij alles wat ze deden, of wilden doen, zeker zouden doen, wellicht gedaan zou- den hebben, nee, zonder twijfel hadden gedaan als hij toentertijd maar wat meer het heft in handen had genomen en het niet zo van Otto had laten afhangen — bij alles ging het ook toen al om de wereld van Derk Siebolt Douwes en *De Ochtendbode*, eigenlijk, om de oekazes van een hoofdredacteur, zijn als berichtgeving verpakte voorschriften, de stemmingmakerij die als opinie in een democratisch spel van meningen werd verkocht, maar waartegen niemand iets vermocht, omdat het uiteindelijk Douwes was en alleen Douwes die bepaalde wie wanneer in de kolommen van zijn krant het woord mocht nemen, en met wat, wat 'redelijk' was, zelfs wat 'logisch' mocht heten en wat niet. En of het daarbij nu om de ontruiming van een kraakpand ging, of om de afbraak van de als 'modernistische flauwekul van socialistische wethouders' omschreven nieuwe vleugel van het gemeentehuis, of het nu om de inrichting van de stad ging, of om de programmering van de Schouwburg waar, zei hij in Sociëteit Petrus Agricola, tegenwoordig alleen nog halfnaakte wijven op het podium te zien waren 'die blijkbaar niet meer bij machte zijn om een tekst in te studeren en dus maar wat doelloos lopen rond te schreeuwen', zei hij, en dan zweeg hij nog, zei hij, over de piep- en knorconcerten die in het cultuurcentrum De Oosterpoort voor 'modern klassieke muziek' door moesten gaan, en hij trok er een vies gezicht bij — of het nu om de culturele sector ging, om de haven en de industrie, om waterlopen of wegenwerken, overal en altijd was het Douwes die zijn schaduw wierp over de noordelijke provinciën, over de wereld zoals zij er door hem en voor hem was.

En dus was het aan Douwes dat Leon had gedacht toen hij op een warme zomeravond in 1988, alweer lang geleden nu, te lang bijna om het zich precies te herinneren, toen hij die zomeravond uiteindelijk tot de slotsom was gekomen dat het zo niet langer ging, dat het zo niet verder mocht en niet verder kon gaan, dat dit geen wereld was waarin een mens met behoud van zijn waardigheid kon leven, opgroeien, geboren kon worden, dat er kortom iets gedaan moest worden, dringend gedaan moest worden, dat er geen tijd te verliezen was zelfs, en dat hij het was die er iets aan moest doen, hij, en niemand anders.

Hij stond voor het raam van de vierde verdieping van het Academisch Ziekenhuis met in zijn armen een klein naamloos wezentje, een teer en onmiddellijk teerbemind meisje met goudblond, roodgouden haar, een meisje zonder naam nog, zonder geschiedenis. En hij was verliefd, dodelijk verliefd, hij stroomde over van iets wat hij zo nog niet eerder had gevoeld, nog nooit zo had begrepen als hij het nu begreep. En hij keek naar de menigte die beneden toestroomde naar het centrum van de stad, en tilde haar op. Hij bracht, zijn hand beschermend achter dat hoofdje met die nog niet helemaal toegegroeide fontanel, hij bracht haar op gelijke hoogte met zijn hoofd en: 'Kijk,' had hij gezegd, 'kijk, de mensen.' Hij had gewezen naar de uitgelaten jongens en meisjes, naar de dronken huisvaders met kleine kinderen op hun schouders die hossend door de straten gingen, naar de voor de gelegenheid ontketende moeders die onverantwoorde dingen deden met wandelwagentjes, 'kijk, de mensen', allemaal op weg naar de plek waar iedereen, werkelijk iedereen was of wilde zijn. Het was een plek, een van de vele plekken in het Koninkrijk waar die avond en nacht de bevrijding werd gevierd van vernederingen die decennia teruggingen, die al die tijd in het onderbewustzijn van een heel volk rondgespookt hadden, gevoed door Douwes en *De Ochtendbode* ongetwijfeld, megafoon van onderbuikgevoelens die allemaal te maken hadden met een vijand die officieel feitelijk al ruim veertig jaar daarvoor verslagen was, maar die door de media en in geschiedenisboekjes zorgvuldig in ere werd gehouden, omdat alleen zo dit land, dit volk, de heldenrol kon opeisen die het gespeeld zou hebben, die het gespeeld wílde hebben in zijn verzet tegen deze Teutoonse tirannen, waarvoor niemand, niemand was gezwicht, ooit. Nooit. Niet. Het was een verzet waarvoor iedereen in dit landje — íedereen, niemand uitgezonderd — offers had gebracht zonder weerga, daar was men heilig van overtuigd, ook al was het dus niet zo, was het de voor de eigenwaan noodzakelijke mythe die hoofdredacteuren, maar ook historici en zelfs leerkrachten angstvallig in stand hielden. Het ging dan over corpulente mannen in te kleine zwembroekjes die op hún stranden, aan hún Noordzeekust, op de brede stranden van de Waddeneilanden, kuilen groeven en zo maar wéér eens een territorium opeisten waarop ze geen recht hadden, met de vanzelfsprekendheid van een niet anders dan Pruisisch te duiden arrogantie, ook al paste de middenstand zich moeiteloos aan met bordjes aan de deur of in de etalage: 'Hier spricht man Deutsch.' Het hield verband met gestolen fietsen die allang tot roest waren vergaan, maar waarvan de opvordering decennia eerder zoveel kwaad bloed had gezet dat zelfs een nieuwe generatie, geboren lang na de feiten, een eveneens na de wereldbrand geboren Duitser nog steeds kon toeblaffen, in zowat het enige Duits dat zij machtig was: 'Wo kann ich mein Fahrrad bekommen?' Het had te maken met een economische afhankelijkheid van een grootmacht die verslagen was in een oorlog, maar die op de een of andere manier de bovenhand had weten te behouden, of opnieuw had weten te verkrijgen, die blijkbaar maar niet was te verslaan, of zo deden de autoriteiten het toch voorkomen. Het had te maken met een behoefte aan zuiverheid, uiteindelijk, een zuiverheid die dit volk nu juist in die oorlogsjaren zo schandelijk had verspeeld. Het was een verlangen naar de heroiek die het heden weer in overeenstemming kon brengen met een geschiedenis waarin dit land zich niet alleen zelf tot wereldmacht kroonde – zoals ze tot hilariteit of chagrijn van de buurlanden nu nog vaak deed – maar waarin de rest van de wereld die macht ook vanzelfsprekend erkende, een uitverkorenheid die het al zo lang kwijt was, ten onrechte kwijt was, zo suggereerden kranten en tijdschriften voortdurend. En, meer oppervlakkig, was er nog een verband met een verloren voetbalwedstrijd in 1974, toen Nederland om het wereldkampioenschap streed en met 2-1 ten onder ging tegen een leep spelend West-Duitsland, wat het oorlogstrauma dat zo'n groot aandeel heeft in de nationale identiteit van dit volkje – overigens zonder dat het zich daarvan wérkelijk bewust is – op dat moment alleen nog maar eens verdiepte, flink aangezwengeld op de sportpagina's van *De Ochtendbode* alweer, waar Gerd Müller, de maker van het tweede Duitse doelpunt destijds, voor weinig minder dan een fascist met voetbalkousen werd uitgemaakt.

En juist dat was deze avond dan nu eindelijk uitgewist, deze warme zomeravond waarop het maar niet werkelijk donker werd, waarop het nooit meer donker leek te kunnen worden. Het was uitgewist in een andere voetbalwedstrijd, in die halve finale om het Europees kampioenschap in het Volksparkstadion van Hamburg, waar in de negenentachtigste minuut Marco van Basten, 'San Marco', werd aangespeeld door Jan Wouters, en met een sliding, in een uiterste krachtsinspanning, de bal langs de doelman van het West-Duitse elftal in de lange hoek schoot, en zo eindelijk, eindelijk de overwinning bracht waar het hele land al zo vreselijk lang op wachtte.

En dat land explodeerde. Overal kwamen mensen uit hun huizen, in een overwinningsroes, met de baldadigheid van te lang opgesloten veulens, hangend aan lantarenpalen, stampend in bloemperken, gooiend met bier, zich ter aarde werpend, zwierend en zwaaiend over straat, roepend en tierend, uitzinnig op een manier die een in se protestantse natie vreemd had moeten zijn, die men kon verwachten van arme sloebers in favela's in Brazilië, of van zwarten in hutjes in Ghana of Zuid-Afrika, of misschien nog van schuinsmarcheerders beneden de grote rivieren, maar toch niet van dit land, van dit volk.

'Kijk, de mensen', had hij gezegd, en het kleine meisje had met haar handje een beweging gemaakt, leek naar iets te wijzen. Ze tuitte haar lipjes en keek hem aan, leek hem aan te kijken. Hij dacht even dat ze hem aankeek. Met blauwe ogen, stralend blauw. Hij zou het nooit vergeten. Hij was het nooit vergeten. En hij wist op dat moment wat hij wist met een ongekende zekerheid: dat het tijd was. Dat het lang genoeg geduurd had. Dat het menens was nu. Hij wist dat hij moest gaan. Hij wilde nog niet, hij klampte zich vast, het was alsof hij door dit kleine wezentje vast te houden zichzelf weerhield, alsof zij het was die hem vasthield, tegenhield, verhinderde te doen wat hem te doen stond. Hij had het gevoel dat de lucht om hem heen dik en stroperig was, een ondoordringbare mist die hem voorlopig, nog even, nog een klein moment, nog een laatste, een allerlaatste ogenblik op zijn plaats vasthield. Hij voelde de onwil in zijn handen toen hij haar voorzichtig, heel voorzichtig neerlegde op een aankleedkussen op een commode tegen een van de muren van de verloskamer. En zelfs nadat hij haar neergelegd had, wilde hij zijn hand niet wegtrekken, kon hij onmogelijk zijn hand wegtrekken van achter dat hoofdje. Hij moest zichzelf dwingen. Hij moest een uiterste inspanning leveren om los te laten. En toen hem dat eindelijk lukte en het meisje met nu bewegende armpjes en beentjes, met handjes die naar hem leken te reiken, met een lijfje dat alleen maar leek te vragen om opnieuw

185

in zijn armen te worden genomen; toen hij daar eindelijk naast dat aankleedkussen stond, los van haar, los van een wezentje waarvan hij nu het gevoel had dat hij het altijd had gekend, dat hij het wás inmiddels; toen hij daar zo stond voelde hij zijn handen branden, leek zijn hand één grote schaafwond te zijn, van zijn huid ontdaan rauw vlees. Hij stond daar. Hij kon niet weg. Hij moest weg. Hij kon niet weg. Hij kon haar daar niet achterlaten.

Maar uiteindelijk...

Uiteindelijk ging hij.

9

Aan de autoriteiten — of moest dat er niet meer
boven, was dat een vorm van beleefdheid die gezien de flagrante negatie van het vorig communiqué bijna
als een teken van zwakte gezien kon worden, als een vor-
melijkheid die eerder blijk gaf van angst en ontzag dan
van de zelfverzekerdheid van een groepering die de touwtjes stevig in handen had en die zich de veronachtzaming
van haar bestaan door de pers en door die autoriteiten zelf
niet zou laten welgevallen, die met iets op de proppen zou
komen waar opnieuw de hele natie ondersteboven van
zou zijn, zoals ze dat toch was geweest van de aanvanke-
lijke ontvoering? Maar wat zou dat moeten zijn? Wat zou
hij autoriteiten én pers kunnen voorschotelen zodat ze
opnieuw bij de les zouden zijn? Moest hij ze een... een oor
toesturen, bijvoorbeeld een oor? Of een vinger of zoiets?
Hij huiverde bij de gedachte. Foto's, tot daaraan toe, een
geluidsband misschien, een cassettebandje. Of misschien
een video, dat kon ook nog. Dat was nog een idee! Al moest
hij dan eerst aan een camera zien te raken, en hij had de
foerageur sinds eergisteren niet meer gezien. Maar hij zag
zichzelf niet met een mes op Douwes af stappen en hem
met de koelbloedigheid die daarvoor nodig was een oor
afsnijden. Of een vinger. Nog afgezien van het feit dat
Douwes bepaald niet rustig zou blijven zitten als hij hem
met een mes op zich af zag komen. Hij zou zich zeker
verweren, en hij was voor geen kleintje vervaard. Zelfs nu
hij ongetwijfeld verzwakt was omdat hij al dagen niet had
gegeten, was hij als tegenstander iemand om rekening

mee te houden. En dan, welk mes? Het enige wat hij hier had was een aantal gewone messen waarmee je misschien een boterham kon snijden, maar geen oor, of dan toch hoogstens met de grootst mogelijke moeite – en verder nog een weliswaar groot, maar ook niet meteen erg geschikt lijkend want nogal bot groentemes. Het zou een hopeloos gezaag en gehak worden, een janboel.

Aan de autoriteiten – Leon keek naar de woorden op het papier dat hij in de typemachine had gedraaid, niet nadat hij natuurlijk eerst weer de gele keukenhandschoenen had aangetrokken om vingerafdrukken te vermijden. Hij moest hoe dan ook zijn onvrede met de situatie tot uitdrukking brengen, aanhef of geen aanhef. Er waren scherpe bewoordingen nodig. Er viel met hem niet te spotten, met hen, met het RPL bedoelde hij. **Aan de autoriteiten** dus, en dan:

> **Wij begrijpen het niet openbaar maken van ons eerste communiqué, alsmede de aanhoudende politiecontroles op diverse punten in de stad...**

Dat had de foerageur hem nog gezegd eergisteren, toen hij eten was komen brengen: 'Ze staan nu overal; ze fouilleren zelfs mannen met stropdassen! Het wordt verdomme link', had hij gezegd. Maar wat hij dan verwacht? Natuurlijk werd het link.

Wás. Wás het link.

Vanaf het begin was het link geweest. Elke stap in het

188

zorgvuldig opgestelde actieplan hield risico's in, en met elke stap die ze hadden gezet werd wat ze gingen doen onvermijdelijker en onomkeerbaarder. Dus waar had hij het over? Wat agentjes op de hoek van een straat. Waar konden ze hem op betrappen? Op het dragen van een tasje met voedsel, met een krant erin misschien, desnoods met alle kranten van die dag. Als ze dat al verdacht vonden dan had hij toch zeker fantasie genoeg om zich eruit te lullen? En dan, wat zou er verdacht kunnen zijn aan een brede belangstelling? Een mens mag zich toch verdomme wel uitgebreid informeren?

De verbindingsofficier, díé liep risico; die droeg op zijn lichaam de envelop met het communiqué, met de foto, met de geluids- of videoband straks misschien.

Ja, hoe meer hij erover nadacht, hoe beter het Leon leek: een opname maken van Douwes, een video-opname dan toch het liefst. Dat er geen misverstand meer kon bestaan over zijn identiteit en over Leons bedoelingen, de bedoelingen van het RPL. Die videocameraatjes werden steeds kleiner en het zou de foerageur dus niet al te veel moeite moeten kosten er één tot hier te brengen. Hij zou het hem onmiddellijk vragen zodra hij weer hier kwam. Morgen waarschijnlijk. Hij zou morgen komen.

Aan de autoriteiten,
Wij begrijpen het niet openbaar maken van ons
eerste communiqué, alsmede de aanhoudende
politiecontroles op diverse punten in de stad

als de voortzetting van uw speurtocht naar de
verblijfplaats van de heer Douwes, ondanks ons
uitdrukkelijk verzoek...

Verzoek? Verzoek? Hij verzocht niks. Hij eiste. Hij vroeg
niet, maar verordonneerde. En hij was de foto vergeten te
vermelden, zag hij nu. Dat moest er toch eigenlijk ook nog
bij. Leon trok het papier uit de machine en draaide er een
nieuw vel in.

Aan de autoriteiten,
Wij begrijpen het niet openbaar maken van ons
eerste communiqué en de foto van de heer Douwes,
alsmede de aanhoudende politiecontroles op
diverse punten in de stad als een duidelijk teken
dat u uw speurtocht naar de verblijfplaats van
de heer Douwes voortzet, ondanks onze eis
elke opsporingsactie stop te zetten, als een
duidelijke aanwijzing dat u niet van zins bent
een onderhandelde oplossing na te streven...

Dat liep voor geen meter. Hij mocht dan als jurist vertrouwd zijn met de krompraat die onder het mom van
eenduidigheid de bladzijden van het wetboek vulde, hij
was er altijd van overtuigd geweest dat de boodschap vóór
de juridische onwrikbaarheid van de formulering diende
te gaan. Een wettekst die door geen hond begrepen werd
miste elk effect en diende alleen maar om de mensen onder

de duim te houden met een gewichtigheid van woorden en zinswendingen waarbij niemand zich meer een voorstelling kon maken, maar waarvan alleen vaststond dat ze kracht van wet hadden en dat men er maar beter in deemoed het hoofd voor boog. Nee, dan was hij liever wat minder eenduidig. Die eenduidigheid werd per slot van rekening door de wetgever zelf als zodanig gedefinieerd. Het is de wetgever, het zijn de autoriteiten die opleggen wat men eenduidig heeft te vinden en wat niet. Want werkelijke eenduidigheid, échte eenduidigheid bestaat natuurlijk helemaal niet. Tenzij in de daad. Nee, die zogenaamde eenduidigheid van een wettekst was hoogstens een kolfje naar de hand van types als Douwes, die er hun voordeel mee deden, die aan de woorden een definitieve draai gaven, en die geen wet maar betekenis verspreidden onder de talloze lezers van hun kranten. En dat was het dan voortaan. Zo, en niet anders. Douwes had de wet niet nodig.

Maar buiten dat, waarom zouden de autoriteiten 'een onderhandelde oplossing' moeten nastreven als hij in zijn eerste communiqué geen enkele andere eis had gesteld dan dat ze de opsporingsactie dienden stop te zetten? Moesten ze met hem onderhandelen over het stopzetten van de speuractie? Dat was de bedoeling niet. Onderhandelingen waren natuurlijk überhaupt de bedoeling niet, maar de schijn moest hooggehouden worden, juist omwille van het maximale effect van wat onvermijdelijk te gebeuren stond.

Hij begon nog eens opnieuw. Nu zonder aanhef, dat was misschien toch krachtiger:

U publiceerde ons eerste communiqué niet.
Noch de daarbij gevoegde foto van de heer Douwes.
Wij leiden daaruit af dat u niet van zins bent op
onze eis in te gaan:
onmiddellijke stopzetting van uw speurtocht
naar de verblijfplaats van de heer Douwes.
Wij wijzen u erop dat voortzeting van de
opsporingsactie tot de onmiddellijke executie
van de heer Douwes zal leiden.
Voorts...

...hadden wij gaarne gezien, wilde hij schrijven, stellen wij
met klem, verordonneren wij. Eisen wij? Alweer 'eisen.'
Willen wij? Verwachten? En stond daar nu 'voortzeting'?
Moest hij nu godverdomme weer overnieuw beginnen?
Misschien kon dat nog gecorrigeerd worden met Tipp-ex.

Voorts...

...worden de volgende zaken, eisen, punten – voldoet u aan
de volgende voorwaarden... Dat was misschien iets. Komt
u ons tegemoet in? Nee. Zo ging het niet. Hij draaide het
papier iets omhoog, pakte het flesje Tipp-ex en schilderde
met het kwastje de laatste zin weg. Hij blies op het papier
tot de vloeistof droog was.

En hernam:

U publiceerde ons eerste communiqué niet.
Noch de daarbij gevoegde foto van de heer Douwes.
Wij leiden daaruit af dat u niet van zins bent op
onze eis in te gaan:
onmiddellijke stopzetting van uw speurtocht
naar de verblijfplaats van de heer Douwes.
Wij wijzen u erop dat voortzetting van de
opsporingsactie tot de onmiddellijke executie
van de heer Douwes zal leiden.
Zodra de speuractie gestopt is, wordt de heer
Douwes vrijgelaten onder de volgende
voorwaarden:

1. U publiceert dit document in zijn geheel, onverkort
   en zonder veranderingen, op de voorpagina van
   De Ochtendbode, De Telegraaf en het Algemeen
   Dagblad.
2. U zendt met onmiddellijke ingang bijgeleverde
   videoband van de heer Douwes in zijn geheel en
   zonder coupures of andere ingrepen uit op OOG-tv
   en stelt de band ter hand aan de openbare omroep
   te Hilversum, alwaar hij getoond zal worden in het
   achtuurjournaal van dinsdagavond aanstaande.
3. U neemt contact op met de verantwoordelijke rege-
   ringen betreffende de vrijlating van de volgende
   gevangenen:

Uit de RAF: Suzanne Albrecht, Christian Klar, Birgit Hogefeld, Brigitte Mohnhaupt, Stefan Wisniewski; Uit de Brigate Rosse: Mario Moretti, Renato Curcio, Maurizio Ianelli, Barbara Balzerani, Piéro Bertolazzi. Zij worden tegen de heer Douwes uitgewisseld en reizen naar een land van hun keuze.

4. De gevangenen wordt ieder afzonderlijk in een muntsoort van hun keuze omgerekend 100.000 dollar meegegeven.

5. Tijdstip en plek van de vrijlating van de heer Douwes worden vastgelegd zodra van elk van de gevangenen afzonderlijk de verzekering is gekomen dat zij op de bestemming van hun keuze zijn aangeland en tevens duidelijk is dat Nederland of de landen waar de gevangenen nu verblijven geen verzoek tot uitlevering zullen doen.

Wij gaan ervan uit dat u niet nogmaals de domheid zult begaan onze eisen te negeren. Anders is de dood van de heer Douwes onvermijdelijk.

RPL — Commando Auguste Blanqui

Er mankeerde natuurlijk nog wel het een en ander aan. Zo had Leon nergens aangegeven hoe precies het vertrek van de gevangenen uit respectievelijk Duitsland en Italië zou moeten plaatsvinden, en hoe hij dacht te voorkomen dat die gevangenen niet tijdens hun vertrek zouden worden omgebracht door speciale eenheden van het leger, door een geheim doodseskader, of wat hebben overheden zoal achter de hand om hun eigen betrokkenheid te ontkennen terwijl ze intussen toch hun zin doen. Als de gevangenen híer waren vertrokken, van vliegveld Eelde bijvoorbeeld, dan had hij het wel geweten. Hij zou geëist hebben dat hoofdcommissaris Nijmeijer hoogstpersoonlijk als menselijk schild de gevangenen zou begeleiden.

Niet dat het er werkelijk iets toe deed, omdat die eisen uiteindelijk toch de bedoeling niet waren – enfin, de vrijlating van de gevangenen van de RAF en Brigate Rosse toch niet, gevangenen die misschien, nee waarschijnlijk niet eens zaten te wachten op een actie als deze, die niet eens bereid waren om uit hun gevangenis bevrijd te worden. Er was ook geen enkel contact geweest met de restanten van beide bewegingen in Italië, Duitsland, Jemen, of waar zaten ze overal – als ze überhaupt nog bestonden. Je hoorde er nog weinig over. Nee, het was een afleidingsmanoeuvre, een poging om de werkelijke bedoeling nog even te verbergen voor de autoriteiten en de pers, zodat als het eenmaal zo ver was Douwes' dood een maximaal effect zou hebben. Zo beschouwd kon hij over het communiqué tevreden zijn en kon het zo mee met de verbindingsofficier.

Hij pakte de twee vellen papier die hij eerder uit de machine had getrokken, de vellen met de verkeerde tekst, en legde ze naast de gootsteen op het aanrecht. Hij opende de klep van de typemachine, klikte de hendeltjes terug die het rood-zwarte lint op zijn plaats hielden, en haalde de beide spoelen uit de machine. Ook die legde hij bij de gootsteen.

Hij zocht naar lucifers en wasbenzine. Hij vond een aansteker. Van de verbindingsofficier, zag hij, een zippo. Slordig, dacht hij, heel slordig, en dat het ding vast en zeker onder de vingerafdrukken zat. Dat hij hier was blijven liggen was op zich geen ramp, maar als hij hem hier al liet liggen, waar liet hij hem dan nog meer liggen. En wat, dacht hij ineens, wat liet hij nog meer ergens liggen?

Hij zou toch niet...?

Even schoot door Leon heen dat de verbindingsofficier de envelop met de foto en het eerste communiqué misschien had laten liggen op een tafeltje van een café, of op de rand van de bar in De Brasserie bijvoorbeeld, of gewoon op een bankje in het park, het Noorderplantsoen, of het Nieuwe Kerkhof. En dat iemand dat dan vond, gevonden had, de barman bijvoorbeeld, die ten overstaan van de hele zaak de envelop omhoog had gehouden en op luide toon had gevraagd of die misschien van iemand was, en die nadat er geen reactie was gekomen het ding op een schap onder de bar had gelegd, zo'n stofnest waar wat verdwaalde kroonkurken, een vieze lap, een vergeten vork en een spel beduimelde kaarten lag. Vergeten. En de verbindingsofficier die, nadat hij eenmaal ontdekt had dat hij zijn envelop ergens had laten liggen, natuurlijk de moed niet meer had gehad om, terugkerend op zijn schreden, her en der te vragen of iemand die misschien had gevonden. Wat als ze hem hadden opengemaakt? En de politie ingelicht? Als hij alleen maar naar die envelop vróég, was hij erbij.

Leon staarde naar de zippo.

Maar de verbindingsofficier had hem verzekerd dat het communiqué en de foto ter plekke waren geraakt, 'ter bestemde plaatse', had hij gezegd. Hij mocht niet twijfelen, kon niet twijfelen, hij moest vertrouwen hebben, vertrouwen en geloof. En het was waarschijnlijker dat de autoriteiten, dat Nijmeijer en, wie weet, de plaatsvervangend hoofdredacteur van *De Ochtendbode* in nauw overleg hadden besloten dat ze het communiqué niet zouden plaatsen, dat ze Leon, dat ze de RPL uit de tent zouden proberen te lokken, in open veld als het ware, zodat ze een makkelijk doelwit werden voor speciale interventie-eenheden van politie en leger. Hij kon niet twijfelen aan de organisatie, aan zijn organisatie, aan de bevelsstructuur en de nadruk die van meet af aan op het operationele aspect van de hele onderneming had gelegen.

Hij rommelde wat in het keukenkastje onder de gootsteen. Daar stond de wasbenzine die hij ook de eerste keer, na het schrijven van het eerste communiqué, al had gebruikt toen papierresten en typelint verbrand moesten worden. Hij rolde het lint helemaal uit. Grotendeels ongebruikt natuurlijk, maar hij kon het risico niet lopen dat bij een eventueel onderzoek van vuilniszakken hier in de buurt op basis van het wel gebruikte deel moeiteloos achterhaald kon worden dat het lint gediend had om een van de communiqués te typen. Het was een spoor. Het moest verbrand. Het was voorlopig zijn laatste lint. Hij hoopte wel dat de foerageur nu snel kwam. Het eten raakte ook op. Zijn eten.

Hij legde eerst alleen het papier in de gootsteen, over-
goot het met de wasbenzine, liet de zippo vonken en keek
naar de blauw-oranje vlammetjes. Hij zag het logo van de
RPL op het papier bruin worden en verdwijnen, waarna
het nog even, in negatief als het ware, oplichtte toen het
bruin zwart werd.

Waarna het zwart uit elkaar viel, er nog even flinters om-
hoogwarrelden, die traag, haast gedragen door de lucht,
weer naar beneden zweefden, en alles as werd.

Stof.

Sporen uitwissen, verdwijnen, niets achterlaten, geen
aanwijzingen, geen materieel of immaterieel bewijs van
zijn bestaan, hier of elders, verzwinden van de aardbodem,
vervliegen, onzichtbaar worden, weggevaagd, spoorloos,
verborgen. Vergeten. Ondergronds, illegaal, in het verzet,
guerrilla. Partizaan.

Aanvankelijk kwam Leon maar met moeite vooruit toen
hij op die warme zomeravond in 1988, eenentwintig juni
1988, exact eenentwintig juni 1988, het Academisch Ziekenhuis in Groningen verliet. Hij moest voortdurend uit-
wijken voor feestvierende mensen, en wat later ook voor
luid claxonnerende auto's toen hij eenmaal de straten be-
reikte waar het verkeer nog niet was vastgelopen in de mensenmassa. Hij kreeg een vlag in zijn gezicht, het oranje-
blanje-bleu dat normaliter alleen voor dodenherdenking
en Bevrijdingsdag of voor de koningin werd bovengehaald,
of wanneer een van de kinderen in een gezin zijn eind-

examen had gehaald: dan wapperde de vlag aan de voorgevel van het huis, met in top de aftandse boekentas van
de spruit in kwestie. Hij werd ruw in een heg geduwd door
een sliert meisjes die in ware cancanstijl over de straat
zwierden, de benen links, de benen rechts opgooiend, en
die zich van niets of niemand iets aantrokken. Maar naar-
mate hij het Noorderplantsoen naderde werd het iets rus-
tiger, al was blijkbaar niet iedereen onmiddellijk onderweg
gegaan naar de Grote Markt en leek er in sommige straten
een apart feest georganiseerd te zijn: oranje vlaggetjes,
rood-wit-blauwe linten, een snoer van lampen tussen de ene
en de volgende lantarenpaal en snoeiharde hoempapa en
schlagers die ineens losbarstten uit grote boxen midden
op straat, een sliert beschonken mensen lomp schomme-
lend in polonaise.

Maar hij kwam vooruit nu. Hij naderde het appartement
in de Moesstraat, opende de rode voordeur, opende de tussendeur met het gewapend glas en beklom de betonnen
trappen. En met elke stap die hij zich verwijderde van de
verloskamer in het Academisch Ziekenhuis, met iedere
trede die hij nam, groeide zijn overtuiging. En met het
groeien van zijn overtuiging, groeide ook zijn onthechting.
Spoorloos. Weg zijn. Wegwezen. Weg willen wezen, moeten wezen, oplossen in lucht.

Vergeten.

Hij maakte in het appartement geen licht en liep meteen
naar de kamer waar een grote metalen archiefkast stond,
bruin, lelijk en log, loodzwaar – gekocht bij de Gebroeders

Waterloo schuin tegenover, toen zij daar nog een uitdragerij hadden en nog niet met hun grote zwart, geel en rood geschilderde marktwagens overal in de noordelijke provinciën Belgische frieten gingen verkopen: 'Belg of niet! Eet de drie gebroeders Jan, Harry en Milano Waterloo zijn fijne verse Vlaamse Friet.' Leon trok de bovenste van de drie laden open en voelde met zijn hand. Hij vond moeiteloos de roodleren map met in goudopdruk het wapen van de universiteit. *Verbum dni lucerna.* Het was alles wat hij nodig had. Alsof hij al die jaren geweten had dat dit moment zou komen, dat er een dag, een avond, een nacht zou komen waarop het noodzakelijk zou zijn om alle papieren bij de hand te hebben die bewezen dat hij bestond, officieel bestond, deel was van de staat die hem zijn identiteit verschafte, hem zijn naam gaf en toestond, nee eiste dat hij er gebruik van maakte – niet alleen zijn paspoort en geboortebewijs, maar ook belastingaanslagen, oude schoolrapporten en diploma's, alles wat hem een geschiedenis verschafte binnen een op een bepaalde wijze gedefinieerde gemeenschap, alles wat hem die geschiedenis opdrong. Het was een dikke map, dichtgebonden met een leren veter.

Hij schoof de lade weer dicht, keek nog eens om zich heen, keek door het raam dat uitgaf op de tuinen van de huizen aan de Noorderbuitensingel beneden, en draaide zich toen resoluut om en verliet de flat. Hij liet de voordeur open en daalde de trappen weer af, de rode map onder zijn arm. Ergens verwachtte hij dat hem halverwege iemand tegemoet zou komen, iemand die met gezwinde pas de trappen beklom, iemand die hem de weg zou versperren misschien, iemand die hem tegen zou houden, hem een halt toeroepen. Maar hij kwam niemand tegen. In de rest van de flats leek ook niemand thuis te zijn. En hij had bovendien geen werkelijk duidelijk idee omtrent wat het was dat hij wilde doen. Ja, oplossen, opgaan, onderduiken. Vergeten. Maar hoe dat precies moest en hoe het daarna verder moest: hij had geen idee. Het was alsof hij niet verder dan één stap vooruit kon denken. Hij wist alleen maar dat de documenten die hij onder zijn arm hield, de documenten met zijn naam, zijn geboortedatum, zijn geboorteplaats, met de naam van zijn ouders, en hun geboortedatum en -plaats, de papieren waarop zijn vaardigheden vermeld stonden en de resultaten die hij had behaald, op deze school en gene, in het zwembad, op de universiteit, de papieren van de belastingdienst met daarop het inkomen dat hij de afgelopen twee jaar had verdiend bij een klein advocatenkantoor waar hem in al die tijd nog niet één zaak, nog niet één, was toevertrouwd – hij wist alleen maar dat hij van al die papieren en documenten en diploma's af moest. Hij wist op dat moment nog niet eens hoe.

Eenmaal buiten sloeg hij rechtsaf, instinctief weg van het centrum, van de drukte, van het zich in zichzelf verliezende volk. Hij wandelde tussen huizen die hem meer dan vertrouwd waren, die hij sinds zijn verhuizing uit het pand aan het Schuitendiep dagelijks had gezien: rode baksteen, laddervensters, de spionnetjes aan het raam van een bovenverdieping, en dan ineens de plotseling veel te grote ramen van een hoekpand waar in vroeger tijden ongetwijfeld een buurtwinkel had gezeten; de boompjes, de her en der geparkeerde auto's; en regelmatig een vracht tegen elkaar gekwakte fietsen tegen de gevel van een pand met een verveloze voordeur, een wirwar van naambordjes en bij de deurbel instructies: 'Brechtje-Johanna 2 x lang', 'Jannie & Monique 1 x lang, 1 x kort', 'Wilma 2 x lang 2 x kort', 'Wouter lang en hard.' Hij liep in de richting van de spoorlijn, de noordelijke aftakking richting Roodeschool. Links, vlak voor de spoordijk, stond nog een boerderij, ooit ingebouwd geraakt, nu onbewoond en in verval. Zelfs de kraakbeweging had dit niet de moeite waard gevonden. Op een braakliggend terrein daarnaast stond een vuilcontainer naast een houten keet waar vroeger een snackbar in had gezeten. Pas toen Leon de vuilcontainer zag, wist hij dat hij daarnaar op zoek was geweest.

Hij liep door het lange gras naar de gedeukte container en opende de grote klep aan de bovenkant. Een geur van verrotting sloeg hem in het gezicht. Vervolgens maakte hij de leren veter los en opende de map. Uiterst traag haalde hij er een papier uit, bijna alsof hij van zins was het dan en daar nog eens grondig te lezen. Maar hij diepte uit zijn broekzak een aansteker op, hield het papier tussen duim en wijsvinger omhoog en stak de onderkant aan. Hij hield het vast tot de vlammen bijna zijn hand likten en dan pas liet hij het in de container vallen. Waarna hij met dezelfde traagheid opnieuw een papier uit de roodleren map pakte en de procedure herhaalde. En nog eens. En nog eens.

Inmiddels begon het te flakkeren in de container, maar Leon veranderde niet van handelwijze. Ieder stuk papier werd met aandacht en precisie boven de aansteker gehouden en pas losgelaten als het al voor het grootste deel was verbrand. Soms keek hij daadwerkelijk nog even naar wat erop stond, op die papieren, en knikte. En één keer stond hij ongewoon lang met iets in de palm van zijn hand, iets kleins, iets waar hij ingespannen naar tuurde, terwijl hij er met de vinger van zijn andere hand overheen leek te gaan. Het leek alsof hij het streelde, zacht en teder, terwijl zijn gezicht oplichtte in de gloed van het vuur.

Uiteindelijk vonkte ook nu zijn aansteker en vraten kleine, giftig blauwe vlammetjes weg wat hij opnieuw tot op het laatste moment, het allerlaatste moment tussen duim en middelvinger vasthield. Te lang vasthield. Hij brandde zich en wapperde met zijn hand furieus heen en weer, een pijnlijke grimas op zijn gezicht. Toen keek hij naar zijn vingers. Hij stak zijn middelvinger in zijn mond, en zoog.

10

De geur van haar huid vlak bij haar rechterslaap.

De smaak van haar oksel.

De moedervlek op haar rechterbeen — op haar linkerbeen...

De moedervlek op haar been.

De kuiltjes boven haar billen waar hij soms zijn duimen in zette.

Haar knie.

Het zweet in haar lies.

De streng haar achter haar oor. Rechteroor. De boog van haar wenkbrauwen.

Lippenstift — niet nodig, maar: lippenstift.

De zachte knoop die haar navel was.

De geur in het kuiltje van haar hals.

De manier waarop haar voet in een schoen stak. Het af-, oprollen, het uittrekken van een nylonkous en het knisperen van de stof nadien.

En haar lippen: altijd een klein beetje vaneen, soms lichtjes getuit, alsof ze de lucht kuste, of van plan was te kussen — of hem, wie ook, iemand, vol op de mond.

De manier waarop het bloed naar haar wangen joeg.

Haar tong.

De kleine, onzichtbare blonde haartjes op haar buik waardoor zij hem kon voelen zonder dat hij haar huid aanraakte, op een millimeter, misschien nog minder, als dat mogelijk is, net erboven, net speurbaar.

De manier waarop ze naar zichzelf keek in de spiegel en iemand zag die hem onbekend was.

De warmte tussen zijn hand en haar huid, de hitte.

De dingen die ze zei, hees fluisterend, licht hijgend, stotend.

Zijn tong.

Haar traagheid. Haar tempo. Haar adem.

De manier waarop ze haar hoofd achteroverboog, achterover in het kussen, steeds verder achterover en dan met een plotselinge beweging omhoogkwam – hoofd, schouders los van het bed.

De manier waarop ze naar hem keek als hij klaarkwam.

Hoe hij iemand anders was. Bijna.

Leon weet hier niets meer van, is het vergeten, zegt hij, vergeten. Hij zegt het tegen zichzelf bij het aanrecht in het keukentje in de Soniusgang. Hij zei het boven de vuilcontainer met het flakkerend vuur van paspoorten, bibliotheekkaarten, diploma's en andere documenten. En een foto. Vergeten. Fasanenstraße, Hotel Mercure, kamer 318, het bed, een gigantisch bed met een in grijs geschilderde achterkant met rondom een smalle rand: houtsnijwerk, met goudverf geschilderd, goud dat aan het grijs een wat rozige schijn mee leek te geven. Ze hadden geneukt, hij en Charly hadden geneukt, en Charly lag op het bed, wreef met haar hand over haar buik en staarde afwezig voor zich uit. Ze trok haar ene been op, ging even met haar hand door haar haar en keek opzij, naar waar hij zat.

Toen drukte hij af.

Hij zat bij het raam, vlak bij de zich in een warme septemberbries zacht bollende glasgordijnen en hij keek al enige tijd naar haar door de zoeker van de camera. Het was of die hem beschermde tegen het moment zelf, beschermde tegen wat volgen zou en volgen moest: het opstaan, het aankleden, het terugkeren in een bestaan waarin ze natuurlijk evengoed bij elkaar waren, maar niet... in elkaar, niet zo door de war als nu. Niet: ín de war. Leon was niet in de war. Maar het voelde alsof er stukken van hem waren uitgewisseld.

Iemand anders. Bijna.

Hij wilde dat vasthouden, en het was alsof de camera hem de garantie bood dat hij dit moment aan de tijd kon ontstelen, kon laten voortduren – niet als foto, maar als zichzelf. Naspel was het woord niet, of hoogstens wanneer het bleef verwijzen, voorgoed, naar dat spel zelf, niet naar iets wat afgelopen was, maar naar wat zich voortzette nog. Het behoorde niet tot de werkelijkheid, tot wat zo genoemd wordt, tot wat anderen zo noemen, de mensen. Het behoorde nog niet tot dat ogenblik dat toch weer aanbrak: Charly die vaag naar hem glimlachte nadat hij de foto had genomen, alsof ze hem niet werkelijk zag, en toen overeind kwam, nog steeds met die ene hand op haar buik. Ze reikte naar een bh die achter op het bed was beland, zwaaide haar benen over de rand en bleef vervolgens nog even zitten, de bh in haar ene hand, en haar andere hand nog steeds op haar buik. Ze staarde naar iets voor zich op de vloer, zo leek het. Haar blik was moeilijk te duiden. Ze keek als... als Charly. Als Charlotte, Lotte, Charles. Toen hief ze haar hoofd, wierp een blik langs hem heen naar wat er door de vitrage van de straat te zien was. Ze deed de bh rond haar middel met de sluiting aan de voorkant, maakte die vast en draaide het geheel rond, zodat ze alleen nog haar armen door de schouderbandjes hoefde te steken en alles zat op zijn plaats. Ze zei zijn naam. Hij zat nog steeds met zijn hoofd achter de camera en keek naar haar.

Vergeten.

Het is niet dat hij probeert het terug te halen, nu hij hier zo in de keuken zit, maar het is iets wat hij telkens opnieuw moet vergeten, iets waarbij hij telkens weer uitkomt, ondanks zichzelf, en ook steeds uitgekomen ís de afgelopen jaren. Misschien, zo denkt hij nu, is dat wel de reden waarom hij toch minder stevig in zijn schoenen staat als het om Douwes gaat, om het doden van de hoofdredacteur. Want dat hij moest vergeten, het werkelijk móést, wist hij op het moment dat hij de trappen van het Academisch Ziekenhuis was afgelopen, zich een weg door de menigte had gebaand, de trappen naar zijn flat was opgeklommen en vervolgens weer afgedaald en de vuilcontainer naast de spoordijk had gezien. Hij wist dat elke stap alleen maar diende om daar uit te komen waar hij nu bijna was aanbeland: bij de ultieme daad, bij het handelen omwille van het handelen zelf, bij de volkomen vergetelheid van het loutere doen en niets dan het doen. Hij wist dat handelen op die manier niet mogelijk zou zijn als hij zich ook nog maar het geringste van het geringste zou herinneren van de aanleiding voor dat handelen zelf, als hij zich Charly herinnerde op het bed in de Fasanenstraße, en dat nog net naamloze wezentje dat hij in zijn armen hield en waar hij ademloos uren en uren naar had zitten kijken, uren en uren — zo voelde het toch, en zo was het waarschijnlijk ook geweest. De wereld werd onmiddellijk veelkantig en onbetreedbaar zodra er geschiedenis in het spel was, zodra de herinnering aan daden uit het verleden zich opdrong. Alleen zij die geschiedenis kunnen vergeten, zijn in staat haar te maken. Die vragen zich niet af hoe het toch in godsnaam mogelijk is dat de mensheid telkens opnieuw in dezelfde fouten vervalt, telkens opnieuw het zwaard opneemt tegen anderen, telkens opnieuw met een ongeziene destructieve kracht een volgende stap zet — die aarzelen niet.

Douwes had natuurlijk gelijk gehad toen hij zei dat er niet werkelijk meer een buiten te vinden was waaraan je vandaag de dag nog zou kunnen refereren. Dat zei hij toch, toen Leon hem kwam halen voor de foto? De Muur was gevallen, het communisme overwonnen, de Koude Oorlog voorbij, de ideologische tegenstellingen die de wereld tot dan toe in hun greep hadden gehouden, leken niet langer te bestaan. Maar dat was het nu net, dat gelijk. Dat was nu net waarom hij dood moest. Als het zoeken naar rechtvaardigheid afgelopen was, was de onrechtvaardigheid van de heersende verhoudingen een onomstotelijk feit geworden, iets goddelijks bijna, iets met de kracht van een zijnsleer. En er was dan misschien een overwinning behaald binnen een wereld die decennialang door twee tegengestelde opvattingen was beheerst — uiteindelijk ging het erom dat die tegenstelling zelf de wereld altijd op een verkeerde manier had voorgesteld.

Nee, om die tegenstelling ging het niet. De overwinning van het een noch de overwinning van het ander kon hier iets opleveren, hád ook niets opgeleverd. Het ging om wat zich buiten die fixaties om bewoog. Het ging erom partizaan te zijn. Om de irregulariteit. En om de mobiliteit. En om het engagement, de toewijding aan een rechtvaardigheid die verder ging dan wat er dienaangaande aan definities voorhanden was, die geen halt hield bij het halfweg van het bestaande maar die zich het onbestaande durfde voor te stellen als doel — daar ging het om. En om de gebondenheid aan de aarde zelf, natuurlijk, aan wat zij is zoals zij is, niet aan wat er continu van haar wordt gemaakt in verhalen die nooit zonder bedoelingen worden verteld en doorverteld en naverteld, die van aarde eigendom maken, of slijk waaraan we zouden moeten ontstijgen, geschiedenis die ons wortelt en geworteld houdt in onze eigen kleinheid, in de onrechtvaardigheid van wat ons als ons lot wordt voorgespiegeld.

Vergeten moesten we dat, vergeten en opnieuw beginnen. Geboren worden. Stap voor stap, het eerste zien en daarna het volgende en daarna pas het daaropvolgende, alleen voorzien wat voorzien kon worden: mist, een voorhamer, tegenstand — stap voor stap met vooralsnog geen andere bedoeling dan Douwes doden.

Niet dat Leon dat al zo helder voor de geest stond toen

hij aan de spoordijk al zijn documenten had verbrand, en die ene foto. Dat leek alleen achteraf zo. Achteraf kreeg alles zijn logica. Daar aan de spoordijk had hij even getwijfeld, lang genoeg om te zien hoe ook de laatste vlammetjes in de container ten slotte uitdoofden en er alleen nog wat rook opsteeg. Hij keek nog eens in de rook om te zien of werkelijk alles door de vlammen was verteerd, er bijvoorbeeld niet een hoekje van een bibliotheekpasje of iets dergelijks was overgebleven, een hoekje met een nummer, een nummer dat een spoor vormde, een spoor dat terugvoerde naar hem, stap voor stap, naar wie hij was, hoe hij heette, wie hij moest zijn maar niet meer wilde zijn, niet meer kon zijn zelfs. Maar er was even een moment van twijfel, een onzekerheid over wat de volgende stap zou kunnen zijn, een volgende stap die zoals alle stappen vanaf nu, iets rigoureus zou hebben, iets definitiefs, iets wat terugkeren onmogelijk maakte. Hij was... vanaf nu was hij... hij fluisterde het voor zich heen, hij was vanaf nu voorgoed... Leon, dacht hij, een naam die hem dan en daar weer te binnen schoot, Leon... Hersig, verzon hij. Of De Goede. Of Leon Trotsman of Van Wezembeek of Graaff. Leon Berger kon het zijn, of Ten Have. Of hij kon het omdraaien, hij kon Albert Léon zijn, en Charles Léon, Richard Léon, of Gerolf of Bert Léon, of zelfs Jasper de Leeuw, namen waarin hij vervluchtigde, opging, verdween. Hij was voorgoed iemand anders, dacht hij. Zijn ogen traanden toen hij weer opkeek van de rokerige vuilcontainer, zich omdraaide en resoluut, als iemand die dat altijd al van plan was geweest, onder het viaduct van de spoorlijn doorliep, naar iets, naar ergens in het noorden van het Koninkrijk der Nederlanden, een plek, een dorp misschien waar er een einde leek te komen aan het land zelf, waar alles leek op te houden. Waar alles een begin kon nemen.

Waar alles begonnen is, dacht Leon terwijl hij naar de resten van het typelint in de gootsteen staarde. Hij had het lint wel drie keer opnieuw met wasbenzine moeten overgieten en aan moeten steken. Telkens wanneer de wasbenzine verbrand was, doofden de vlammen. Waarschijnlijk omdat er te weinig massa was. Zo'n typelint brandde pas werkelijk goed als je het op een groot vuur kon gooien, niet als het zelf alle brandstof moest leveren voor zijn eigen verdwijning.

Hij keek naar boven en zag dat de ruimte vol rook hing. Hij opende de keukendeur naar het gangetje, liep naar het gordijn tussen de gang en de grote lege ruimte aan de voorkant van het pand in de hoop dat hij op die manier de rook uit de keuken weg kon krijgen, wat natuurlijk alleen maar zou lukken wanneer hij een zekere tocht creëerde. En net toen hij bedacht dat er in de keuken een soort rooster in de muur zat, een zo op het oog metalen of plastic geval vol met aangekoekte vuiligheid, waaraan twee touwtjes hingen, touwtjes waaraan hij waarschijnlijk zou kunnen trekken om zo een opening naar buiten te verkrijgen die voor enige ventilatie zou zorgen in de bedompte ruimte — net toen hij weer op zijn schreden terugkeerde om dat rooster te openen en nog eens langs de houten deur

naar de kelder kwam, net toen hoorde hij een zacht bonzen.

Douwes...

Dat had hij nog niet eerder gedaan, Douwes: hem roepen, hem tot zich roepen, om Leon roepen, hoe moest hij
het noemen? Tot nu toe had hij zich altijd muisstil gehouden en met die bewonderenswaardige trots van hem gewacht tot Leon in de kelder verscheen. 'Ah, het behaagt de
jongeman het *corpus delicti* weer eens met een bezoek te ver-
eren,' zo kon hij dan bijvoorbeeld zeggen, 'en met welk
doel precies is het deze keer?' Veel doelen waren er niet. Er
was het eten, er was het in Leons ogen altijd gênante toilet-
bezoek met daaraan steevast gekoppeld de vriendelijk bedoelde vraag of Douwes zich misschien even wilde opfris-
sen, of hij ook verzorging nodig had misschien, een pleis-
ter, ontsmettingsmiddel, een gaasverbandje, een pijnstil-
ler wellicht – vragen die door Douwes altijd met een grom
en een schouderbeweging die niets dan verachting moest
uitdrukken werden beantwoord.

Als hij op dreef was, wilde hij nog wel eens zeggen dat
hij Leon niet de gelegenheid wilde geven zich een weldoe-
ner te voelen, 'want dat ben je niet, jongeman. Je hebt de
mond vol van... wat was het? De Conventie van Genève?
Was het dat?'

'Het derde verdrag van Genève', zei Leon en kon zich
op hetzelfde moment wel weer voor zijn hoofd slaan om
zijn hulpvaardigheid, zijn neiging deze kolos tegemoet te
komen, met hem in gesprek te blijven, hem met egards

te behandelen die hij niet verdiende, die hij beslist niet
verdiende, hij, de vijand, de oorzaak van... van alles.

'Hét-dérde-vérdrág-van-Genève', zei Douwes smalend.

'Juist ja, dat was het, hét-dérde-vérdrág-van-Genève. Je
speelt oorlogje in de veronderstelling dat de spelregels
van de oorlogvoering je vrijwaren van de misdadigheid
van je handelingen, dat je aan die spelregels rechten kunt
ontlenen waardoor wat je hier doet, jij en je kornuiten,
waardoor alles wat jullie hier doen kan rekenen op begrip,
op een coulante behandeling als alles achter de rug is. Dat
kun je gerust vergeten, jongeman. Dit hier is geen oorlog.
Dit hier is doodeenvoudig wederrechtelijke vrijheidsberoving, kidnapping, daar staan zware straffen op. Nee, je kunt
je pleisters en je pijnstillers houden. Ik aanvaard van misdadigers geen enkele gunst.'

Het stak Leon altijd wanneer Douwes hem reduceerde
tot crimineel, tot iemand die de regels niet volgde alleen
maar omwille van persoonlijk gewin, iemand die bestond
juist dankzij die regels dus eigenlijk, die in het overtreden
ervan zijn identiteit vond, zijn genot, er zijn welzijn op
baseerde, de bestaande wetten nodig had om überhaupt
te kunnen bestaan, de inherente onrechtvaardigheid uit-
buitte en er dus baat bij had dat die voortduurde. De crimineel was slechts de uitvergroting van de consument, van
een louter egoïstisch te begrijpen hebberigheid. De god
van de handel was de god van de dieven, zo hadden de
Grieken al in hun wijsheid begrepen, en Leon dreef hier
geen handeltje, al kon het voor Douwes zo lijken, zag die

de uitwisseling van zijn persoon tegen een aantal nog gevangen zittende terroristen (vrijheidsstrijders) als een zakelijke transactie waarbij dingen tegen elkaar werden geruild, waar de waarde van het één simpelweg werd afgewogen tegen de waarde van het ander, en het uiteindelijk voor beide partijen de bedoeling was om winst te behalen uit de overeenkomst. Maar dat was enkel omdat Douwes niet kon weten dat handel hier van meet af aan nooit de bedoeling was, dat er hier iets anders op het spel stond, iets wat minder met misdaad dan met offers te maken had.

Maar Leon ging er inmiddels niet meer tegenin. Hij glimlachte minzaam, of probeerde iets wat daarop leek, om op die manier de bovenhand te behouden, of te verkrijgen eerder. Hij glimlachte tegen zijn eigen gevoel van machteloosheid in, tegen zijn onverbeterlijke neiging respect te betonen voor zo'n brok onverzettelijkheid als Douwes was, voor... voor wat niets anders kon zijn dan zíjn geloof, zijn rotsvaste overtuiging dat de wereld zoals hij die zag en via de kolommen van zijn krant verkondigde, de enig juiste was, of dan toch de enige die mogelijk was.

En nu riep die Douwes hém, vanuit de diepten van zijn kelder riep hij hem, Leon, vroeg hij Leon om naar hem af te dalen, hem een gunst te verlenen wellicht. Leon bleef even bij de deur in het gangetje staan en legde zijn oor tegen het hout, bijna alsof hij zich ervan wilde vergewissen of hij het wel goed gehoord had. Maar dat was het niet. Hij had het meteen goed gehoord. Het was meer een vorm van genot, het gevoel een overwinning behaald te hebben, iets waarvan hij nu even wilde genieten door een tijdje met zijn oor tegen de deur geleund te staan en te luisteren naar de klopsignalen van iemand die eindelijk, eindelijk wanhopig was geworden. Alsof dat wat er te gebeuren stond eenvoudiger werd als er jeremiades en smeekbedes aan te pas kwamen, een vraag om vergiffenis, een appel aan barmhartigheid; als het zou lukken om Douwes eindelijk te verachten, hem te reduceren tot een pathetisch burgermannetje dat, na zijn hele leven de levens van anderen te hebben gedicteerd, nu jammerend, in opperste nederigheid om dat van hemzelf vroeg en zo toegaf, in feite, dat zijn leven het niet waard was geleefd te worden, dat hij het verdiende om opgeruimd te worden, en met hem alles, alles en alles waarvoor hij stond. Alsof hij door nu ten langen leste zijn moed te verliezen Leons gelijk bewees.

Leon voelde zijn hart kloppen in zijn borst. Hij opende voorzichtig de houten deur, alsof hij bang was dat Douwes tot zijn oude hardnekkige trotse gewoontes zou terugkeren als hij het te plotseling deed, als hij niet, zoals nu, omzichtig de treden afdaalde, sloop bijna, naar het lage ijzeren deurtje waarachter Douwes, Derk Siebolt Douwes, wie weet misschien wel in tranen, of in opperste wanhoop op de deur stond te bonken. Want het was bonken, zo hoorde hij nu hij het deurtje naderde, eerder bonken dan bedeesd en beleefd kloppen. Wat nog maar eens de indruk versterkte dat de nood bij Douwes hoog was, dat hij Douwes op de knieën had gedwongen.

Bij het deurtje beneden aangekomen ging Leon op zijn

hurken zitten en luisterde. Hij deed het klaarblijkelijk zwijgend, Douwes, want behalve het bonken zelf hoorde Leon niets, geen stem die weeklagend om hem riep, niet eens hijgen, iets wat Leon zich onwillekeurig altijd bij Douwes voorstelde: dat de man bij iedere beweging die hij maakte adem te kort kwam, ook al stond hem nog vaag het beeld voor de geest van Douwes die kwiek enkele trappen besteeg, een corpulente hoofdredacteur die niet alleen maling had aan wat anderen zoal vonden, maar die ook nog eens spotte met de wetten van de zwaartekracht. Maar behalve het tamelijk regelmatig klinkende gebonk was er achter de metalen deur niets te horen dat leek op wanhoop. Zo beschouwd was dat bonken zelfs enigs- zins aanmatigend, ging het hier niet om klopsignalen van iemand in nood, iemand aan het einde van zijn Latijn, maar om ongeduldig gebonk van een autoriteit die op zijn wenken bediend wilde worden en die, als het deurtje een- maal geopend werd, er niet voor zou terugschrikken de- gene die hem zo lang had laten wachten de huid vol te schelden.

Leon weifelde. Douwes had hem niet horen aanko- men. Hij zou terug de trap op kunnen sluipen, de hou- ten deur voorzichtig kunnen sluiten en in de keuken gaan zitten om nog eens naar het dan ongetwijfeld weer tot niet meer dan een hartenklop afgezwakte gebonk te luisteren, te luisteren tot het ophield, tot Douwes het opgaf, met een vuist die beurs was van het vele slaan op de metalen deur, weer op de rand van zijn bed ging zitten en mistroostig naar zijn voeten staarde. En dan, dan zou Leon, na nog een tijdje te hebben gewacht, nog wat langer dan gebruikelijk was zelfs, misschien zou hij dan kunnen opstaan en duidelijk hoorbaar de houten deur in de gang opnieuw openen, met klinkende voetstap de stenen treden afdalen, rinkelen met zijn sleutels en de deur openen. Zonder voedsel, ook al was het dan etenstijd. Hij zou zich niet meer verwaardigen voor Douwes een maaltijd klaar te maken die vervolgens toch maar geweigerd werd. Er was trouwens ook nog nauwelijks voedsel. Het wachten was op de foerageur.

Maar nog voor hij zijn voornemen ten uitvoer had kunnen brengen, hield het gebonk ineens op. Hij hoorde wat geschuifel achter de deur. Douwes verwijderde zich met sloffende tred. Leon drukte zijn oor nog eens extra tegen het koude metaal om te horen of Douwes misschien iets voor zich uit mompelde, of er aanwijzingen waren die hem meer inzicht konden verschaffen in zijn toestand. Of er dan toch sprake was van wanhoop, of, wie weet, van gekte. De man zat er per slot van rekening al dagen alleen, at niets, dronk uitsluitend, en dat dan nog uiterst spaarzaam, slokjes water. Men zou voor minder zijn verstand verliezen. Al zou het toch wel slecht uitkomen als dat juist nu gebeurde. Wanhoop was tot daar aan toe, maar daadwerkelijke gekte kon Leon niet gebruiken. De video moest nog gemaakt immers, de video die met het tweede communiqué bezorgd moest worden bij *De Ochtendbode* en OOG-tv en bij die van Hilversum. Het com-

muniqué lag in een envelop op de hoek van de keukentafel te wachten op de verbindingsofficier.

Leon bleef nog geruime tijd op zijn hurken voor het lage
deurtje zitten zonder dat hij binnen iets hoorde. Misschien
moest hij eens kijken? Maar dan moest hij eerst terug naar
boven sluipen. Hij kon nu niet doodgemoedereerd zijn
sleutel tevoorschijn halen en de deur openen. Dan zou
Douwes onmiddellijk weten dat hij daar al geruime tijd zat,
omdat hij hem anders zeker van de trap had horen komen.
En als Douwes wist dat hij daar al geruime tijd zat, dan zou
hij ook meteen weten dat Leon dus wel degelijk op zijn bevelende geklop was afgekomen, op zijn ongeduldige gebonk, en dan was hij weer in het nadeel. Nee, hij moest
terug naar boven, de houten deur zachtjes achter zich
sluiten en dan op een normale manier weer opendoen en
de trap afdalen.

Zijn voet sliep van het langdurig gehurkt zitten, zijn
linkervoet. Voorzichtig probeerde hij omhoog te komen,
maar halverwege, steunend op zijn andere voet, voelde hij
dat hij zijn evenwicht begon te verliezen. Hij strekte nog
zijn linkerbeen om zo het bloed weer de vrije toegang te
verschaffen en het prikkende gevoel in zijn voet te doen
stoppen, maar kon niet verhinderen dat hij zijwaarts viel,
tegen de deur aan.

Het was een doffe bonk, niet luid, absoluut niet luid,
minder luid dan een beschaafd klopje geweest zou zijn,
zo'n achteloos tikje op een deur om aan te kondigen dat
men binnenkwam. Het was zeker minder luid dan Douwes'

gebonk van zo-even. Maar het was een bonk. En Douwes hoorde dat. Natuurlijk hoorde hij dat. Het leek wel alsof ook hij al die tijd op zijn hurken aan de andere kant had gezeten en nooit van de deur was weggesloft, alleen maar had gedaan alsof, want Leon was nog niet tegen de deur aan gevallen of hij hoorde Douwes' stem, verrassend dichtbij.

'Hallo?'

Leon hield zijn adem in.

'Hallo! Is daar iemand?'

Leon zei nog steeds niets. Hij zat in een wat rare positie, zijn linkerbeen gestrekt recht voor zich uit, met zijn rechter nog in hurkhouding, en met zijn schouder scheef hangend tegen de metalen deur.

'Hallo? Jongeman? Ben jij het? Hallo! Ik weet dat je daar bent! Geef eens antwoord!'

Hij hoorde hem ademen nu.

En plotseling, in zijn oor, bijna als was het op zijn oor, het donderend geraas van Douwes' vuisten die opnieuw op de metalen deur begonnen te slaan.

'Hallo! Jongeman! Antwoord mij! Ik weet dat je daar bent! Antwoord mij! Antwoord!'

Leon haastte zich zo goed en zo kwaad als het ging met die slapende voet van hem naar boven, zich er niet meer om bekommerend of Douwes hem nog hoorde of niet. Boven sloot hij met een klap de houten deur en strompelde naar de keuken, waar nog steeds de penetrante geur van wasbenzine en iets anders chemisch hing. Hij liet zich op zijn bed vallen en luisterde. Hij kon niet uitmaken of wat hij hoorde nu zijn eigen hart was of de vuisten van Douwes op de kleine deur in de kelder.

11

Anarchie vereist discipline, vrijheid tucht, had hij ooit gezegd.

Had hij dat ooit gezegd?

Hij had dat ooit gezegd.

Wie buiten de allesbepalende definities van de samenleving wil staan, moet zichzelf definiëren. Wie zijn naam opgeeft, zijn paspoort verbrandt en zijn geboortebewijs, wie de sporen uitwist die zijn bestaan in die samenleving heeft getrokken, wie zijn geschiedenis wegstreept, moet zichzelf een geschiedenis geven: een naam, welke dan ook, een geboorteplaats, waar dat ook moge zijn, een in enkele documenten traceerbaar verleden dat aannemelijk maakt dat hij er altijd als zodanig was, als Leon, Leon Hersig, Leon Trotsman, als Leon, als iemand. Dit is Leon. Ik ben Leon. Men moet meer dan ieder ander bezig zijn met de constructie van zijn identiteit, met de vervaardiging van goedgelijkende – nee, van niet van echt te onderscheiden papieren die de anonimiteit garanderen. Anonimiteit veronderstelt aanwezigheid. Alleen zij die aanwezig zijn, vallen niet op. Zoiets.

Voor zijn eigen veiligheid had Leon dus papieren nodig, nieuwe papieren, en hij wist dat hij daarvoor de onderwereld in moest duiken, meer precies: de duistere kroegjes moest bezoeken die in de buurt van Noorderhaven, tussen hoerenkasten en drugsholen te vinden waren. Je moest geen speciale kennissen hebben om dat te weten; de hele stad wist dat. Nieuwstad, meer aan de zuidkant van het centrum, gold officieel als de hoerenbuurt, maar de werkelijke rooie buurt zat niet daar, maar in de Hoekstraat, Muurstraat, en in de straatjes die daar dwars op stonden: Eerste Drift, Tweede Drift, Derde Drift — namen die in de volksmond tot veelal grove grappen aanleiding gaven, zeker in combinatie met de namen van naburige straten als Hardewikerstraat en Spilsluizen. Hier zaten de pooiers, de krumeldieven, de malafide autohandelaars, de dealers van cannabis en heroïne samen aan de toog met bijvoorbeeld een schonkige boer op uitstap die niet zelden een pak duizendjes in de binnenzak van zijn corduroy werkmansjasje had zitten: koeien verkocht, cash uitbetaald. Hier hingen de gesjeesde studenten rond die hun haar nog steeds niet hadden geknipt. Hier resideerden gepermanente blonde dellen die een beverig poedeltje met zelfgebreid dekje op hun royale schoot hielden. Hier kwamen alcoholici in de derde graad terecht na een zwerftocht langs alle vuilnisbakken in het centrum. De barmannen heetten Hemmo of Hero of Aaltjo, en de diensters, voor zover niet gerekruteerd uit de studentenpopulatie, heetten er Geesje of Tallechien of Wieke en waren zonder uitzondering rondborstig, bereidwillig maar dat op de meest norse manier voorstelbaar. Hun motto luidde: harde piemels, harde pegels. Voor de omslachtigheid van het minnespel hadden ze geen tijd en hadden ze ook het karakter niet. Een vent die jammerde dat zijn vrouw hem niet begreep, trokken ze zijn onderbroek over zijn oren en schopten ze de straat op. Hier werd de seks niet, zoals zo vaak in deze industrie, onder het mom van romantiek verkocht. Wie kwam om te neuken, kwam om te neuken, zoals wie voor een pilsje kwam verder niet werd lastiggevallen door als bevallig bedoelde kronkelingen van het vrouwelijk personeel in de hoop de klant te verleiden tot nog iets anders dan alleen maar een consumptie. In een enkel etablissement had men nog wel de moeite genomen rode velours gordijnen voor de ramen te hangen, en had men dan toch maar een rood lampje in de schemerlampjes aan de muur gedraaid, maar meestal bleef dergelijke opsmuk achterwege. 'Dat doun ze moar ien 't westen, nait hier.' Beleefd- en hoffelijkheden werden hier vaak als nodeloze omwegen beschouwd, en soms zelfs nogal pretentieus gevonden. Een simpel 'moi' volstond ter begroeting én ten afscheid; wie meer zei was verdacht, op zijn minst 'vrumd.' Geen kouwe drukte, alsjeblieft, 'dou mor gewoon.'

Die onbehouwen directheid kwam Leon goed uit toen hij zo eens links en rechts informeerde bij wie hij moest zijn voor een paspoortje en een rijbewijs. Niemand die daar van opkeek. Men knikte met zijn hoofd in een bepaalde richting, naar een duistere hoek van het café, waar dan bijvoorbeeld iemand met zware wenkbrauwen en een enorme, in twee punten opgedraaide snor achter een glas bier zat, een brandende sigaret in zijn mondhoek, of beter nog: een sigaar, zo'n uitgekauwd exemplaar. Iemand van weinig woorden. Hij noemde zijn prijs, vroeg om een voorschot, dan pas om pasfoto's en de gewenste naam op een papiertje, en zei dat Leon volgende week maar moest terugkomen. Garanties dat het in orde zou komen, werden niet gegeven. Het zou zomaar kunnen dat Leon een week later in het café terugkwam en er de man met de snor niet aantrof, of misschien wél aantrof, maar dat hij glashard ontkende dat er ooit sprake was geweest van een transactie en een voorschot. Maar de mensen hier waren nors, niet achterbaks. En dus kwam het in orde: het eerste van wat een hele serie paspoorten en nog andere documenten zou worden in de loop van de jaren. Niemand stelde ooit een vraag.

Hij was op die bewuste nacht van 21 juni doorgelopen tot hij de rand van de stad had bereikt. Daar had hij even halt gehouden. En was toen resoluut verder gewandeld. Tot hij op een zeker moment op een smal weggetje bij een lantarenpaal was uitgekomen, de enige die er in de wijde omtrek te zien was. Hij zag in de verte een auto aankomen en hoewel het midden in de nacht was, stak hij zijn duim op. Tot zijn verbazing stopte de auto. Er bleek een landbouwer in te zitten, ''n bouwboer' zei hij, waarna hij lange tijd zweeg. Hij was op weg naar Woldendorp, een dorpje dat bijna van de kaart viel, zo bleek Leon later, en waar het grootste gebouw een scholengemeenschap was waar 's ochtends boerenkinderen uit alle gehuchten in de omgeving op de fiets naar toe kwamen. Op die school had Ede Staal nog les gegeven, zei de boer na weer een lange stilte, de zanger. Kende Leon die? Leon schudde zijn hoofd. De man zuchtte. 'Hij is dan ook dood', zei hij en zweeg weer. Maar na een minuut of vijf begon hij opeens zacht te zingen, een lied dat Leon toch vagelijk bekend

in de oren klonk en dat onmiddellijk een knoop in zijn
maag legde:

Zalstoe aaltied bie mie blieven, bie mie blieven, lutje wicht
Lekker waarm in mien aarms, in dien aarms, ogen dicht
Zun is muid en sloapen goan
Deur de dook zai ik de moan
Dizze nacht die is nou van ons baaiden
Zalstoe altied bie mie blieven, bie mie blieven, lutje wicht

Hij zong het hele lied, met een zware stem en glaszuiver.
En Leon voelde opnieuw iets met alle macht aan hem trekken. Zijn ogen brandden en een moment lang leek alles
tevergeefs. Een keel vol graten. Maar hij perste zijn kaken
op elkaar. Hij slikte. Hij slikte nog eens. Ze zaten weer een
tijdlang zwijgend naast elkaar en reden door de nacht. Het
is dáárom, dacht hij, het is dáárom dat het moet.

Vergeten.

De bewoners van de noordelijke provinciën mogen dan
nors zijn, mensen van weinig woorden en weinig omhaal,
het betekent niet dat ze de diepste diepten van het ge-
voelsleven niet zouden kennen, het *de profundis* van liefde
en dood. Sterker nog, hun nuchterheid bestaat juist bij
de gratie van een haast lichamelijk besef van deze dingen.
Hun verbondenheid met de aarde, met de zware Groningse
zeeklei, hun... hun tellurische karakter, maakt echter dat
ze niet als Job op de mestvaalt of als een soort Jeremia bij
de klaagmuur hun lot bewenen, dat ze de hemel aanschrei-

en, zogezegd, al is er daar voldoende van op het Groning-se platteland, van hemel, van luchten, hoger dan elders zo lijkt het, weidser dan waar ook. Zoals men al evenmin uit hun geslotenheid, hun afkeer van bemoeizucht mag afleiden dat men voor de ander geen zorg zou dragen, zijn noden niet zou zien. Men spreekt er niet over. Men doet wat gedaan moet en wat gedaan wil worden. Men verzorgt zijn zieken, zijn doden en zij die het overleven. Dankbaarheid wordt niet geapprecieerd tenzij in de vorm van dezelfde vanzelfsprekende hulpvaardigheid mochten zij het zijn die ooit door het donkerste duister overvallen worden. De dingen zijn zoals ze zijn en dat is al erg genoeg.

Misschien dat de landbouwer in zijn aftandse Mercedes Benz daarom na nog wat spaarzame woordenwisselingen knikte en Leon niet alleen een slaapplaats aanbood, maar hem in dienst nam voor hand- en spandiensten op zijn boerderij. Hij had iets gezien of gevoeld, misschien al wel voordat hij het lied van Ede Staal zachtjes voor zich heen had gezongen, het stuur losjes in de hand, voortkruipend langs donkere wegen. Hij vroeg niets. Hij knikte. En dat was dat. Bovendien, in de zomer kon hij een extra kracht wel gebruiken. 'In 't zwart', had hij gezegd, en Leon had het herhaald bij wijze van bevestiging: 'In 't zwart.' Hem kwam dat goed uit, iemand die zijn papieren had verbrand, iemand die niemand was.

'Ik ben Leon', zei hij.

'Ubbo', zei de man.

In het noordoosten van de provincie had de communistische partij veel aanhang, zo ontdekte Leon na verloop van tijd. Niet zozeer vanuit een sterke behoefte om de wereld te veranderen, zoals destijds onder studenten en ander links langharig volk het idee was, maar vanuit de nuchtere constatering dat de mens in wezen communistisch is. Dat er een groot deel van de wereld was dat zich daarnaar niet gedroeg, was een andere zaak. Geen reden om hemelbestormers te worden, om een en ander te zien als iets anders dan wat het feitelijk was: een natuurlijke staat van zijn. Men vocht hier op politiek vlak eenvoudigweg voor wat het geval was. Niet eens zozeer tegen het kapitalisme, zo leek het wel, al kwam het daar in de praktijk natuurlijk toch op neer, maar simpelweg voor de zaak zelf. Dat het daarbij om iets ging wat inherent was aan wat een mens nu eenmaal is, bleek nog eens toen in 1989 de Muur viel. Niemand in café Centrum in Delfzijl, een paar kilometer van Woldendorp, wenste daarover dramatisch te doen, al werd er dan binnensmonds wel eens zacht gevloekt. De gedachte dat de tegenstelling die daar werd opgeheven ooit van enig werkelijk belang was geweest, stond ver af van de meesten van de stamgasten. Niemand voelde zich dan ook, als veel communisten en extreem linkse sympathisanten toentertijd, door de geschiedenis schaakmat gezet, laat staan dat ze geneigd waren om mee te doen met de publieke biecht waartoe sommigen van de oude garde zich lieten verleiden, om boete te doen voor hun instemming met het communistische gedachtegoed, hun sympathie voor de Sovjet-Unie, hun keuze voor het één en tegen het ander. Toen kort daarna de Communistische Partij Nederland opging in de fusiepartij GroenLinks, duurde het dan ook niet lang of er werd in zowat de meest oostelijke gemeente van de provincie een nieuwe communistische partij opgericht.

Die zakelijke benadering kwam Leon goed van pas. Hoogdravendheid bij de autochtonen zou het moeilijker hebben gemaakt om datgene aan de orde te stellen wat hij, sluipenderwijs, in café Centrum, of in de Flying Eagle in Termunterzijl, in de Old Inn in Woldendorp zelf, ter sprake probeerde te brengen: het partizanendom. Ook hier in de uithoeken van de provincie lag zoals te verwachten overal *De Ochtendbode* op de leestafels van de cafés, in bushokjes waar reizigers hem vergeten waren, en op zowat elke keukentafel in zowat elk huis. In de winkelstraten zag je zowel bij de kantoorboekhandel, als bij de sigarenboer en, natuurlijk, de krantenwinkel, aan de gevels het uithangbord van *De Ochtendbode* hangen, soms al het vernieuwde ontwerp met de slogan: 'Nieuws voor / Nieuws van U'. Je hoefde de mensen alleen maar te wijzen op de dominantie van de naam in het stads- of dorpsbeeld om aannemelijk te maken dat *De Ochtendbode* wel een heel grote rol speelde in wie zij moesten zijn. Maar zelfs dan moest je hoogdravendheid vermijden, Otto-jargon, zoals Leon dat voor zichzelf noemde. En het woord 'partizanen' kon ook maar beter achterwege blijven, laat staan zoiets als 'irregulariteit' of 'tellurisch.' Niet omdat men bij zulke woorden grote ogen zou trekken – alhoewel misschien ook dat –, maar meer omdat men geneigd was erop te reageren met een nurks schouderophalen, vanuit een instinctieve afkeer van dure woorden die naar zaken verwezen die nooit zo ingewikkeld konden zijn als die woorden suggereerden; en als dat wel zo was, was het reden te meer om er afkerig tegenover te staan.

Uiteraard bleef Leon niet bij Ubbo werken en wonen in het kleine kamertje boven de garage waar Ubbo hem die eerste nacht had ondergebracht. Zijn vrouw was vooral met dat laatste ook maar weinig ingenomen. Ze vertrouwde hem niet, voelde hij. Ubbo keek nooit naar tv. Het weer voorspelde hij nog op grond van wat er in de avondlucht te zien was; hij zag het aan het gedrag van 'de dieren des velds', zoals hij het enigszins plechtstatig noemde, gedrag waarvan hij Leon overigens het nodige bijbracht: rotganzen, pijlstaarteenden, muskusratten, de boerenzwaluw en de blauwe reiger. En verder was er de overgeërfde kennis van de voorvaderen. Hij had het zelden mis. *De Ochtendbode* las hij wel, en het was al vaak voorgekomen dat hij de weersvoorspelling die daarin afgedrukt stond als volkomen flauwekul van de hand wees. 'Leugens', zei hij. Terecht, zo bleek geregeld. In *De Ochtendbode* had ooit een foto van Leon gestaan, een niet erg goed gelijkend portret van een paar jaar eerder, toen Charly meende dat het hoog tijd was dat hij zijn uiterlijk van stoffige intellectueel eens verruilde voor iets waarmee ook zij voor de dag kon komen bij haar vriendinnen. Ze had besloten dat het tijd werd voor een blonde lok, een met waterstofperoxide tot bijna wit opgebleekte toef haar die losjes over zijn voorhoofd viel. Die lok was er inmiddels allang uitgegroeid, en bovendien had Leon zich al tijden niet meer geschoren. Al dagen voor die eenentwintigste juni niet, en ook de volle week niet die het daarna nog duurde voordat de foto in de krant en op OOG-tv was verschenen: iemand die vermist werd. Ubbo zal die foto gezien hebben, maar waarschijnlijk geen verband hebben gelegd met zijn verschijning onder de lantarenpaal die nacht. En als hij dat wel deed zweeg hij erover. Een mens kon duizend redenen hebben om niet gevonden te willen worden. Men moest dat laten. Ubbo's vrouw had het zonder twijfel ook gezien, niet alleen in de krant, maar ook op tv. Het viel hem op dat ze hem met een andere dan haar normale blik bekeek, meer met toegeknepen ogen dan anders, alsof ze beter wilde zien, alsof ze door iets heen probeerde te kijken. Maar met zijn warrige baardje, zijn nu weer volkomen asblonde haar en een aan alle kanten uitgegroeid kapsel was het moeilijk om nog overeenkomsten te zien. Ze vroeg ook niks. Niet lang daarna had Leon zijn eerste paspoort te pakken. Desgevraagd kon hij haar iets officieels laten zien. Maar ze vroeg niks. Nooit.

Nadat hij bij Ubbo en zijn vrouw was vertrokken, zonder plichtplegingen of dankzeggingen, zonder uitleg en ook zonder vraag om uitleg, werkte hij enige tijd in een klein supermarktje in Delfzijl. 'In het zwart?' vroeg de bedrijfsleider hoopvol. 'In 't zwart', antwoordde hij. Iets anders was ook niet mogelijk. Zijn paspoort en rijbewijs zagen er pico bello uit, niet van echt te onderscheiden en hij had er een lieve cent voor betaald, maar de invoering van het zogenaamde SOFI-nummer eerder dat jaar maakte het quasi onmogelijk om een officieel, een bovengronds baantje te hebben. Zodat ook zijn baantje in café Lanting in Meedhuizen er een was waarvan de belastingdienst geen weet had. Of dat bij een stadsbakkerij in Appingedam. Hij was verhuisd naar een klein appartementje op de hoek van de Landstraat en de Oranjestraat in Delfzijl, een wat groezelig ogend flatje boven een klerenwinkel. De verhuurder vroeg nergens naar. Als hij maar betaalde. Hij bleef er niet lang, ging in op een advertentie in *De Ochtendbode* van iemand die een huisgenoot zocht in een huis aan de Uitwierderweg dat voor uitkeek op de spoorlijn, achter op een flatgebouw, een op zich keurige twee-onder-een-kap, toegesneden op gezinnen met een iets meer dan modaal inkomen. Kort daarna verhuisde hij naar een kamer in een bovenwoning boven een installatiebedrijf in de Koningsstraat in Appingedam, en knapte voor de baas van het installatiebedrijf soms wat karweitjes op. In 't zwart. Hij beidde zijn tijd, Leon, bracht uren door in kroegen en wachtte op het juiste moment, op de juiste figuren, op geweldsbereide jongeren die mee zouden willen stappen in zijn verhaal. Hij ronselde niet. Hij rekruteerde niet. Het zou te opvallend zijn geweest. En hij was er ook niet elk uur van de dag mee bezig. Hij had een kortstondige verhouding met Geke, een blonde, blozende Oost Groningse die in 't Leutje ding, een dorpscafé in Beerta, werkte en die hem aan niemand herinnerde. Ze dwong hem een geschiedenis te verzinnen, een verleden, omdat ze niet geloofde dat iemand uit het niets kon komen. Maar bij wat Leon uit zijn duim zoog, voelde ze intuïtief aan dat er iets niet klopte. Voordat het werkelijk tot een confrontatie kwam, brak hij de verhouding af. Hij legde niet uit waarom. Zij vroeg niet waarom.

Hij trainde. Hij ging meestal op zijn fiets van de ene naar de andere plek, en fietste soms zelfs helemaal naar de stad Groningen. Hij rende langs de Kustweg in Delfzijl in weer en wind. Hij nam lessen in de City Gym in Farmsum en bekwaamde zich in een aantal vechtsporten. Hij was lenig, gymnastisch, altijd geweest. Hij las boeken over guerrilla-technieken die hij uit de grote bibliotheek aan de Vismarkt in de stad Groningen meesmokkelde onder een wijde jas. Hij bekeek op de kleuren-tv in café Centrum de beelden die CNN uitzond van de Golfoorlog: het woord 'war' in vlammende letters op het beeldscherm en een eindeloze poging van gretig ogende journalisten om de uren dat er niets maar dan ook niets gebeurde te vullen met de suggestie dat er desalniettemin iets sensationeels gaande was. Hij wachtte zich ervoor op wat dan ook maar commentaar te geven. *De Ochtendbode* zong de lof van de Verenigde Staten. Hij zag het verwaaide haar van staatssecretaris Aad Kosto op tv na een bomaanslag op diens huis door RaRa. Hij nam kennis van de opheffing van de Sovjet-Unie. Hij kocht in de stad Groningen van een kale man in een verschoten kostuum een Heckler & Koch VP70, en zesendertig, precies zesendertig kogels. Hij keek naar de verwarrende berichten uit voormalig Joegoslavië, land van de partizanen. Hij verdiende relatief veel geld met het besturen van een kleine vrachtwagen die door onduidelijke lieden werd volgeladen met spullen die niet van hen waren. Iemand had hem gevraagd toen hij weer eens in Groningen was. Criminelen, dacht hij, misdadigers...

Hij die enig goed dat geheel of ten dele aan een ander toebehoort wegneemt, met het oogmerk om het zich wederrechtelijk toe te eigenen, wordt, als schuldig aan diefstal, gestraft met gevangenisstraf van ten hoogste vier jaren of geldboete van de vierde categorie.

Het schoot hem ineens te binnen. Woordelijk. Artikel... artikel... − hij wist niet meer welk artikel. Nood breekt wet, zelfs als het gaat om eigen wetten. Hij was geen misdadiger. Maar het pistool was duur geweest. Hij had toegezegd. Hij ontmoette een roodharige jongen die zich voorstelde als Rodney. Rodney kende Osei, een Ghanees die in Duitsland woonde, net over de grens, in Bunde. Het werd winter. Het werd lente. Het werd zomer. Hij vuurde achttien kogels af in de richting van een conservenblik op een paaltje in een weiland. Hij raakte één keer. Hij had nadien het gevoel dat iemand met een ijzeren staaf op zijn pols had geslagen. Hij sprak met Rodney en hoe heette hij, en met nog iemand over Douwes. Hij zei het nog niet, maar hij stuurde er langzaam op aan: Douwes moest dood. Men keek wat onzeker, maar men vroeg niks. Dingen hadden hun eigen logica.

Hij verhuisde terug naar de stad in het voorjaar van 1994. Hij droeg zijn haar gemillimeterd, had een sikje en een snor, droeg meestentijds een zwarte bril die wel wat weg had van de bril van Malcolm X, ook al was er met zijn ogen niets mis. Hij had een nieuw paspoort en een nieuw rijbewijs. Hij nam zijn intrek in een bouwvallig pand op de hoek van Nieuwstad en de Haddingestraat en ondertekende het huurcontract met de naam Bert Léon. Niemand gebruikte die naam. Zelf vergat hij Rodneys naam, die van Osei had hij nooit onthouden, de derde man was de foerageur. De verbindingsofficier kwam er nog wat later bij. Hij was de leider. Leon was de leider. Hij sprak weer over Douwes. Men knikte. Hij sprak niet over het partizanendom, niet over het partizanenprobleem, niet over het tellurische of de irregulariteit. Men vroeg ook niks, of toch niet veel. Maar dat er met Douwes iets niet in de haak was, was toch wel duidelijk. *De Ochtendbode* leverde dagelijks de bewijzen. Hij liet de conclusies aan de anderen over. En er groeide langzaam een besef dat het zo niet verder kon. Dat er iets gebeuren moest. En wat. Ze reden met een oude Mazda 323 naar Odoorn, vier keer voorbij het huis van Douwes, dat een eindje van de weg af lag, omgeven door bomen. 'Er zain daar kameras', zei de luitenant, en wees naar iets tussen het gebladerte. Leon knikte. De foerageur kwam met de laatste catalogus van BMW op de proppen, wees op een glimmend nieuw model en zei: 'dit is hem. Hij heeft hem juist gekocht bij Martinistad, aan de Kieler Bocht daar, weet je wel?' Leon had geen idee, maar bestudeerde de technische specificaties. Floot tussen zijn tanden. 300 PK, jezus. Het waarom week allengs voor het hoe, bijna als kinderen die een spel spelen misschien, steeds nieuwe dingen verzinnend binnen een context die was wat zij was, het goed goed, het kwaad kwaad. En dat was dat. Maar het was geen spel. Het was begonnen. Het was menens.

12

Leon bloedt. Zijn wenkbrauw is gescheurd. Zijn elleboog is geschaafd en hij kan zijn hand nauwelijks bewegen door een scherpe pijn in zijn pols. Hij heeft het gevoel dat hij niet goed kan ademen, dat zijn ribben gekneusd zijn. Of erger. Hij kan zijn rechterknie niet meer buigen. Zijn hoofd lijkt uit elkaar te barsten. Hij zit hijgend in de keuken en voelt het bloed over zijn gezicht stromen, ziet het op de grond voor hem druppen, op het groezelige gele zeil.

Hij is gewond, hij is verdomme gewond. Dit was niet voorzien. Dit was totaal niet voorzien. Dit was ook de afspraak niet. Dit was een volstrekt onwaardige uitval geweest in de richting van zijn persoon. Hij was besprongen, godverdomme, besprongen door Douwes. Met zijn volle gewicht had de corpulente hoofdredacteur zich op hem gestort, hem bijna verpletterend. Hij was tegen de grond gesmakt, Douwes boven op hem, en in één klap al zijn adem kwijt. Hij zag het zwart worden voor zijn ogen, een seconde, twee seconden, wilde hoesten, kon niet hoesten, wilde slikken, kon niet slikken, maar begreep dat hij onmiddellijk overeind moest komen, dat hij wat er nu op zijn hoofd neerdaalde niet nog een tweede keer zou overleven: een klap met het dienblad dat hij had laten vallen toen Douwes' zich op hem gestort had, het ronde dienblad met het logo van Heineken erop, het dienblad waarop hij juist Douwes' eerste maaltijd bracht, dat wat hij nog bij elkaar had kunnen schrapen van zijn inmiddels bijna tot niets geslonken voorraad: wat macaroni, een in kleine stukjes gesneden Groninger droge worst, zijn laatste ei er losjes doorheen geklopt, een beetje peper. Dat was het. Hij gaf de hoofdredacteur zijn laatste voedsel, spaarde zichzelf het eten uit de mond om Douwes te voeden, om hem eindelijk zijn eerste, zijn allereerste maaltijd te kunnen brengen.

En dan kreeg je dit.

Hij had erop bedacht moeten zijn. Hij had het moeten voorzien. Bij iedere stap die ze tot nu toe hadden gezet was hem het beeld van Douwes bij de ontruiming van het kraakpand in de Oude Boteringestraat nooit uit de gedachten gegaan, die van woede en grimmigheid vertrokken hondenkop van hem terwijl hij met zijn hand, zijn rechterhand, een kraker aan zijn ongetwijfeld in een fluorescerende kleur gespoten hanenkam voorttrok over straat, een jongen met gescheurde jeans, een riem met ijzeren punten en soldatenkistjes, die in een ongelukkige half gebogen houding, met wat op de foto hulpeloos zwaaiende en maaiende armen lcken achter het driedelig grijs van Douwes aan struikelde. Bij elke stap die hij tot nu toe had gezet, had hij steeds rekening gehouden met de mogelijkheid dat Douwes zich zou verzetten, en telkens was gebleken dat hij daartoe geen enkele aanstalten maakte. Leon had hem misschien wel twintig, dertig keer begeleid op de weg naar de keuken en het toilet, er zorg voor dragend dat Douwes niet kon ontsnappen, zich schrap zettend boven aan de trap als de draai naar de keuken gemaakt moest worden, steeds een gepaste afstand in acht nemend voor het geval er een uitval zou komen, minstens een armlengte, vaak nog net een beetje meer. Ook als hij zelf het keldervertrek binnenging, was hij tot nu toe altijd voorzichtig geweest. Hij opende de deur, wachtte even, vergewiste zich van waar Douwes zich precies in de kelder bevond, en die ene keer dat hij naar Leons idee iets te dicht bij het deurtje zelf had gestaan, had hij hem vriendelijk verzocht op zijn bed te gaan zitten.

Douwes had er nooit een opmerking over gemaakt, maar hij had het wel steeds gezien, denkt Leon nu: een bepaalde manier van glimlachen die verried dat Douwes zijn motieven om hem te vragen op bed te gaan zitten maar al te goed begreep. Misschien, denkt hij, was dat achteraf beschouwd zelfs wel een enigszins triomfantelijk lachje geweest, het lachje van iemand die doorhad dat de ander hem in wezen vreest, van iemand die daaruit afleidde ook dat hij de greep op de situatie bepaald niet kwijt was. Wel integendeel, dat hij ondanks zijn status als gevangene van het RPL nog steeds de touwtjes in handen had. Maar Leon had er toentertijd nauwelijks aandacht aan geschonken, want voor het overige kenmerkte Douwes' houding zich door een toch vooral beleefd soort halsstarrigheid, soms gepaard gaand met enkele krachtige uitspraken, waarbij overigens werkelijke krachttermen altijd achterwege bleven, het soort halsstarrigheid van een individualist pur sang, van de selfmade man, die van mening was dat wat men kreeg in de wereld uiteindelijk datgene was wat men verdiende. Ook de halsstarrigheid van iemand die zijn geloof in de kracht van het woord niet snel zou verruilen voor bot fysiek geweld, ondanks zijn optreden bij de ontruiming van dat kraakpand destijds.

Waardigheid. Douwes straalde waardigheid uit. Dat had het tot nu toe zo moeilijk gemaakt hem te zien als wat hij werkelijk was, als wat hij vertegenwoordigde en wat zijn opruiming rechtvaardigde. Douwes' houding had Leon tot nu toe vaak terugverwezen naar wat hij eigenlijk overwonnen meende te hebben: naar de argumenten.

Daarmee is het dan nu definitief gedaan, godverdomme. Het ware gelaat van de potentaat heeft zich eindelijk getoond, de nietsontziende hoofdredacteur die het volk in zijn ijzeren greep houdt met het verspreiden van leugens en leugenachtige beelden die het leven in de noordelijke provinciën nu al veel en veel te lang bepalen. Het wordt tijd voor de bevrijding, voor de wérkelijke bevrijding, de échte. Voor de verlossing.

Leon probeert op te staan van de keukenstoel waar hij na de schermutseling in de kelder en, voor een deel, op de trap naar toe is gestrompeld. Een pijnscheut trekt door zijn knie, zodat hij een onwillekeurige beweging maakt die hem nog maar eens de adem afsnijdt. Hij heeft pijnstillers nodig, pijnstillers en verband, en die liggen in de lade onder het aanrecht, weet hij, onaangeroerd omdat Douwes tot nu toe elke verzorging van zijn wonden heeft geweigerd.

De foerageur is niet meer verschenen. Leon had steeds tegen zichzelf gezegd: nóg niet verschenen. Nadat hij halsoverkop de trap was opgerend toen hij Douwes voor de eerste keer had horen kloppen, was hij die dag niet meer naar beneden gegaan, niet met etenstijd, niet toen het tijd was voor het toilet, niet om nog een laatste keer te vragen of Douwes nog iets nodig had voor de nacht – water, toch een aspirine, een paracetamol, misschien een Restoril? En hij was nog best bereid iets te eten te maken mocht de honger hem toch te machtig worden. Hij had het niet meer gedaan. Hij had die dag niets meer van zich laten horen, en ook de daaropvolgende dag zat hij de hele tijd in de keuken, wachtend op de foerageur, wachtend op de verbindingsofficier, die geen van beiden kwamen opdagen.

Leon begreep het niet. Waren ze opgepakt? Was de verbindingsofficier dat eerste communiqué misschien dan toch kwijtgeraakt, was het gegaan zoals Leon zich dat een moment lang had voorgesteld: vergeten in een café of ergens anders, op zijn schreden teruggekeerd en geklist? Maar behalve dat hij zijn aansteker in het keukentje had laten liggen, had de verbindingsofficier op Leon altijd de indruk gemaakt van een uiterst consciëntieus iemand. Meer dan een indruk was het natuurlijk niet. Hij wist niets over de verbindingsofficier, niets meer dan zijn toegewijdheid aan de zaak zelf, zijn ijver tijdens de voorbereidingen, waaruit zich liet afleiden dat hij voor de volle honderd procent in de zaak geloofde.

Maar misschien waren de controles in de stad dan toch dusdanig verscherpt dat het een onverantwoord risico inhield om zelfs nog maar in de buurt van de Soniusgang te komen. Om rond te lopen met tasjes, wat er dan ook maar in zat. Laat staan met enveloppen waar iets in zat wat de autoriteiten maar beter niet bij je konden aantreffen. Misschien was de stad bezet gebied geworden, niet alleen meer ingekapseld door de oekazes van *De Ochtendbode*, maar nu ook in een wurggreep gehouden door de harde hand van de mannen van Nijmeijer? Liet de staat nu zijn werkelijke, zijn ware gezicht zien? Was dat het?

Ze hadden de interne communicatie beter moeten verzorgen, zo schoot door hem heen. Hij moest weer denken aan wat Otto daarover had gezegd, destijds, Otto die een grondige studie had gemaakt van de communicatie van de RAF, of dat beweerde hij toch. 'Communicatiestrategieën', zo noemde hij dat. We moesten begrijpen, had hij toentertijd gezegd, dat het succes van een terroristische organisatie eigenlijk voor zowat honderd procent afhankelijk is van die communicatiestrategieën, 'zowel extern', zei hij – wat natuurlijk wel vanzelf sprak, zei hij, want als een terroristische daad niet bekend raakte bij het publiek, was er geen daad, en dus had de terrorist de media nodig, moest hij zorgen dat de media aandacht hadden voor wat hij deed, 'zijn acties bestaan dankzij de reacties', zei hij – dus, zowel externe communicatie als ook interne communicatie. Die was minstens even belangrijk. We moesten daarbij denken aan het systeem met de briefjes dat de RAF-leden in de gevangenis hadden ontwikkeld. Om met elkaar te communiceren, zei hij, maar ook om te communiceren met de leden van de organisatie buiten de gevangenis, bij wie die briefjes dankzij de hulp van hun advocaten terechtkwamen.

Zij hadden geen interne communicatie, het RPL, geen communicatiestrategie in ieder geval. Leon was voor zijn informatie afhankelijk van wat de foerageur, de verbindingsofficier, of de luitenant of chauffeur toen die nog actief deelnamen, hem konden vertellen of konden aanleveren in de vorm van kranten en tijdschriften. Zelf had hij geen tv. Wel een transistorradiootje. Maar hij tastte in het duister. Was blind. De wereld buiten zijn bereik. En hij zat hier nu alleen met Douwes en had geen idee hoe het er in die wereld voor stond, de wereld die zijn daden van reacties moest voorzien, ze bestaan verlenen.

Hij stond een paar keer op het punt om zich dan toch misschien eens buiten te wagen, om poolshoogte te nemen. Kon dat eigenlijk kwaad? Niemand die hem zocht. Niemand die wist hoe hij eruitzag. Hij had papieren die de afgelopen jaren bij sporadische controles hun betrouwbaarheid hadden bewezen: een alcoholcontrole op de N34, een andere op de Rijksweg nabij Ruischerbrug, toen hij nog een grap had gemaakt over het opschrift op het gifgroene busje: *Gall*, 'Groningen spuugt zijn gal uit', had hij gezegd, en de dienstdoende agent had het kostelijk gevonden: groen busje op een uitvalsweg van Groningen. Al zou de controle van de papieren nu misschien wel grondiger zijn. Misschien werkten ze nu wel met computers waarin alle gegevens van iedereen voorhanden waren, zodat met een druk op de knop vrij eenvoudig kon worden vastgesteld dat de persoon die zich uitgaf voor Leon Hersig, Leon Tritsman, Leon De Goede, en wiens paspoort tiptop in orde leek te zijn, in werkelijkheid niet bestond, niet voorkwam in de lijsten met persoonsgegevens waarover de autoriteiten vrijelijk konden beschikken. Misschien was het dan zelfs beter om zijn werkelijke naam te gebruiken... Misschien bood in deze situatie het bovengrondse meer bescherming dan de illegaliteit...

Maar hij had er toch steeds weer van afgezien, was wel een aantal malen door het gangetje naar de grote lege ruimte aan de voorkant gelopen, waar zijn adem wolkjes maakte, maar hij had het niet aangedurfd om een van de grote toegangsdeuren te openen. Hij had nog even overwogen om uit de keuken de tafel en nog een stoel te halen; als hij de stoel op de tafel zette en erbovenop klom zou hij waarschijnlijk wel door de raampjes kunnen kijken die boven in beide hoge deuren zaten en die maakten dat het in de grote ruimte niet helemaal donker was. Maar wat zou hij dan te weten komen? Waarschijnlijk was er in de steeg niemand te zien. Misschien zou hij het verkeer op het Damsterdiep zien passeren, voetgangers die zich over straat haastten door de novemberkou. Om nu daarvoor met een tafel en een stoel door het akelig nauwe gangetje te gaan slepen...

Maar er was nog iets anders wat hem tegenhield. Hij had het gevoel dat als hij zelf de straat op zou gaan, hij zich gewonnen gaf. Het was ze dan toch gelukt, Nijmeijer en de plaatsvervangend hoofdredacteur van *De Ochtendbode*, of wie het dan ook maar was die had besloten dat het eerste communiqué niet gepubliceerd zou worden, noch op enigerlei andere wijze vermeld. 'We zullen eens zien wat er dan gebeurt,' hadden ze waarschijnlijk tegen elkaar gezegd, 'we moeten niet meteen toegeven aan wat ze van ons willen, en zo snel zullen ze Douwes heus niet doden.' Misschien zouden ze elkaar erop gewezen hebben dat het toentertijd met die... hoe heette hij... die van het Arbeitgeberverband of hoe noemden ze dat daar precies, van het Duitse werkgeversverbond zeg maar... 'Schleyer, Hanns Martin Schleyer', zou Nijmeijer hebben gezegd, en ja, dat was hem, Schleyer – wel, toen met die Schleyer dus had het toch ook een hele tijd geduurd voordat ze hem daadwerkelijk vermoord hadden, ondanks dreigementen vanaf het begin. Ze hadden speling. Douwes was een taaie, zeiden ze tegen elkaar, die stond zijn mannetje wel en verwachtte niks anders van hen, dat wisten ze wel bijna zeker. Douwes kraakte niet, niet zelf; Douwes kraakte anderen. Ze hadden nog wel even tijd, en wie weet lukte het op die manier deze... deze 'Er Pé El', wat dat ook maar mocht wezen, misschien lukte het zo om hen uit de tent te lokken. Dat communiqué zag er per slot van rekening niet erg professioneel uit.

Nee, als Leon zich liet verleiden de straat op te gaan, deed hij precies wat er van hem werd verwacht, had hij zich de wet laten dicteren door precies diegenen die hij nu juist wilde treffen.

En nog op een andere manier leek het een capitulatie wanneer hij de grote deuren opende en de Soniusgang in liep, naar het Damsterdiep, of juist naar rechts, de Kleine

Gang in de richting Schuitendiep: hij leek daarmee toe te geven aan de gedachte, de gevreesde gedachte, dat noch de foerageur noch de verbindingsofficier ooit weer zouden opdraven, dat ze waren gearresteerd wellicht, dat de autoriteiten het RPL op de hielen zaten. Of, nog een andere mogelijkheid: dat ze ervandoor waren gegaan, de foerageur en de officier, dat ze hem hadden achtergelaten met de hoofdredacteur in de kelder. Het was hen te heet onder de voeten geworden. Wat had de foerageur ook alweer gezegd? Dat ze nu werkelijk iedereen controleerden in de stad, ook nette mensen, of wat had hij gezegd? Dat het link begon te worden, had hij gezegd. Misschien dacht hij dat als hij er nu tussenuit zou knijpen hij er misschien nog mee zou wegkomen, ook al had Douwes zijn gezicht gezien, en dat van de verbindingsofficier, en van de rooie uit Appelscha, en dat van Leon, dat van Leon nog het meest.

En misschien gold hetzelfde voor de verbindingsofficier, had ook de verbindingsofficier de benen genomen. Hij had het eerste communiqué in een café laten liggen, stomweg vergeten, waarna de barman de envelop had opengemaakt nadat hij eerst nog even de muziek had uitgezet en luidkeels aan iedereen in de plotseling stilgevallen kroeg had gevraagd of die envelop misschien van iemand was. Dat bleek niet het geval. Iedereen ontkende. En toen had de barman de envelop opengemaakt en de foto van Douwes gezien en onmiddellijk herkend. Hij wist meteen waar dit om ging en hij had de politie gebeld. En die waren uiterst discreet gearriveerd, Nijmeijer in persoon

waarschijnlijk. En ze hadden gewacht. Maar de verbindingsofficier was niet teruggekeerd. Waarschijnlijk.

Of wel en toch in de kraag gevat. Maar als dat zo was,
zou de politie hier dan niet allang zijn binnengevallen? Er
zijn van die verhoortechnieken die officieel niet bestaan...

Maar Leon kon zichzelf niet toestaan aan dit soort scenario's ook maar het geringste geloof te hechten, omdat
het alles, alles ondermijnde. En hij had het gevoel dat hij
door het pand te verlaten toegaf dat alles mislukt was, dat
zelfs het doden van Douwes nu geen soelaas meer zou bieden, dat hem nu doden hetzelfde zou zijn als wanneer Douwes bij de poging hem te ontvoeren verongelukt was en het
voorval als zodanig in de boeken terecht was gekomen,
met paginalange rouwadvertenties in *De Ochtendbode*: van
de Suikerunie, de Gasunie, het Havenbedrijf, Sociëteit
Petrus Agricola, het hoofdbestuur van de VVD, de Commissaris van de Koningin van de provincie Groningen, de
Tweede Kamerfracties van zowel VVD als, godbetert de
PVDA, twee partijen die recentelijk bij elkaar op schoot
waren gekropen, zo had Leon in *De Ochtendbode* gelezen, met
daarbij het triomfantelijke commentaar van hoofdredacteur
Douwes zelf dat deze 'inkapseling van de potverterende
socialisten in een coalitie met liberalen' een definitieve
overwinning voor het gedachtegoed van die laatsten was,
een soort 'val van de politieke muur tussen links en rechts',
had hij geschreven, waarbij nog maar eens de juiste partij de overwinning had behaald, stond er — iets waarover
Leon toen witheet van woede was geworden.

Rouwadvertenties en loftuitingen. Wat? Hagiografieën zouden het zijn! Sint Douwes, redder van het vaderland, kruisvaarder voor de goede zaak. Nee, dat was het omgekeerde van wat Leon steeds had beoogd, dat was de mislukking van... van alles. En dat zou zijn beslag krijgen als hij toegaf aan de drang om zelf poolshoogte te gaan nemen in de stad.

En dus was hij binnen gebleven, wachtend op de foerageur en de verbindingsofficier. Die niet waren gekomen. Nog niet, zei hij, nog niet. Ze gaan er aanstonds zijn. Lang kon het nu niet meer duren, dacht hij steeds. Ze zouden komen. Af en toe hoorde hij in de kelder hoe Douwes weer begon met kloppen, met bonzen, nog steeds op een zo te horen toch tamelijk bedaarde manier. Nog steeds als iemand die niet in paniek was, niet wanhopig, maar die gewoon iets te vragen had. Maar hij wilde er niet aan toegeven. Ook daaraan wilde hij niet toegeven. Douwes moest nog eens goed ingepeperd krijgen wie het hier in dit pand voor het zeggen had. Hij had gewacht. Had wat naar de radio geluisterd, naar radio Noord, waar er niets over de zaak-Douwes werd gezegd, naar Hilversum 3, waar in de nieuwsbulletins alleen aandacht was voor de opening van de Kanaaltunnel. Gedachteloos bevingerde hij de envelop met het tweede communiqué die nog steeds op de rand van de keukentafel lag, totdat hij het zichzelf zag doen. Hij trok zijn keukenhandschoenen aan, opende de envelop, haalde het papier eruit en las het nog eens over. Moest hij misschien niet toch nog wat toevoegen over de voorwaarden waaronder de vrijlating van de genoemde gevangenen plaats diende te vinden? Doorzagen de autoriteiten niet onmiddellijk dat die eis op zich niet serieus te nemen viel? En zouden ze op grond daarvan niet het hele document in twijfel trekken en opnieuw niet publiceren? Maar hij schudde zijn hoofd. Geen twijfel. Het was goed zo. Hij zocht een nieuwe envelop, deed het papier erin, plakte hem dicht door met een keukensponsje de plakrand te bevochtigen en legde hem op de koelkast.

Zorgvuldigheid. Stap voor stap. Zijn geloof was nog steeds onaangetast, zo stelde hij met een tevreden glimlach vast. Het ging in orde komen. De foerageur kwam morgen. De verbindingsofficier ook. Hij wist het zeker.

Het was pas die volgende dag dat Leon weer was afgedaald naar de kelder, naar waar Douwes zat. Hij deed het met zijn gebruikelijke flair, dacht hij, of toch op een manier die voor achteloos kon doorgaan en die al voordat hij de metalen deur had geopend, op grond van de geluiden die hij maakte, aan Douwes duidelijk moest maken dat hij alles volledig onder controle had. Toch, toen hij de stenen trap was afgedaald en voor dat lage deurtje stond, moest hij zich inhouden om niet aan te kloppen. Hij had zijn vuist al geheven op schouderhoogte en kon zichzelf nog maar net corrigeren. Hij pakte zijn sleutels uit zijn zak, liet ze even rinkelen, stak toen de grote sleutel in het slot, zette zich schrap zoals hij zich altijd schrap zette, voorbereid op het onvoorbereide, en opende het deurtje.

Hij zag meteen in het schemerige licht van het veertigwattpeertje dat midden in de ruimte provisorisch was opgehangen – een elektrische draad die door een metalen oogje was gehaald met daaraan een fitting en een gloeilamp – hij zag meteen dat Douwes op zijn bed lag in de verste hoek. Hij had één arm achter zijn hoofd. De ander rustte op zijn nog steeds bollende buik. Hij draaide zijn hoofd in de richting van Leon en keek hem een moment bijna uitdrukkingsloos aan. Toen kwam hij overeind, zwaaide zijn benen over de rand, keek nog een moment naar zijn schoenen en vervolgens langs Leon naar de trap. Daarna hief hij zijn hoofd en keek hem aan. Hij glimlachte.

'Ah, daar ben je eindelijk,' zei hij, 'ik dacht even dat je mij verlaten had, jongeman.'

Hij klonk buitengewoon vriendelijk.

'Ik heb een paar maal geklopt om je aandacht op mij te vestigen, maar blijkbaar heb je het niet gehoord?'

'Het is hier goed geïsoleerd', zei Leon. Zijn stem klonk schor.

'Ah, juist...' zei hij.

Wat was het dan dat u wenste, wilde Leon vragen, wat was er van uw dienst? Waarmee kan ik u helpen? Hij beet op zijn kaken.

'Wel...' zei Douwes en keek weer even naar zijn schoenen. Hij stak zijn beide handen tussen zijn knieën en trok zijn schouders op, zodat hij even iets weg had van een schoolmeisje, een belachelijke persiflage op een schoolmeisje, een corpulente man van meer dan vijftig die op het punt leek te staan in een verlegen giechelbui uit te barsten.

'Wel,' zei hij weer, 'ik vroeg me zo eens af hoe het ervoor staat.' Hij pauzeerde even. 'Met de zaken', zei hij.

Hij vroeg zich af hoe het ervoor stond met de zaken. Wat moest Leon daarop antwoorden? Moest hij zeggen dat het eten zo goed als op was? Dat het eerste communiqué niet was gepubliceerd, dat hij in het duister tastte en dat Nij-meijer noch de krant hadden gereageerd op wat dan ook maar. Moest hij nu bedremmeld aan Douwes toegeven dat die volkomen gelijk had gehad met te veronderstellen dat de autoriteiten nooit zijn persoon boven het principe zou-den stellen dat men niet met terroristen onderhandelt?

'Welke zaken?' vroeg Leon, om tijd te winnen.

Douwes keek hem verstoord aan, tuitte zijn lippen, trok zijn handen weer tussen zijn benen vandaan, spreidde zijn vingers en legde zijn beide handen op zijn bovenbenen.

'Mijn zaak', zei hij toen, en keek Leon recht aan. Het schoolmeisje had weer plaatsgemaakt voor de hoofdre-dacteur.

'Uw zaak', herhaalde Leon.

'Mijn zaak.'

'Goed,' zei Leon, 'het gaat goed met uw zaak. Er is con-tact. Er is contact gemaakt. Er zijn onderhandelingen gaande.'

'Werkelijk?'

'Dat is alles wat u hoeft te weten.'

'Nee, maar... wérkelijk? Er is contact? Met wie als ik vra...'

253

'Dat is alles wat u hoeft te weten', herhaalde Leon.

Douwes knikte. 'Ik begrijp het,' zei hij, 'ik begrijp het, maar kijk eens...'

'Meneer Douwes... het spijt me dat ik u onderbreek, maar dat is werkelijk alles w...'

'Dat begrijp ik, jongeman, ik wilde alleen maar zeggen dat als er werkelijk contact is gemaakt het misschien aangewezen is dat ik... dat ik wat aansterk, dat wilde ik alleen maar zeggen, dat ik wat aansterk en me misschien een beetje opfris, fatsoeneer om het maar zo te zeggen. We willen achteraf natuurlijk niet dat de pers je van ernstige verwaarlozing van mijn persoon beticht, toch?' Hij stootte een kort lachje uit.

Leon voelde het bloed naar zijn wangen stijgen. Hoorde hij dit goed? Was het zover? Had Leon dan toch een bres geslagen? Had hij door de hele dag boven te blijven eindelijk iets bewerkstelligd? Was de veer gebroken? Douwes accepteerde zijn rol? Hij accepteerde dat hij dood moest? Eigenlijk? Feitelijk?

'Begrijp ik het nu goed meneer Douwes? Begrijp ik dat u wilt... eten?'

'Eten ja, ja, ja, eten, ja, dat... ja, eten,' zei Douwes met korte knikjes van zijn hoofd, 'eten ja, dat is... dat zou... ja, ik zou je erkentelijk zijn als... ja, ja.'

Daar is het fout gegaan, denkt Leon nu, terwijl hij voorzichtig van de keukenstoel af schuift, steunend op zijn linkerbeen, er zorgvuldig voor wakend dat hij zijn rechterbeen niet buigt, en ook zijn rechterhand niet gebruikt, vanwege de verlammende pijn in zijn pols. De inspanningen doen steeds felle pijnscheuten door zijn borstkas en hoofd schieten. Hij hapt naar adem. Maar hij moet richting medicijnen, naar de pijnstillers en het gaasverband, de watjes en het ontsmettingsmiddel, hij moet.

Daar ging het fout, toen hij Douwes om eten hoorde vragen, eindelijk om eten hoorde vragen. Het was alsof er iets in hem begon te juichen en jubelen, inderdaad alsof de vraag alleen al betekende dat hij Douwes eindelijk had gebroken, dat de hoofdredacteur in zijn macht was, eindelijk zijn gevangene, de gevangene van het RPL, precies zoals van meet af aan de bedoeling was geweest. Hij toonde zich afhankelijk, Douwes, ook al deed hij nog zo zijn best om de indruk te wekken dat het initiatief aan zijn kant lag. Het had ertoe geleid dat Leon zich... ja, hij voelde zich dankbaar dat de hoofdredacteur nu eindelijk om eten vroeg. En hij had moeite om op dat moment zijn vreugde voor Douwes te verbergen. Hij wilde zich meteen omdraaien en de trap op stormen om in de keuken aan de slag te gaan met wat er nog te vinden was aan voedsel. Hij voelde zich opgewonden. Hij voelde zich... dienstbaar, een en al dienstbaarheid was hij. Maar hij beheerste zich, beet op zijn onderlip en zei: 'Ik zal zien wat ik voor u kan doen', en draaide zich om. Hij sloot de deur weer zorgvuldig achter zich. En toen pas, toen pas rende hij met twee drie treden tegelijk de trap op naar de keuken Hij had het gevoel dat het toch allemaal nog goed ging komen, dat de dingen zich zouden ontwikkelen zoals ze oorspronkelijk gepland waren, voorzien.

Daar ging het mis.

Hij trok in de keuken alle kastjes open, vond een pak macaroni, vond een ui, maar die was inmiddels geheel voos geworden, met grote bleekgroene scheuten. Hij wist dat hij nog een stuk droge Groninger worst had – dat kon van pas komen. En in een kartonnen doosje in de koelkast zat nog één ei, nog precies één ei. Hij had het gevoel dat hij aan het kokkerellen sloeg, dat hij een piekfijn maaltje ging klaarmaken voor de hoofdredacteur, alsof hij de concurrentie wilde aangaan met het voedsel dat Douwes geregeld in sterrenrestaurants nuttigde, alsof hij dacht dat een pak macaroni kon opboksen tegen een in olijfolie gegaarde tarbot met licht gegrilde tonijn, een crème van artisjok en fondant van aubergine, jus van spinkrab en specerijen, in restaurant Muller in de Grote Kromme Elleboog bijvoorbeeld, waar Douwes een graag geziene gast was. Hij hield zich precies aan de gaartijd die op het pak macaroni aangegeven stond, kijkend op zijn horloge met secondewijzer. Hij sneed de droge worst in kleine stukjes, in mooie vierkante blokjes, wat nog niet eenvoudig was omdat het mes waarmee hij de worst te lijf ging erg bot was. Hij moest zaagbewegingen maken en toch niet al te hard duwen, omdat hij anders de worst volledig uit model zou drukken, tot pulp zou herleiden, zelfs al was het een droge worst. Hij brak met haast ceremonieel te noemen gebaren het ei boven de macaroni nadat hij die had laten uitlekken in een keukenzeef en weer terug in de pan had laten glijden.

Hij roerde het rauwe ei er met een vork doorheen, samen met de stukjes worst. Hij voegde nog wat peper uit een oud potje toe, dat hij eerst flink moest schudden; het poeder was door vochtigheid en ouderdom samengeklonterd.

'Voilà,' zei hij tegen niemand, 'pasta carbonara.' Hij zweeg even, keek naar het wat grauw ogende bordje met dampende macaroni en voegde toe: 'Of toch zoiets.' Hij vulde een glas met kraanwater, zette het samen met het bord op een dienblad, waarna hij het dienblad op de tippen van de vingers van zijn rechterhand zette. Hij moest zich bedwingen om niet de groezelige theedoek die op het aanrecht lag over zijn arm te draperen. Hij grinnikte om zichzelf. Dat wel. Hij had het gevoel dat er een nieuw begin was gemaakt, nee, dat alles nu pas écht begonnen was, dat alles hiervoor uiteindelijk niet meer was geweest dan een aanloop naar wat er nu te gebeuren stond.

Hij liep het gangetje in, opende de deur naar de keldertrap en daalde voorzichtig af. Bij de deur aangekomen hield hij het dienblad wat omhoog, er zorg voor dragend dat het precies in evenwicht bleef, en stak de sleutel met zijn andere hand in het slot, draaide en stootte met zijn voet de deur open. Hij keek niet waar Douwes was. Hij keek niet eens de kelderruimte in, maar had zijn ogen gericht op zijn voet die de deur openschoof, terwijl de rest van zijn gedachten bij het dienblad waren dat hij recht moest zien te houden op zijn vingertoppen. Hij zag niet dat het aardedonker was in de kelder.

De schoft, de vuile schoft, denkt hij terwijl hij langzaam

voortschuift, op zijn zitvlak voortschuift over het gele zeil in de keuken met een inmiddels van zijn eigen bloed doorweekt T-shirt, kreunend bij elke centimeter die hij opschuift. Hij heeft één oog dichtgeknepen om niet het almaar stromende bloed uit zijn gescheurde wenkbrauw in zijn oog te krijgen. Hij heeft het laatje met de verlossende pijnstillende middelen bijna bereikt.

Hij had het moeten zien, denkt hij, hij had het kunnen zien, maar hij had het niet gezien, hij had niet op Douwes' blik gelet, niet op zijn houding toen hij om eten vroeg, die heimelijke bewegingen. Hij had het niet gezien. Zoals hij het donker vervolgens niet had gezien. Hij dacht alleen maar aan het door hem bereide voedsel, aan de maaltijd die hem als een zoenoffer van de redacteur was voorgekomen. Hij was het donker binnengestapt, zelf goed zichtbaar door het licht in het trapgat achter hem, een makkelijke prooi. Hij was volslagen blind voor wat er zich in de ruimte bevond. En juist toen hij het zich realiseerde, juist toen hij begreep dat Douwes het peertje uit de fitting gedraaid moest hebben, dat hij in de val gelopen was, dat hij terug moest keren, terug naar boven, juist toen stortte Douwes zich vanuit het niets – hij kwam vanuit het niets, vanuit het inktzwart van de kelder – vanuit het donkerste duister stortte hij zich boven op Leon, die nog even dacht: het dienblad! maar toen eerst hardhandig met de rechterkant van zijn hoofd tegen de muur sloeg, en vervolgens van de laatste drie treetjes bij de deur viel en onmiddellijk verpletterd leek te worden door een hijgend, snorkelend en grommend wezen dat hem alle adem benam.

Hij zag witte flitsen. Wilde hoesten. Maar voordat het hem lukte weer in te ademen trof hem iets met een kletsend geluid boven op het hoofd en was het alsof het dak naar beneden was gekomen, het tongewelf, de rode bakstenen, het hele gebouw. Iemand deed het licht in het trapgat uit, zo leek het, maar hij realiseerde zich nog net op tijd dat het de enorme gestalte van de hoofdredacteur was die zich in de deuropening bevond en het licht blokkeerde.

Hij ging ervandoor! Douwes ging ervandoor! Derk Siebolt Douwes nam de benen! Hij ging de trap beklimmen met twee, drie treden tegelijk, kwiek, energiek, als een man die dingen te doen heeft, een man die het hele gedoe in de kelder achter zich liet en zich uit de voeten maakte.

Hoe het hem gelukt is weet Leon nu nog steeds niet, nu hij eindelijk bij het aanrecht is aangeland en even tegen het deurtje van het kastje eronder leunt, hijgend, zich verbijtend — hoe het Leon lukte om overeind te komen en zich nog voordat Douwes zijn voet op de eerste trede van de trap naar boven had kunnen zetten op zijn benen te storten met wat een bijna perfecte rugbytackle geweest moest zijn — hoe hij dat had klaargespeeld weet hij nu nog steeds niet. De hoofdredacteur wankelde, viel weer achterwaarts, greep zich met beide handen aan de deurstijl vast, terwijl hij met zijn voeten wilde trapbewegingen maakte om zich te bevrijden van Leon die rond zijn knieën hing, Leon die de controle over een van Douwes' benen verloor en een trap kreeg net boven zijn oog. Waarna Douwes het voor elkaar kreeg zich min of meer om te draaien, weer met zijn gezicht naar de kelder, met zijn gezicht naar Leon toe. Hij begon nu meer gerichte schoppen uit te delen, waartegen Leon even geen ander verweer had dan zijn opgeheven armen. Het bloed liep inmiddels in zijn rechteroog.

Douwes zei niets. Hij gromde. Hij snoof. Hij hijgde. En ook Leon zweeg en hijgde, te verbouwereerd aanvankelijk om iets anders te doen dan dit alles ondergaan, alle lessen op de sportschool van Farmsum ten spijt. Hij incasseerde stompen en slagen, hij voelde hoe Douwes hem bij zijn baardje pakte en met zijn hoofd opnieuw tegen de muur wilde slaan, iets wat Leon wist te voorkomen door nu zelf een klap uit te delen, een slag op Douwes' milt, of daar toch in de buurt. Er ontstond een heuse worsteling, waarbij Douwes gebruikmaakte van zijn gewicht, de 120 kilo, of misschien nu net iets minder zware Douwes die Leon nog maar eens tegen de muur langs de trap duwde en daarmee alle adem uit hem perste; Douwes die na iedere slag of stomp die hij uitdeelde trachtte zich om te draaien en de trap te beklimmen, telkens weer tegengehouden door Leon, die er uiteindelijk in slaagde om na alweer een tackle over de op dat moment op de traptreden liggende hoofdredacteur te klauteren, al kwam hij door een vlammende pijn in zijn pols halverwege de klauterpartij even niet verder en leek het wel alsof hij van zins was om daar, eventjes toch, op Douwes' rug te blijven liggen, er even uit te rusten misschien, of om na te denken.

Maar Douwes gunde hem geen seconde en probeerde nu met hem op zijn rug overeind te komen. Als hem dat gelukt was, zou hij Leon zeker afgeworpen hebben, ruggelings de diepte in, want gedurende de worsteling waren ze inmiddels gevorderd tot halverwege de stenen keldertrap.

Maar nu had Leon de overhand. Hij bevond zich boven Douwes op de trap en met gerichte schoppen sloeg hij Douwes' aanvallen af, terwijl hij zelf achterwaarts kroop, trede voor trede omhoog, in de vage hoop dat hij, eenmaal boven, de houten deur zou kunnen sluiten en barricaderen, al had hij geen idee hoe.

Het was toen hij al bijna boven aan de trap was dat Douwes nog een laatste aanval leek te willen inzetten. Het leek alsof hij een aanloop nam. Nee, hij nam daadwerkelijk een aanloop. Hij stapte achterwaarts een paar treetjes naar beneden en kwam toen in volle vaart weer omhoog, recht op Leon af in een ultieme poging hem te verpletteren, hem hoe dan ook te passeren, ten koste van alles. Het was de eerste keer dat er uit Douwes' mond een schreeuw opklonk, een onaards gebrul. Het was ook de eerste keer dat hij werkelijk alle dekking uit het oog verloor, dat hij zich overgaf aan blinde woede, aan een razernij waarmee hij zich desnoods dwars door Leon heen een weg naar buiten wilde banen.

Leon had het gevoel dat hij seconden voordat Douwes bij hem was zijn rechterbeen al had geheven, zijn voet een klein beetje gedraaid als bij een karatetrap. Het leek alsof Douwes willens en wetens tegen die voet ging aanlopen, alsof dat lichaamsdeel het enige was dat er van Leon nog toe deed. Het kon bijna niet dat hij die voet niet had gezien, maar toch liep hij er vol tegenaan. Leon voelde dat zijn been de verkeerde kant op boog; hij hoorde iets kraken in zijn knie. Hij stootte op het moment van de botsing een kreet uit, want de pijn trok door zijn hele lijf tot in zijn achterhoofd, alsof door de klap zijn ruggengraat in zijn schedel boorde. Maar het been bleef het been. Het plooide niet, ook al boog het dan misschien. Het week niet, al kraakte er iets. Leons voet trof Douwes vol op de borst, of eigenlijk omgekeerd, was het feitelijk de borst die de voet raakte. En Douwes veerde terug, viel achterwaarts, probeerde nog met zijn handen naar iets van Leon te grijpen om houvast te vinden — een trapleuning was er niet — maar greep in het luchtledige.

Leon reikt met zijn linkerhand boven zich op zoek naar het handvat van het laatje met de medicijnen. Bloed en zweet. Een gevecht om bij zijn positieven te blijven. Moeizaam opent hij de lade boven zijn hoofd en tast dan, zonder in staat te zijn om overeind te komen en te zien wat hij doet, tast blind rond tussen doosjes en rolletjes gaas, tussen flesjes en strips met pillen. Zodra hij iets beet heeft trekt hij het tevoorschijn en laat het vallen, om meteen opnieuw rond te tasten. Op zijn schoot: pillendoosjes, een flesje ontsmettingsalcohol. Rechts van hem rolt een rolletje gaas van hem weg. Hij pakt een strip en zonder te kijken drukt hij de pillen uit hun omhulsel in zijn hand: twee, drie, vijf pillen. Hij stopt ze in zijn mond alsof hij hongerig is, bijt. Bitter als alsem, scherp als een tweesnijdend zwaard. Hij heeft de moed en het vermogen niet om op te staan en de medicijnen met water weg te spoelen. Hij kauwt op iets dat smaakt naar bloed en gal.

Hij voelt een koele wind over zich heen trekken, alsof er ergens een deur wordt geopend. Even heeft hij het idee dat hij is weggezakt, maar hij herneemt zich. Hij moet terug naar het trapgat. Hij moet zijn VP70 pakken en het afmaken, Derk Siebolt Douwes moet hij afmaken. Zelfs als hij al dood is, moet hij worden afgemaakt. Hij bewoog niet meer toen hij achterwaarts naar beneden was gevallen, toen hij zijn drieste aanval inzette en zich op Leons been had gestort, als een ridder op een zwaard. Moedwillig leek het, zich ten volle bewust van wat de enige afloop kon zijn van een actie als deze. Hij zal met zijn hoofd tegen de muur gesmakt zijn. Een amorf lichaam voor het lage deurtje van de kelder. Dood misschien. Waarschijnlijk. Maar het is niet genoeg. Dood is niet genoeg. Hij moet doder dan dood desnoods. Hij zal Leon niet ook nog dit laatste, niet ook nog zijn eigen dood ontnemen. Hij heeft achttien kogels. Hij zal met links moeten schieten. Maar hij heeft achttien kogels. Hij moet zijn daad toevoegen, zijn daad stellen, hij moet eindelijk zijn dood stellen, nu het nog kan, nu er nog een laatste mogelijkheid is, zelfs al zou er niemand meer zijn die het nog ziet of hoort, hij moet iets doen, in de naam van Charly, denkt hij ineens, in de naam van het naamloze wezentje in zijn armen, in de naam van alles wat hij verliet. Er moet iets gebeuren, nu.

dank

aan Het Beschrijf te Brussel
en aan het Eesti Kirjanduse Teabekeskus
(het Estse Literatuurcentrum)
en het Eesti Kirjanike Liit
(de Estse Schrijversbond),
beide te Tallinn, voor de
mogelijkheid om in het kader
van een uitwisselingsprogramma
een maandlang te verblijven in
het schrijvershuis in Käsmu, Estland;
aan Jan Glas voor zijn hulp
bij het Gronings.

Van dezelfde auteur is verschenen:

Het grote uitstel

Het grote uitstel: voor al wie last van heimwee heeft

Daniël Winfried Rega is in- en ingelukkig. Ook in de provincie woedt de Koude Oorlog volop. Jonge mannen nemen een abonnement op de permanente revolutie, geven zich over aan een niet-aflatend cafébezoek en trachten de wereld te veranderen in de armen van een meisje. Rega nestelt zich in het status-quo en kiest, te midden van steeds duurdere woorden en grotere veranderingen, voor een wereldschokkende overzichtelijkheid. Tot het leven hem links en rechts inhaalt. Zelden zijn de jaren zeventig en tachtig zo onvermijdelijk beschreven.

ISBN 978 90 8542 155 9

Winnaar
De Gouden Uil 2008

De pers over Het grote uitstel:

'*Een van de opmerkelijkste Nederlandse romans van dit jaar.*'
Knack

'Het grote uitstel *is een meeslepende trip over het verlies van jeugdidealen en een schalkse lofzang aan het tussenbeense.*'
Uit het juryrapport
van De Gouden Uil

'*Reugebrink heeft de geschiedenis, de psychische ontwikkeling van zijn hoofdpersoon en diens seksueel verlangen subliem met elkaar vermengd in een taal die bijzonder eigen is, en die net zo rockt als de soundtrack van deze roman.*'
NRC Next

'*Reugebrinks Zeitgeistboek is rijk, precies, melancholisch en ongemeen intelligent.*' De Morgen